レ・ファンタスティック

Le Fantastique

レ・ファンタスティック

上島周子

水声社

1

海に面しておらず、三つの国境を有する小国の中央広場。その周辺にある数軒のカフェはどこも、話好きな年金生活者たちで占められ、各店内はいつになく騒々しい雰囲気だった。というのも、昨夜のニュースが、十週間前に許婚を亡くした王家の八女マリネット＝ルックラック・ガストン・ド・ソレル王女の心の部分に大きな穴があいたことを報じたからである。王女の病状に関して会見を行った王室専属の第一医師は「穴の大きさは約三三〇〇〇ムーグ、あるいはそれ以上だと推測され、現時点において、最良と言い切れる治療法はありません」と沈痛な面持ちで語った。このニュースを知った多くの年金生活者は翌朝なるものを心待ちにした。夜が明け、カフェが開店し始めると、あり余っている時間を少しでも充実させるため、彼らは店という店に押しかけた。そしてムーグという謎めいた単位で語られる王女の症状やムーグ博士のこと、当然ながら悲劇のヒロインである気の毒なマリネット王女のこと、つまりマリネット王女が公の場を嫌ってデビュタントの舞踏会以降は一切人前に姿を見せないことや、そのために今回ニュースや新聞に使われた写真はずいぶん古くて今現在の姿かたちはわからないということ、その他にも、それらのことから派生する数知れない憶測話や身の上話なんかを気が済むまで喋くっていたのである。

＊

二丁目の角にあるカフェのカウンターでは、ランソワが母親のシャブランに夏休暇を知らせる短い手紙を書いていた。ランソワは手紙を書き終わると、店の雰囲気がいつもと違うことに気づき、次いでこの店に来たのは今日が初めてだということに気づいた。

ランソワは手紙を書き終え、便箋を封筒に押し込みながらとびきり濃いコーヒーのミルク割りを注文し、ほとんど一度もカップを手離すことなく一気に飲み干すと、すみやかに店を出た。数メートル先の郵便ポストから手紙を投函し、広場を横切ってアジア食材の専門店「スパイシー」に寄った。細長く薄暗い店は西洋にはない奇妙な臭いが充満し、物珍しいパッケージの商品が不思議な間隔をおいて並んでいたが、いつもちょっとした気分転換になるのでランソワはこの店が嫌いではなかった。ランソワは赤唐辛子が描かれたインスタントラーメンとライチが描かれたジュースを買い、そこから一番近いドーナツ店でシュガースコールとホイップサンドを買った。両手が無事に塞がると、安心して何も考えずに家を目指した。歩きながら、ランソワ・ボーシットは空を見上げた。空には水彩で描いたような淡い水色がまんべんなくどこまでも繋がっており、それはランソワに可もなく不可もない安定した無難な印象を与えた。ふと彼は、中学時代の文化祭に出展した海と空の絵が何者かによって五分おきに逆さまにされたことを思い出した。

*

家に着くとランソワは、夏季休暇が始まったことを実感するため、ラジオのスイッチを入れた。黒いネットの奥の小さな穴から「夏の楽想」をテーマに選曲された音楽が流れていた。ランソワはそれらの音楽から、紺碧海岸に並ぶ黄色や青白のパラソルの下で一日中太陽とかくれんぼしながら寝そべって過ごす南仏のバカンスの雰囲気を想像し、心地よい気分に浸った。ランソワは音楽が与えてくれる心地よさが好きだった。それはランソワをランソワたらしめている気体の園に直接浸透していく唯一の確かな風であり、よっぽどハズレくじを引かない限り、風はさりげなく優しく儚くそして穏やかに彼の心の周辺を香り漂った。部屋は快適な翳りに包まれていた。ランソワは木琴色のデスクチェアに腰掛けると、授業中に夢想をはたらく少年と同じ姿勢でしばしぼんやりとまどろみ、同じやりかたで無為の世界に忍びこんだ。半分開けた窓から時々そよそよと真夏の風が入ってきた。ランソワは初めて紺碧海岸に行った時のことを思い出していた。

初夏だった。地中海沿いを往復する中距離バスの窓から見た山側の、壮大で濃厚な緑に覆われた山の斜面が今もはっきりと脳裏によみがえる。二十人程の乗客はほとんどが連れのない学生だった。皆いろんな物を無造作に詰め込んだ大きなビニール製のバッグを持っており、窓側か通路側に座っていた。誰も喋らなかった。乗客は座席の仕切りに守られてそれぞれの時間を過ごしていた。ランソワは窓側に座り、頭部に強烈な紫外線を浴びながら、バスがニースに続く海岸通りへ差し掛かるのを待っていた。ひどく眩しかった。まるで時間と光が入れ替わったように。ランソワはニースを待っていた。ヒストークがニースでランソワを待っていたように。海が見えた。青い海が。太陽は虹色から素晴らしく澄み切った青色だけを見事なまでに抽出し、海の微粒子に振り撒いていた。ランソワは海と空のコントラストがもっとも鮮明な部分を視界の中腹から選りだし、空の青と海の青を見比べた。

そして僕には描けないだろうと断定した。金粉入りの光が、棕櫚の木々の無数とある先端で、オルゴールの専属バレリーナみたいに麗しく煌めきながら、あるかなきかの夏風と戯れていた。バスは光のなかを町の中心へと進み、ロータリーを一周した。乗客たちは長時間座席に貼りついていた体を引っ剥がし、荷物を整え、路上に降りたつ準備を始めた。ランソワの時計は十一時二十二分を指していた。ニースの町なかの時計たちがバラバラの時刻を指しているように。ランソワは何も思わなかった。彼は意外にも、時間というものの正体が場所そのものであり、またひとつとして同じ場所はなく、すべての場所は変易性に富み常住性に欠く存在であることを理解しかけていた。バスが到着した。ランソワは運転手に儀礼的な「メルシーオヴァ」を言うとニースの喧騒を嗅いだ。

ランソワは予約しておいたホテルを訪れた。すると希望通り海岸が一望できる部屋が取れていたので驚いた。ホテルはガイドブック通り新市街と旧市街の境に位置しておりレモネードは冷たくて美味しかった。ランソワはヒストークとの約束の時間までまだ少しあったのでベッドに寝転がって外を眺めて過ごした。どこからともなく聞こえてくる雑音や生活の音や音楽が、清潔な白いシーツの上の静寂を快く擽った。静寂と音たちはとても理想的なバランスで夏の気体に溶け込んでいた。ランソワは瞼を開けて眠ってみたり瞼を閉じて視覚的意識に興じたりしながら、思いつく動物や昆虫と同じやり方でこの至福を味わった。それは実に素晴らしい時間だった。正確には時間であり場所であり静寂であり音たちだった。ランソワは夢と現実のあわいをさまようランソワ・ボーシット・ブリュムーという人物を眺めていた。彼はひと気のない見知らぬ小径を散策していた。土と石と漆喰の匂いが浸みこんだ半影の棲家は彼に薄明的な安らぎを与えた。彼は過去の記憶を愛おしんでいるように見えた。それ以上は見えなかった。ランソワにランソワ自身がどうしようとしているのかまでは見えなかった。何もかも少し距離があった。つまりランソワはランソワ自身ではなく、ただのランソワだった。

ランソワは回想を終え、ラジオの音量と静寂の均衡を調整した。それから真っ黒いコンピューターの画面に布を掛け、机上に広げっぱなしの書類を引き出しにしまい、ジンクスの水と餌を取り替えた。お腹を空かせたジンクスがピチャピチャカリカリと音を立て始めると、郵便受けを見に行き、ついでに中庭の鳥籠で真っ黄色の住人が微かに揺れながら休憩しているのを見届けた。部屋に戻ると、腹八分目で満足したジンクスがまん丸い前足をきっちり揃えて食後の愛撫をお行儀よく待っていた。ランソワはジンクスの柔らかい灰色の体を丁寧に撫でてやった。そしてジンクスが飽きてお尻の穴をこちらに向けるまでお気に入りのヒモで遊んでやった。

2

翌朝もランソワは、目覚まし時計をセットせずにおいたが、ジンクスの鼻がランソワの耳元でさかんにプスプスと音を立てるので、六時前に起きてしまった。ランソワが仕方なく起き上がると、ジンクスはねぇねぇという表情でランソワの眼を覗きこみ、ニャアとひと声鳴いて、こっくりこっくりやっている中庭の真っ黄色の友達を観察しに窓の方に消えていった。カフェに行くにはまだ早かったので、ランソワは寝足りない感じがなかったのでもう横にはならなかった。そして手持ち無沙汰になる前に読みかけの本を手に取った。二冊あり、一冊はマダガスカル沖のモーリシャス島で絶滅した飛ばない鳥ドードーの本、もう一冊は南極に生息するコウテイペンギンの生態の本だったが、後者を選んだ。ドードーの辿った運命はあまりにも悲劇的で早朝の読書には不向きだったから。

ランソワは子供の頃から動物に興味があった。動物は人と同じ地球に暮らしているのに全く違う世界を生きていることが不思議でならなかったのである。ランソワ少年はそれについて、また、なぜ動物は動物に生まれ人は人に生まれたのかについて、担任の先生や何人かの大人に幾度となく尋ねた。けれど返ってくる答えはどれも「わかったら教えて頂戴。ご褒美をあげるよ」みたいなものだった。褒美をもらえないまま、だらだらと長い年月を過ごした。その間にランソワの身長は一メートル伸び、今日までにほぼ四つのことが彼の信条となった。ひとつめは、動物にも植物にも人にも同じ種類の見えない大事なものが存在しておりそれが魂というものであること、ふたつめは、動植物とりわけ野生動物の生は善悪と無駄を持さずただひたむきな真実の尊さと愛情を持す優れた創造物であること、みっつめは、よって動植物に生まれ変わる魂は選ばれた魂であり自分の魂についてはその過去も未来もまったく未知なものであること、よっつめは、しかしながら自分自身の魂はきっとよい魂であろうということである。そしてあらゆる動植物とりわけ野生動物のなかでもコウテイペンギンは、別格の印象を留める思い出の野生動物、いうなれば、ランソワ少年にとって最初の野生動物なのだ。

*

そうなるきっかけとなった情報は、何とも皮肉なことに、祖父ブスカの口から発せられた。ある日のこと、ランソワが学校から帰宅すると、ブスカは珍しくキッチンでテレビを見ていた。ランソワは自分の部屋に鞄を置くと、どうしてもウエハースと牛乳が欲しかったので、腹を決めてキッチンに足を踏み入れた。初めのうち、およそ二百秒か三百秒に相当する間、つまり極度の緊張がランソワの時間的感覚を奪っている最中は、テレビの音が険悪な沈黙を制していたが、結局は、その後に、前事の常打的返報を体現する険悪な不穏な絡みが生じた。ランソワは、終始一貫してブスカをあからさまに避けた。

ブスカは、誰でもいいから通りすがる人を引きとめ、何でもいいから喋りたかった。挨拶に毛がはえた程度の世間話、暑さ寒さや体調の話、二十字前後に端折った身内話、さもなきゃあ、自分の気分がめっぽう良くなる話だっていい。いや、ほんとは最後の話だけがいい。相手が煽て上手なら簡単なことだよ。いや、上手く煽ててくれなくちゃあ。真向いの家のナンシー婆さんみたいにさ。しかし残念なことに、ブスカがナンシー婆さんと遭遇するのは、お互いが郵便箱の中に手を突っ込んでいる時だけで、他の場所で出くわしたことは一度もなかった。二人とも数年前からほとんど出かけちゃいないからである。ということは、万が一このキッチンでナンシー婆さんに遭遇するならば、ついに徘徊の神がナンシー婆さんに降りてきたってことだし、ナンシー婆さんに遭遇しないなら、煽てるどころか完全無欠な黙殺の神がとうに降りている孫のランソワと、もうすぐこのキッチンで遭遇するってことだ。ブスカはこの事実が、何の不自由も変哲もなく、まるで時折見かける猫のように悠然とした態度で、思考の圏外を通過していったのを見届けると、意味もなく鼻紙やガムテープや電球なんかの消耗品のことを考えたが、たいした時間潰しにはならなかった。時間そのものがブスカにとって最たる消耗品であり、それにどうやら、今回の事実については、どんな猫よりもふてぶてしい態度で、ブスカのしがない人生に付き纏う心的操作の外堀をまこと速やかに過ぎ去っていったからである。それで仕方なく、テレビの画面をぼんやりと眺めながら、事実の到着を待つことにした。

視界の中央を陣取っている横長の長方形の中を氷河と吹雪の映像が目まぐるしく動きまわり、その速度を計るように、秒針のカチカチいう音が柱の上の方からしていた。ブスカは柱時計の進捗具合を頭のてっぺんで意識しながら人差し指で耳掃除を始めた。時の営みが不公平に事実をひん曲げたりごまかしたりしないよう聞き耳を立てるためである。――肝心な耳の穴が垢で塞がってたんじゃあ、聞こえるものも聞こえないからな。ブスカは耳の穴にねじ込んだ人差し指をドリルみたいにグリグリとまわしながら、物分りの良さをひけらかすようにそうつぶやいたが、相手はなく、半開きの口から痰の絡まった呻き声が漏れただけだった。耳の穴をほじくるには太すぎるドリルの先端は、それでも壁面にこびりついた耳垢を精力的に削ぎ落し、それらを耳たぶの縁まで引きずってきては断崖から容赦なくばら撒いた。すると一日分の耳垢が時間の進捗を証明する粉雪のようにパラパラとテーブルやブスカの膝を経由して床の上に舞い落ちた。右、左、もう一度右、と念入りにほじくりまわし、まあまあ満足して作業を終えたブスカは、我が身から出た時間の残骸を間近で確認するためによいと上体を折り曲げたが、たちまち全身の血がボイラーみたいな音を立てて頭に上りつめたので、確認どころじゃなくなり、ヒィハァ言いながらやっとの思いで体を起こした。血液の下降的大移動による眩暈が乱れた意識の中を駆け抜けていくまでの間、ブスカは瞬間瞬間のざらついた表面にだらりと凭れかかって、何に対してというわけでもないが、まぼろしというわけでもない、漠然とした実在の懐疑心に囚われていた。血液の急激な片寄りがようやく正常なバランスを取り戻してからも、それらしきものが、形を変えてブスカの心にしばらく居座っていた。当然ながらブスカは、みるみるうちに心を覆い始めた白い煙がいったい何なのかなんて考えやしなかったし、更に当然ながら、ほんの数秒前に心を占領していた疑わしい気持のことなんか夢にも覚えてやしなかった。白い煙は感情を好んで漂うドライアイスの水蒸気とよく似ていたが、ブスカの臨場感には見向きもせぬまま、本体の懐疑心が気体になってしまうと、後を追うように消えてなくなった。秒針のカチカチいう音が柱の上の方からしてきた。ブスカは柱時計の進捗具合を頭のてっぺんで意識しながら、時の歩みがまたしても堂々巡りをしていることに気づいた。――くそ、馬鹿にしやがって……。恨みがましいブスカのつぶやきは、一粒の干しブドウのように重々しく床に落下するはずが、複数のシャボン玉のように軽々しく宙を漂い、うっすらと口を開けたまま下から見上げる戯け者の視線をいとも簡単にすり抜けると、茫漠とした明るみの中に消えてなくなってしまった。秒針のカチカチいう音が柱の上の方からしてきた。ブスカは柱時計の進捗具合を頭の片隅で意識しながら、時の始点がより速さを増して巡ってきたことに気づいた。つぶやきのようなものは生じなかった。その代わり負けに近い妥協を認めるような細長い溜息が生じた。もはや言葉の生産は時の速度についていけなかったし、仮に時が秘めている進捗の謎が解けたところで、それをお金に変える術がないことを思い出したからである。それでとにかく今日のところは傍観者に転じることにした。瞼を閉じない限り何かを見なければならず、かといって眠くもないのに瞼を閉じることは苦痛だったので、仕方なく眼前に見えるテレビの画面をぼんやりと眺めた。視界の大部分を占めている黒枠の長方形の中で、巨大な氷の塊が奇妙な呻き声をあげながらゆっくりとふたつに割れ、片方は泣き崩れる哀れな男みたいにグズグズと海に沈んでいき、もう片方は今にも手斧を振りかざそうとしている女みたいに力強くそそり立っていた。藪睨みの沈黙がブスカの心に群がっていた。それはふたつの岸辺を行ったり来たりする小舟のように、時と時間の間を彷徨っていた。時の岸辺に寄ると、テレビの音や秒針のカチカチいう音は遠くなったり何も聞こえなくなったりし、時間の岸辺に寄ると、それらの音は近くなったり余計な音まで聞こえたりした。音が遠かったり何も聞こえないときは、たとえそれがどんなに短かろうと、ブスカの意識が何かに注がれているときであり、反対に、音が近かったりなんでもかんでも聞こえるときは、ブスカの意識が何にも注がれていないときであった。要するに、過去から未来へ移行していく空間というものには、時というものと時間というものが対岸的に存在し、それらは夢と現実の関係同様、めいめいの歩幅で平行に前進しながら、概ねどちらか一方が空間を占めていた。ブスカはそのことを、正確にはブスカ独自の偏見的解釈に則ったそれらしきことを、非常におぼろげではあるけれども感じており、とりわけ時から時間へと移行した瞬間には、夢から目覚めた瞬間と取り違えるような、つまり人の一生と等しい感触をもつ一瞬間が、想念の内側に密閉された時空から、絶対的な正確性と連続性を保ちながら稼働している時空に入れ替わった刹那、なんとも言いようのない覚醒的なふらつきを覚えるのだった。秒針のカチカチいう音が柱の上の方からしていた。音は迷うことなく音に命中し、数珠のように繋がっていった。数珠玉たちは余韻や反響を纏わず、曖昧な領域を形成しながら、その中に散らばっているありふれた事実の胡乱へブスカを放り込もうとしていた。ブスカは時空の意志に逆らわなかった。それどころか自分自身を時空の悪ふざけから守るため、自ら進んで事実の前に降り立った。無作為に数瞬間が重なり合った。するとブスカの目に孫のランソワが映った。ランソワは右手の指をばたつかせてウエハースを包みから取り出していたが、この事実の進捗は、旋回を終えた時空の歩調とぴったり一致しており、嘘偽りのない不穏な絡みが沈黙に生じていた。

＊

テレビの画面と音声が、二人の間に流れている険悪な沈黙を少しばかり暈していた。ブスカはこの狭小な機会のどさくさに紛れて、自分をあからさまに避けているランソワの様子をチラチラと観察してから、躊躇うことなくお喋りの欲求を満たしにかかった。ひどいタイミングだった。

「ランソワ、お前はおやつを食べたらどうせまた物置に行くんだね。毎日だね。物置のあの薄暗い隅っこで泥の団子を捏ねに行くんだろう。ふん、お前は馬鹿だね。馬鹿だよ。母親の方に似たのさ。言っておくが、ランソワよ。泥の団子がどんなに上手く捏ねられても将来暮らしてはいけないよ。捏ねるなら食える団子だ。ま、今も昔も団子なんぞ売れやしないだろうがね。だいたいお前は他に興味のあることはないのかね。ええ？　もっとよーく周りを見てごらん。何か気になることが転がっているから。あ、そら！　ランソワ！　テレビを見てご覧！　例えばこれは南極という所だよ。見渡す限り氷、氷、氷。何にもない。人っ子ひとり居ない。変わった動物がいるだけだよ。こんな地球の果てなんかに行く奴は馬鹿ばっかりさ。そしてほら！　ほら！　ランソワ！　見なさい！　このえっちらおっちら歩いている黒白で短足の動物はペンギンといって飛べないが鳥なんだとよ。こいつらの知能なんか知れたものさ。見てたって面白くもなんともないね。だが、お前がどうしても見ていたいというなら一緒に続きを見てやってもいいがね」

「見ないね」

そう答えてランソワ少年は、別のテレビがある小部屋に籠り一人で見た。番組は南極に生きるコウテイペンギンたちの一年を追ったドキュメンタリーの再放送だった。ランソワ少年はその信じ難い壮大な自然の迫力に驚き、地球上で最も過酷な地に生息する唯一の動物がコウテイペンギンで、その姿は極地を生き抜く魂の強靭さを反映した風格を具えており、これらの素晴らしい衝撃はランソワ少年に大いなる感動と知的好奇心を与えた。彼はその日、物置に行かなかった。テレビを見たあと、自分の部屋に戻って机に向かい、新しいノートに熱い思いの丈を一心に書き留めた。アルファベットのマカロニが不器用に手を繋いだような文字の羅列が一気に数ページを埋めた。ランソワ少年は、書き終えたノートを彼の貴重な文献に認定し、新しい資料を所定の場所に保管する時の博物館の館長を真似て、ゆっくりと鍵付きの引き出しにしまいこんだ。次に、鉛筆をクルクルと指で回転させながら、覚えたての語彙を反芻してメモした。カイヒョウ、ホウラン、コソダテ、ホンノウ、ブリザード、コロニー、ペンギンミルク、エトセトラ。ペンギンミルク、ペンギンミルク。ランソワ少年は、数か月ものホウランですっかり痩せ細った雄のコウテイペンギンが、生まれたばかりの雛にペンギンミルクという名のミルクを与える時の愛情に満ち満ちた親子のシーンを想起し、南極ではお父さんが卵を温め、無事に卵をかえし、ピーピー鳴いて餌をねだるポヤポヤの産毛の我が子に乳をあげることの意味について考えてみようとしたが、脳裏に浮かぶのはコウテイペンギンのコウテイが王様よりも偉いあの皇帝のことで、そう呼ばれるようになったのはあのペンギンたちが皇帝の名にふさわしい動物だからに違いないということ、艶々と輝く羽毛、黒々と潤う真っ直ぐなまなこ、氷の世界に響き渡る独特な鳴き声、クアークアー、真似てみたがカラスの鳴き声になってしまい全然似ていなかったこと、などだった。ランソワ少年は、最後に色鉛筆でコウテイペンギンの親子の絵を描いた。父さんと母さんの間で、まだヨチヨチ歩きの灰色の雛が不思議そうに首を傾げている絵を。

翌日も、その翌日も、ランソワ少年は物置に行かなかった。結局、もう二度とその場所に籠ることはなかった。ブスカがいる家との断絶を暗示する物置の泥団子の時代に取って代わり、自然と野生動物の神秘を暗示するコウテイペンギンの時代がランソワ少年にやって来たことは、彼の母親をホッとさせた。

「あたしはランソワが心の病気になったんじゃないかと思ってたのよ。救いようのない祖父の存在と、父親の死が、あの子を物置に通わせる原因になったんだってね」

ランソワ少年の母は、職場のお昼休憩で、サンドイッチを頬張りながら気心の知れた同僚に喋りかけた。同僚は親身の目をしてよかったよかったのジェスチャーをした。もう再三聞いた話に多少うんざりしていたし、子供要らずの独身主義だったので。それから現在のランソワのこと。今はあらゆる動物に夢中で、中でもやっぱりコウテイペンギンが断トツに好きで、南極に行くのに一番簡単でお金のかからない方法は何なのか、毎日小さい頭をひねっているというのだ。

「まったく子供の考えったら愉快よねぇ」シャブランは、テンポ良くサンドイッチを平らげ魔法瓶を空にした。そしてゲップを抑えながら母親らしい微笑を浮かべた。

何も知らない祖父のブスカは微笑まなかった。いつものように下唇を付きだした仏頂面をして、ランソワが突然物置通いをしなくなったわけを勘ぐっていた。そして思い当たるいくつかの場面を思い浮かべてみる前に、何もかもが面倒になり気に入らなくなった。

ランソワ少年は、コウテイペンギンを知るきっかけが祖父のブスカにあることを形式的に残念だと思った。そして、その先にありそうなひどく厄介な思いは全部、暗闇の穴に放り込んだ。穴は心臓の輪郭と重なっているようだったが、想像することもイメージすることもできなかった。ただ、果てしなく深いもののようにも、あるいは、未来と現在と過去の名称で知られているものたちが融和する秘密の一角のようなものにも感じられた。まるで英米語でハートと発音されるものか、あるいは、その巣穴のようだった。ランソワ少年はそこへ、ブスカに対する嫌悪の一切合切を葬っていた。彼は油性のマジックでナプキンに「ブスカが世界一嫌い」と書き、その真上で凶悪な怪獣になりきり、大乱暴なやりかたでウエハースを齧り終わると、力一杯ぐちゃぐちゃに丸めてゴミ箱に捨てた。ゴミ箱は穴に似ていなくもなかったが、暗い穴ではなく、なにかの発芽のように、光の上に突き出ていた。ランソワ少年は怪獣ごっこをやめ、眼鏡をかけるようなまばたきで、ぐるりと部屋を見渡し、おもむろに光の規模を認めた。彼は急に元気になった。

3

ブスカは孫のランソワ少年に心底嫌われていた。実際ランソワ少年は祖父のブスカを心底嫌っていたのである。彼は物心ついた頃からブスカという人間の並外れた卑しさに気づいていた。まるで昔話に出てくる強欲爺さんに真命を吹き込んだような人物だった。嘘つきで、自己中心的で、小心者で、見栄っ張りで、お金に汚く、無知で、とにかく図々しかった。それでしょっちゅう揉め事が絶えなかった。何度か挨拶を交わしただけの息子の親友に小遣いをせびったり、ランソワ少年の貯金箱から小銭を盗んだりした。しかしそれだけでは事足りなかった。妻亡き後の交際相手が病死した際には、姉の遺産が入ったはずだから入院時にかかった世話料をよこせという内容の手紙を、会ったこともない女の実弟に何度も送りつけたことがあった。むろん、女の世話などこれっぽっちもしなかった。陽気のいい日を選んで花見がてら病室に数回足を運んだだけでのことである。ある週末、普通便で荷物が届いた。息子のユテルトが受け取った。送り主のサラ・ビラパート氏は聞いたこともない名前で、宛名は下記住所家様になっていた。開けてみると、中には、父親の字で宛名がサラ・ビラパートになっている開封済みの手紙が六通と、一枚の便箋が入っていた。便箋には、『あなた方の御家族がこのような愚かな手紙を認めておられることを御存知でしょうか。万が一、あなた方が常識のある方々ならば、私の受けた非常に馬鹿馬鹿しい精神的苦痛を察して頂きたく存じます』とあり、それぞれの手紙を読んでみると、それらは全て、その辺の洟垂れ小僧にだって通用しないようなトンチンカンな文章で小金を要求する内容だった。この時ばかりは息子のユテルトも我慢ならなかった。ものすごい剣幕で父親の部屋に押し入り、ベッドで昼寝をしていた父親の半開きの口を目がけて手紙を投げつけた。

「このろくでなし！　疫病神め！　金輪際何かやらかしたら警察に突き出すからよく覚えておけ！　いいか！

容赦しないからな！　どっちにしろお前を一生呪ってやる！」

ブスカは、強盗に襲われたみたいに、目をカッと見開いたまま、ワナワナと蚤の心臓を震わせた。息子は、すんでのところで父親の首に両手を回し、胴体からすっこ抜けるまで絞めつけるところだったが、思いとどまった。背後に、シャブランとランソワの気配を感じたからである。

「ママ、僕、この人が大嫌いだ」ランソワが母親の手を握って呟いた。

「ママもよ」シャブランは息子の手を握り返してつぶやいた。息子ユテルトは何もつぶやかなかった。そして、その年のクリスマス直前に、風邪をこじらせ、急性肺炎であっけなく亡くなってしまった。

三人の生活が始まった。シャブランは、生計を立てるために働く必要があった。運のいいことに、就職活動の出端で、独身時代勤めていた製薬会社の正社員として再び働けることになった。職場には当時からの知った顔もあり、事務の仕事はやりがいがあった。ただひとつ大きな気がかりは、昼の間、家が義父のブスカひとりになることだった。それは泥棒が潜んでいることを承知で家をあけるのと同じことだった。シャブランは、ブスカが毎日やりたい放題家の中を物色する様子を想像すると、心が乱れ動悸がしそうだった。それで最初は家でできる仕事を探そうと考えていた。しかしよくよく考えると、毎日家にブスカとふたりになるのはそれこそ最悪だったし、二十四時間一緒にいるなんて考えただけでゾッとした。これといっていい案も浮かばず、憂鬱な思いで姉のシャジョンヌに相談してみたら、即、入られたくない部屋に鍵をつければいいだけの話じゃない、という答えが返ってきた。なるほど！　そうか！　あたしったらどうして思いつかなかったのかしら！　シャブランはその日のうちに行動を起こし、その週のうちにシャブランとランソワの部屋、それからブスカの目に触れてはならない物を家中から掻き集めて押し込んだもう一部屋にも鍵を取りつけた。ブスカは口をポカンと開いたまま遠くから見ているだけだった。施錠工事が終わり、三部屋に頑丈な鍵がつくと、シャブランは「これで安心だからね」とランソワの頭を力強く撫でた。その時に見せたランソワの笑顔は、聖なる馬小屋の隙間から射しこむ一筋の光のように清らかだった。それから入社までの僅かな時間をシャブランは有効に使った。洋裁が得意な彼女は、今までに買い貯めた数あるツイード生地の中から明るいコンビーフ柄のを引っ張り出し、自分とランソワの上着をお揃いに縫った。そしてその月のうちに勤め始めた。

ランソワ少年は、シャブランがフルタイムで働くようになったため、授業を終え帰宅してから、シャブランが帰ってくるまでの時間を、ブスカと二人だけで過ごさなければならなかった。それはランソワ少年にとって、泣きたい気持ちを超越した冷戦、一対一の決闘的緊迫感を孕む強いストレスにほかならなかった。幸いにして、ランソワ少年が帰宅すると、ブスカは大抵自分の部屋で高鼾をかきながら昼寝をしていた。寝ていなければゴソゴソと音を立てて何かしていた。いずれにしろ滅多に部屋から出てくることはなかった。それでもランソワ少年は決して油断しなかった。常に相手を警戒し、いつ、どんなタイミングで目の前に現れようと、正義に則った威嚇の姿勢を頑なに貫いていた。キッチンでおやつの用意をする数分間に至っては更に厳重に身構えた。たまにわざとらしくやってきてしつこく話しかけてくることがあったからである。その場合は耳の奥に力を入れて濁音を鳴らし続けながら無視した。この自発的耳鳴り防御はなかなかの効果があったが、ブスカが立ち去った後に車酔いのような鈍い頭痛が残った。ブスカは、何を訊いてもうんともすんとも答えない徹底したランソワ少年の態度に違和感を覚えたが、嫌がるランソワをつかまえて執拗に喋りかける自分自身に違和感を覚えることはなかった。それにしても何もかもが面倒で気に入らなかった。痰がひどかった。ガガ、ガガガァ！　ペッ！　ペッ！　ペッ！　ああん！　ちくしょうめ！　ランソワ少年は、気管から分泌される粘液性物質を思い切り吐き出しているブスカを見かけたり、その気配を耳にすると、それらが汚らしい卑俗音を立てて勢いよく半透明のユテルトの墓に付着する瞬間を見る気がした。その度に激しい憎悪の炎がランソワ少年の体中を巡った。

4

光の棲む部屋に復帰したランソワ少年のなかで、物置の隅っこに屈み込み、ひたすら泥団子を捏ねて過ごした多くの時間は、着実に体温と水分を失い、膝小僧の擦り傷がたちまち瘡蓋になるような非常に早い速度で、輪郭のはっきりとした過去になった。それはブスカに対する決して衰えないただならぬ感情であり、劇的な憎しみの念であり、いつしかランソワ少年の胸の奥底に宿ったしこりだった。しこりは暗黒でできていた。ランソワ少年は時折このしこりを冷静に感じ取り得た感触を散策してみた。それはもはや脈打つような生々しい印象の感触にあらず、干からび始めた果肉によってその形が露わになりつつある果実の種のような感触であった。今、ランソワ少年は、そのしこりを手に持ち、ものさしで大きさを測ることさえできた。それは直径二十五ミリ程の腫瘍だった。どす黒くて硬そうな鼻糞のかたちをしており、見るからに憎しみの化身そのものだった。ランソワ少年は散策を続けた。すると、「こいつが僕の一部であることに違いありません。誓います」と神に囁いた自分自身の内なる声に辿り着いた。その声は、悲しみよりも、自己への愛着に属する、自信に満ちた落ち着きを明示していた。ランソワ少年は散歩を続けた。すると、あの衝動、もう少しで殺意に手が届きそうなあの衝動、悶着が起きる度に覚えたあの狂気じみた苛立ちの感触がよみがえった。ランソワ少年は散歩をやめて立ち止まった。もし母さんの存在がなかったら心の発作に耐え切れただろうか？　人生を悪夢に投じるようなつまらない過ちを犯さなかっただろうか？　光は微動だにしなかった。ランソワ少年は、何とはなしに、もうこの問いかけをすることは二度とないだろうと思った。庭でシャブランが隣の婦人とお喋りを始めた。二人の笑いを交えた喋り声は、蝶々の羽ばたきのようにランソワ少年の耳元で子守唄をうたった。ランソワ少年は眠りにおちた。夢がすんなりとランソワ少年を招き入れた。夢はすでに始まっていた。夢というものは映画の途中で映画館に入っていくようなものだ。ランソワ少年は夕暮れ間近の錆びれた遊園地でメリーゴーランドの白馬が歯茎を剥きだして喋り出す夢を見た。短い夢だった。

5

日が短くなり、日が伸び、再び日が短くなりかけていた。ランソワ少年は完全に光の棲む部屋の住人になった。彼は遊びに来た親友のヒストークが帰ったあと、部屋の壁がめらめらと燃える炎の暈色に染まってくのを眺めていた。それは幻想的な影絵の背景を連想させたが、ランソワ少年は影絵が動き出すのを待ってみようとは思わなかった。そういった魔法は懐かしい玩具になろうとしていたからである。それでもランソワ少年は炎のような海原を眺めていた。言葉になりかけているが、まだ言葉に成りえる程には熟していない何か朦朧としたものが、そこに炙り出されるのを待っていたのである。するとその時、ランソワ少年の部屋の前で、強盗と鉢合わせした老人があげるような悲鳴が数回生じた。精確には、膝の変形関節炎が年々悪化し、足を引きずっているブスカの馬鹿でかい連発性くさみが、ランソワ少年の豊かな黄昏を切断した。ランソワ少年の口元が僅かに「来た」と動いた。それは、森で遊ぶ子供たちが、学校で噂になっている妖怪と遭遇した時、各自木の後ろに隠れながらつぶやく警告的単語だった。ランソワ少年はその定義に気づいて可笑しくなった。鼻がムズムズした。音はそれきりだった。妖怪は落ち葉を蹴散らし、足を引きずりながら森の奥に帰って行ったようだった。ランソワ少年は、妖怪が立ち去った方向に向かって唱える呪文を思い出そうとしたが、どうしても最初の二文字しか思い出せなかった。それで、取りあえず「ブスカができるだけ早く僕と母さんの前から消えてしまいますように」と念じた。最近は専らこの文句にしていた。思っていることをそのまま正直に念じたり祈ったりしていいものかどうか、その内容によりけりだが、迷いを感じていたからである。数年前までは何の迷いもなかった。思ったままを必死に念じたり祈ったりしていた。あいつが蚤になりますように。そうしたら僕は母さんと二人であいつをうまく叩き潰せますように。バン！　バン！　バンバン！　僕と母さんはあいつのことを床が唸るほどこてんぱんに叩きますが、ご近所から変な疑いをかけられませんように。死骸はビニールに入れて、降りたことのない駅の知らない土地に捨てるつもりですが、その際にどうか石の下から巨大なミミズが飛びかかってきたりしませんように。それから、なんだっけ。それから、そうだ。僕はブスカの屍の前でお祈りしませんからね、と宣言して、母さんにも祈らないように言わなくっちゃと思った。金輪際あいつの魂、魂に非がないとすれば、魂以外の総てと交わらないために、僕らは祈るべきじゃなかった。そこへ母さんが帰ってきた。僕は玄関に飛んでいった。そして母さんにしがみついて「母さん！　祈っちゃ駄目！　祈らないで！」と叫んだ。すると母さんは僕の頬を軽く叩いて「おやおや、ランソワ。お前は何を言っているの？　夢をみたのね」と言った。僕は「夢じゃないよ、母さん！　夢なんかじゃないんだ！」とわめいて突然泣き出してしまった。「いったいどうしたの？　急に泣いたりして」母さんは僕の顔を覗き込んだ。「夢を見たの。でも母さんは祈っちゃ駄目だよ」僕は烈しく泣きじゃくっていた。「安心なさい、ランソワ。なんにも祈らないわよ。あたしは祈るより体を動かす方が性に合ってるんだからね」母さんは買ってきたものを冷蔵庫や戸棚にしまうことに気を取られていた。僕は泣きじゃくりながら茫然としていた。涙の中でテーブルの上に置かれた何かの缶詰が揺らめいていた。僕は夢を見たんだ。どこまでが祈りでどこからが夢なのかわからなくなっていたんだ。夢とごっちゃになるくらい祈ったんだ。ランソワ少年が我に返ると、さっきまでの炎の海原が嘘のように、ただ暗かった。彼は部屋の電気をつけ、カーテンを閉めた。

ブスカは翌年、木枯らしが吹く直前、奇跡的に誰の手も煩わせることなく、ごく一般的な段階を経て骨になった。遺骨はユテルトが希望した通りブスカの両親の墓に入れた。ユテルトは、ブスカと同じ墓に入るのはまっぴらごめんだと、ぴんぴんしているうちに自分と妻と子供のための墓地を買い、ちょっぴり早過ぎたが、新品の墓石の下でせいせいと眠りについているのである。ブスカの墓地は降りたことのない駅の裏手の土色で冷え冷えとした場所にあった。葬儀はしごく密やかに行われた。参加した親族はランソワ・ボーシットとシャブラン・ボーシットの二人だけだった。二人は祈らなかったが、それぞれ十分に黙した。誰にとってもそれが一番いいだろうと、各自はそう考えたからである。

6

八時近くなったので、ランソワは財布とハンカチと携帯電話だけをポケットに入れてカフェに向かった。いつものように自宅のアパートを出て無意識に歩き出したが、不意に、今日はいつもと反対の経路で広場まで行ってみようと思い立ち、逆方向に歩き始めた。三十歩も前進すると見慣れない風景が開けた。人に喩えれば五十代と思しき家が並び、どの家にも美しいバラが咲いていた。バラたちは棘のある体をくねくねと這わせて塀を乗り越え、道行く人や犬に瞬間的な感動を与えたがっていた。その先はなだらかな下り坂だった。二百メートル程先にバス停が見えた。小型のバスがランソワを追い抜き、勢いよくバス停を素通りして走り去っていった。ランソワはこの道をまっすぐ行くんじゃあつまらないと思った。すると、次の家と家の間に細長い空間がありそうだった。おや、脇道だぞ。それは最初のカーブまでしか見えない大曲がりの砂利道だった。道の両側から背丈のある草の群れが茫々となだれ込み、道幅をかなり狭くしていたが、歩けないことはなさそうだった。ランソワは迷う前に一歩を踏み出した。草がうるさかった。ひと気はなく、周囲は鬱蒼とした草むらしか見えず、道はどこまでも曲がりくねり、まるで何かを中心にぐるぐると回っているみたいだった。ランソワは「こりゃ面白いや」とつぶやいたが、内心全然面白くなかった、五分と経っちゃいないのにもうたいそう不安だった、早いとこちゃんとした道に辿り着きたかった。そこでランソワは「この道に、面白いこと、なんにも、ない」と、音節を区切って砂利のジャリジャリいう音に乗せて歩いてみたが、これなんか滑稽なほど面白くなかった。六分と経っちゃいないのにひどく不安だった。朝の散歩にしてはもう限界だった。ランソワはなんだかクラクラしてきた。自分がいったいどの方角に向かって歩いているのかまったく見当がつかなくなってしまった。そんなランソワを茫々草たちはからかうように笑ったが、風は笑いもしなかったので、ランソワは分厚い草むらの茂みの向こう側に風が集う怪しげな窪地があるなんて夢にも思わなかった。正しくは、そういったものを想像しそうになった刹那、そんなものに出くわすのなんか夢でもごめんだと思い、手足をじゃんじゃん動かして砂利道から脱出することだけに意識を集中した。やっとの思いで舗装道に出たランソワの喉はカラカラに乾き、髪の毛や手足や背中のそこらじゅうにチクチクする葉っぱやトゲトゲする毛の生えた実のようなものをくっつけていた。おかげでカフェ『あなた次第』に入っていった途端、店主のステーシーに「あらあらだわ！　ランソワさん！　あんたったらいったいどこを通って来たの？」と驚かれてしまった。

「どこって、名のない険しい道を通ってさ」

「へぇ、なんのために？」

「ここのコーヒーとパンをより美味しく味わうためにさ」

「そんなことしなくたっていつもより多めにお金を出せばいくらでもより美味しいものが味わえるよ」

「とにかくいつものコーヒーとパンを」

ランソワのコーヒーとパンが用意されている間に、店の看板娘ナラが朝の挨拶をしにやって来た。ランソワに両手一杯で迎えられ、いつものように熱い抱擁を交わしていると、ナラはランソワの体じゅうに引っついている鼻をチクチク突く物たちを発見し、次いで髪が異様に乱れているのを発見した。ナラはそれらを取り払い、髪も整えてやった。それからナラはランソワからお礼の言葉と新鮮な牛乳を賜ると、次のお客をするためにテラスへ出て行った。ランソワはその様子を目で追いながら、焼きたてのクロワッサンを左手で摘んだまま、すでにコーヒーをおかわりしようとしていた。

「おりこうな犬ですね」新しい声がステーシーに投げかけられた。

「ナラは人が何を必要としているのかを嗅ぎ取って、できるだけのことをしてあげられる犬なの。訓練したわけじゃないわ。生まれたときから人に献身的な性格なのよ」

「ナラって名前はどこから？」

「日本からだよ。ニホンのナラ、キョウトナラのナラだよ。ナラってとこにはね、トーダイジだあって、そこにダイブツってものがあるんだけど、知ってる？」

「ええ」

「あたし、あれは震災の何年か前のことだけど、ツアーでニホンに行って、それでナラのトーダイジのダイブツを見たの。ダイブツっていうのは大きなホトケのことで、トーダイジのも十メートルだか二十メートルだかもあった。あたしはしばらく眺めてた。高い拝観料の元を取らなくちゃと思ってね。けど眺めているうちになんだか心がすーっとどこかへ落ちていく感じがしたの。わかる？　東洋で癒されるって経験をしたのさ」

「ええ、なんとなくわかります」

「あたし、ホトケも悪くないなって思っちゃった。旅に出て感動できたなんて運がいいでしょ？　それで帰って来たら、その翌々日に、そうそう、父の命日にこの子がうちに迷いこんで来たの。物静かで、おりこうさんで、それに毛色がたまたまナラのダイブツ風で、だからナラにしたの。なかなかでしょ？　あたし、この名前、気に入ってるんだ」

「いい名前ですね」

「ね？　ぴったりでしょう？　お客さんを癒すんだってなかなかのものなんだから。ところであなたは？　同居してる動物はいるの？」ステーシーが愛想よく訊ねた。

「今はいないわ」

「うちの猫はジンクス、中庭のカナリアはゾンターク、僕にコーヒーのおかわりを」

ランソワがさりげなく割って入り、即テーブルに置かれた二杯目のコーヒーを啜りながらステーシーに話しかける。

「ねえ、何か変わったことはあった？」

「別になんにも。ランソワさんは？　今夏休みでしょう？」

「二日目さ。休みの前に、やろうと決めてたことが幾つかあったはずなのに、いざ休みが始まってみたらひとつも思い出せないんだ。ねぇ、そういうことってありませんか」ランソワがさりげなく隣の新しい声の主に話しかけた。見かけない女性客だった。女性客は「さあ」と答えるよりも笑った方が無難だという判断から短く笑った。

「ところが夏休みが終わった途端に、やろうとしていたこと全部思い出しちゃうんだ。ねぇ、夏休み明けにそういうことってありませんか」ランソワは女性客の笑いが本物かどうか見極めてやろうと思って今度は意図的に話しかけた。それにもう少し誰かとお喋りがしたかったので。カフェで隣り合わせた人と取りとめのないお喋りを試みるのは楽しいものだから。女性客は今度も笑って済まそうと思ったが、そんなに器用ではなかったので、正直に考えていることを口にした。

「あの、今何時かわかりますか」

「ええと、もうすぐ九時半になりますよ」

ランソワは隣人の顔を一瞬まじまじと見た。やはり見かけない顔だった。

「ここからランパ通りに行くにはどのバスに乗ればいいですか？」いや、見かけたかもしれないが、見かけないとしてもなんら不思議はないだろう。

「それなら十八番に乗ればいいですよ。但しこのバスはランパ通りの国際交流会館の前にしか停まらないからそのつもりで。通りの逆の方向に行きたいのなら、違うバスに乗って欧州情報局のメディア管理センター前で降りるといいですよ。こっちを通るバスはたくさんありますから」

「ありがとう。詳しいですね」女は親切な隣人の目を見てお礼を言った。ランソワは「どういたしまして」と言ったつもりが、実際は不完全な微笑みを浮かべただけだった。目は微笑んでいなかった。目は微笑むのを忘れて憑りつかれたように女を見ていた。

「どちらで行きますか？　十八番とそうでない方のバス停は離れているんですよ」ランソワは女を見ていた。女の顔は卵型、目は切れ長で、瞳はれんげ蜂蜜の色をしていた。

「十八番で。バス停はこの広場に？」鼻は高くも低くもなく、

「残念ながら十八番だけは違うんです。ここから見て広場の向こう側の一番右の道を十メーターばかり行くと、角にまずいパン屋がありますから、そこを右に曲がるんです。今度は数十メーターほど行ってください。そうすると『幸せを呼ぼうとしている小僧の像』にぶつかりますから、そこを右に曲がってすぐです。行ってみればわかりますよ」口は顎の細さに比例して小さめにできており、髪はかなり短めのショートカットで、露わになった淡色バラの花弁のような耳たぶには何かが光っている、

「ええ、行ってみます。ありがとう」首はよく見えない、

「どういたしまして」ああ、首はシャツの襟に隠れているんだ、ペパー………

「――さよなら」ペパーミント色のシャツの襟がそっと首を隠している。

「――あ、ああ、さよなら……」ランソワはほとんどうわの空だった。さよならの前に明日という単語の存在を感じとったような気がしたが、気がしただけかもしれなかった。ランソワはうわの空だった。その有様をナラが見ていた。あくびの間中もずっと観察していた。すると、数瞬間後、ナラの視線によって現実を取り戻したランソワは、恥ずかし紛れに「おいで！　ナラ！」とナラを呼びよせた。「ナラ！　おいで！　ナラ！」ナラが億劫そうに重い腰をあげ、ペタペタとのろ足でやってきて「クン」と鳴いた。ランソワは「ナラ、お前はまだ眠いの

かい？　ええ？　そうか、まだ眠いのか、だけどそろそろ起きる時間だよ。おはようだよ」とごまかしの戯言を並べながらナラの背中を摩擦し、ナラはランソワがいつになく高揚しているのを見抜いたので、眠いけれど調子を合わせて尾っぽをピュンピュン振ってやった。ランソワは「じゃあ、僕は帰るよ」とナラにさよならを言い、ステーシーとその他の店員たちにも帰る仕草を見せると、足取り軽く店を出た。

もうすぐ十時になろうとしていた。広場はすでに夏の光彩と影を分ける何本かの直線によって大胆な幾何学模様を構成していた。中央の噴水に取り囲まれたモニュメント・オブジェ『球と豊国』は、天辺の大きな球だけが青い光の宙でキラキラと輝いていたが、他の球たちは柔らかい広影のなかでじっと耳を澄ましていた。影の領域で複数の声がうごめいていた。それらの様々な音域とイントネーションは光の領域に隠れて重なり合い、石畳のまるい空間に心地よいボリュームで反響していた。ランソワは朝のひと仕事を終えたゴム長靴の清掃夫たちが立ち話をしている脇を通り過ぎた。彼らは声量を配慮しながら喋っていた。アラビア語らしきものと東欧語らしきものが耳を掠めた。噴水の縁には散歩中の老人や犬連れの中年たちがまぁまぁ元気な姿で腰かけたり何を眺めるでもなく何かを眺めていた。片親連れの子供たちもいた。彼らは奇声をあげながら夢中で走り回っていた。観光客はどこにも見当たらなかった。ランソワはこの国のその点が気に入っていた。政府が公表した本年度長期調査報告によると、今年も予算と時間に上限を有するヨーロッパ好きの観光旅行者がわざわざこの国のこぢんまりとした世界遺産を見物するために訪れる確率は極めて低いことを強調している。ランソワはこの国を素通りして欧州諸国を巡る彼ら観光客の道中一コマ一コマを早送りしてみたり早戻ししてみたりして想像的遊戯に興じた。ランソワはこの遊びが好きだった。ほとんどの場合、馬鹿馬鹿しい独り遊びとして楽しめるし、稀に深刻で耐え難い状況の場合も、この試みが、負の感情に埋没してしまっているランソワ自身を再び、いや、たとえ一時的にしろ、坦々とした時間の路上に引き戻してくれるのだ。時折不意によみがえるブスカへの感情だって、この遊戯を思い出せさえすれば全てはたちまちただのどこにでもある平凡な短編童話のように感じられた。ランソワは滑稽な動画にニヤニヤしながら、広場をあとにした。そしてお昼のためにパンと野菜とハムとシードルを買った。ハムはお昼には使わない。ランソワにとってハムやソーセージはあくまでも買い置き用か外食向きの食材だ。ハム抜きのサンドイッチ。野菜のサンドイッチを作ることと食べることにおいてはちょっとしたこだわりがある。しかしそんなことはさておき、何か――何か鈴が鳴るような感覚みたいなものが、ランソワの心にあった。

足早に家を目指すランソワを、何台かのバスが追い越して行った。一番、五番、二十三番、三十五番……当然フランス情報局の方に向かうバスは通らない。にもかかわらず、ランソワはその都度バスの窓際に目をやり、乗っているはずのない乗客を探した。一度だけ後部座席にペパーミント色の背中が見えたが、その上にはチーズ型の禿げ頭がのっかっていた。これにはさすがのランソワも、滅多にクックツ笑いをしないランソワだって、耐えられなかった。穴があったら飛び込んで思う存分笑いたかったが、たとえ穴がなかろうと笑わずにはいられなかった。連れがいたら一緒にしゃがみ込み、足をバタつかせて爆笑するだろうが、生憎ひとりだった。それでランソワは声を殺し、外に漏れないように笑いこけながら歩かなければならなかった。ハンカチで涙を拭い、肩を小刻みに震わせ、足元はヨロヨロしていた。一人のお婆さんがすれ違いざまにランソワを凝視したが、ランソワは猛烈な笑いの発作をどうすることもできなかった。また歩道沿いの塀の上に寝そべって下界の様子を窺い見ていた一匹の野良猫もランソワを怪しく思って凝視したが、これだって効果なしだった。治まったかと思うと、またすぐに襲ってきて腹筋をこれでもかというほど激しく痙攣させたので、思うように歩けなかった。ランソワは笑い過ぎてヘトヘトになった。これ以上は笑えないというところまでエネルギーを使い果たしてしまうと、痙攣の波は次第に小さくなった。ようやく正常な状態に戻ったランソワは、自分が陽気な腑抜けになったような気がした。「とっても変だぞ。僕は馬鹿になっちゃったのかな」

7

買ってきたシードルを冷凍庫にしまい、一瞬、トマトの赤に見惚れていると、心の鈴音よりけたたましく携帯電話が鳴った。

「ああ、ランソワ」

「やぁ、ジル。元気かい？」

「冗談がきついぞ」

「君はどこで何をしているんだい？」

「いつもの場所で仕事をしてるんだよ」

「君は僕と同じ日に休暇を取ったんじゃなかったのかい？」

「僕もそう記憶しているが、確かきのうの朝だったか、依頼主から分析項目の追加と年齢層の変更があってね。ついでにその結果を特定のデータに納めてくれって言うから、それは当然断ったさ」

「それでまだ終わらないのかい？」

「うん、なんだか集中できなくてね。嫌気がさしてきた」

「そんな時もあるさ」

「君の方は？」

「僕は今日ね、道端で笑いが止まらなくなっちゃったんだ」

「何がそんなに可笑しかったんだ？」

「それがね、僕を追い越したバスの後部座席に男が座っていて――」

「男？」

「男はシャツを着てた、ペパーミント色のね、それから頭が禿げていて頭蓋骨がチーズ型だった。どう？　笑えるかい？」

「でもないね」

「僕はね、その後ろ姿を見た途端に強烈な笑いが込み上げてきて、もうどうにも止まらなくなったんだ。もう少しで呼吸困難に陥るところだった」

「それは微笑ましいかもしれないが、ま、笑うほどじゃないね」

「でも、もう落ち着いたよ。夏休みの二日目に死ななくてよかった」

「ところで今日はどうしてる？」

「何もないよ。君さえ――」

「じゃあ、そうさせてもらう」

「話が早いね。僕は何時でもいいよ」

「何か持っていくものはあるかい？」

「なんにも」

「じゃあ、のちほど」

　電話を切ると、ランソワは夏の雑音をＢＧＭにして野菜サンドを作った。ランソワの野菜サンドは、例えばその時にものすごくこれさえあればいいと思うくらい食べたい野菜があったとしても、あえてその野菜を好きなだけ挟むのではなく、そんな時でも定種の野菜とチーズと卵を定法に則して挟んでいくやり方の、いわばいつ食しても変わらぬ特性に適うバランスと味わいが例外なく詰まっている定番のサンドイッチだ。ランソワにとって野菜サンドイッチは、食べ手であるランソワが同等同質の熱心さをもって作り手にもなりえる唯一の料理であり、また、作業の快い楽しさ、断面の色鮮やかな彩り、皿の上に乗せたときの軽快で新鮮な重量感と清涼感、メリハリのある歯ざわりと口当たりの良さ、そういったものの総てがいきいきとしたみずみずしさを具えており、何百回食べても飽きることがないメニューだった。ランソワは、できたての野菜サンドを一辺四センチの正方形にカットし、オレンジを四つの縦割りにすると、前者を白い平坦な専用皿に、後者をガラス製のフルーツ皿に盛り、リビングのテーブルへ運んだ。仕上げに、夏の雑音が途切れていないことを確認しつつ、冷凍庫から冷えたてのシードルを取り出し、昼食に臨んだ。

テレビは正午のニュースをやっていたが、特別なニュースがないせいか、どのニュースキャスターもたいそう呑気そうに見えた。つまり視聴者と同じ顔つきをしていた。両者とも長期的な戦争は最早ニュースにならないことに疑問を持たなくなっていた。ランソワはゴム人形に似た男性ニュースキャスターを漠然と視野に入れながら口を動かしていた。男性キャスターも口を動かしていたが、彼の喋りのテンポや口調や間の取り方には、視聴者の感性を巧妙に鈍らせ、大き過ぎて誰の目にも見えない巨大な風潮の中に導こうとする潜在的な策略が感じられた。それは一方において視聴者の善悪の価値観念を牛耳っているようにも、また一方においてあらゆる情報をわざと野放しにしているようにも見え、彼らニュースキャスターたちは、世界というニックネームの世界に漂う基調の末端で、調整役と運転手を兼ねているように見えた。良かれ悪しかれ、南極大陸を除く約二百か国の領土に蔓延している雰囲気は、二十四時間の間に何度もぐずったり、泣きべそをかいたり、時に癇癪を起こしたりし、それ以外は暇を持て余していた。そして、その中にまみれて生きる人々の心理は、必ずや世界の波長に同調するとは限らず、限りなく自分の事情を最優先するあまり、支え合う不安と安心の狭間でジタバタしたり、虚栄のためになけなしのプライドを捨てたり拾ったり、誰かを好いたり嫌われたり、何度も死の縁辺をかすったり、慌てて所持金の勘定をしたり、転職を迫られたり、割に合わないご褒美を自分に与えたり、何も考えずに歩道を歩いたり、身分証明書の数字にくだらない詩を添えてみたり、キテレツな夢の切れ端が連なり続ける長いうたた寝をしたりして、いつでも想定の範囲内にぶら下がっている各種の既存的かつ限定的感情を、クローゼットに並ぶ洋服と同じようにとっかえひっかえしながら、雑多な時間を過ごしていた。その日その日の人生の材料は天気や株価と共に予報され、瞼を閉じて見る夢だけが予測不可能なセルフポートレイトとして記録された。悲劇を恐れる人々は恐れるあまりに自らの悲劇を招き、また悲劇を恐れない人々が思うように人生を満喫できない姿は傍から見ると陳腐な喜劇であり、要するに、人々の大半は、平凡な人生に翻弄されながら、一生のうちに不特定多数の人生とその云々を見聞し、ある人は十進法で、ある人は二十進法で、人生を理解したり語ったりしていた。しかし、人々が空を見上げ、何にも代えがたいもっとも個人的な投影を行ってみる時、人生には二頭身も八頭身もなく、どの人生も同じ光に恵まれ、同じ周期と距離を保ち、いつの世も、空に放たれる同じような無数の心の声によって、語り継がれる価値にあまることを感じるのだ。人生は偉大さとちっぽけさの二極に挟まれているが、実際はそのどちらにも留まることなく、それらは最後まで人々の憧れや比喩として存在するだけだ。人生は実在する膨大な単純作業であり、散々見慣れてきた事象や営みの更なる繰り返しによって自然と熟れていく痛感の本質だ。人生は奇跡がただの奇跡に過ぎないことを知ることだ。人生は決して素晴らしくない。精確に言えば、人生の大部分が素晴らしくはないが、奇跡の真価を探ることは、きっと素晴らしいことだ。そして、やたらと人生をいろんなものに喩えまくるよりは、いっそ素晴らしいと表現した方が、人々のためにも、僕のためにもいいだろう——。ランソワは、オレンジの果汁でべたついた指を宙に浮かせながら、何気なくニュースキャスターのネクタイに目を留めた。それは何色とも言い切れない複雑な色合いをしていた。複雑で簡単に説明できないものほど魅力的だった。なぜなら、物だろうと事だろうと心だろうと、複雑なゆえに説明を要さないそれらであれば、それらを好み求む者はただ感じるだけでいいんだし、それに複雑さというものは周囲の状況をはっきりと炙り出す効果があるからだ。実際、最新の効果が現れた。ランソワは、ニュースキャスターの胸の中心線に収められた細長い色彩の複雑さが、ランソワ自身の今の気分を強調していることに気づいた。それはいつもと違う奇妙に明るい感度で騒めくような気分、あるいは、件の色彩の複雑さに同化するような夢がかった光暈を懐く気分だった。ランソワは、これらの効果に満足し、締めくくりのささやかなデザートとして、ふと脳裏に浮上したかのミッソーニの面影をその彼方で味わう。面影は長いインタヴューを受けているときの魔術師のようなオッタヴィオ・ミッソーニのそれであった。彼の印象は、彼自身がもっとも複雑な色彩をなす光暈で形成された巨眼つきの山車のようであり、旺盛に稼働する肉体型磁石のようであった。彼の口は強靭な心臓の自由時間のように動き、彼の両目は子供の図画のように独自の世界を捉えようとする輝かしい力で溢れていた。印象はそこまでだった。ランソワはその先を慎んだ。面影の主がそう望んでいることは明らかだったし、それよりも、ジルが来るまでにするべきことがあった。こんなときこそ、辛うじて継続と呼べる頻度を維持しながら、録画だけはぼちぼち続けている夢の記録を活用して、たとえば最有力候補に思える昨日や一昨日なんかに、その辺りの夢に、現時の情況に関するなんらかの手がかりや前兆らしきものがないかどうか、つまり、ふわふわざわざわという擬態的表現がいかにもぴったりくるなんとも捉え難い明るい騒めきで満ちた今の気分、あるいは、そのような不思議な変調的な気分に融合している今の心、これらの起原と真相を解く鍵がないかどうか、検証し分析してみようというわけである。

8

ランソワは、食器を手際よく片づけてしまうと、半週間ぶりでコンピューターの前に座った。まずは全てのデータが正常に機能しているかどうかの確認をし、いつもの手順を踏んで、個人データの入口に進んだ。そこでIDパスワードの空白に十七桁を、名前の空白にランソワ・ボーシット・ブリュムーと入れると、約一秒後にランソワの個人情報と形式的なポートレートが表示された。自分の夢を閲覧するためにコンピューターと向かい合うのは実に久しぶりだった。長いＩＤパスワードを入力するのに、机の引き出しから濃紺の手帳を引っ張り出し、書き留めてあるページが閉じてしまわないように、右手で押さえながら、左手で十七個の数字とアルファベットを入力したが、二度も間違えてしまった。ようやく自分のデータを閲覧するところまで来ると、いったん水で喉を潤し、それから画面の設定を調節した。夢を閲覧するための設定は何段階かに分かれていた。それは多くの媒体を画像に再生する際の設定方法と同じ仕組みだったが、夢の画像を再生するには、記録するときに装着する専用レコーダと同様、専用のマイクロヘッドホンを装着する必要があった。このヘッドホンを用いることで、夢に既存する「におい」と「おもい」以外の概観的要素、すなわち《画像》と《読み取り可能な音声の全て》が閲覧者の脳に再現されるのである。

スタート画面に切り替わるまでの十数秒間、ランソワはコンピューターが自らを起動させる過程をぼんやりと見やりながら、視界の焦点はコンピューター画面とランソワ・ボーシットのまんなかで宙に浮いているのを感じていた。よくあることである。哲学に疎いランソワはこの宙の名称を知らないが、つまりこの宙の名称について考える時、ランソワの密やかなる声は、この宙の名称が『自分自身の意識空間』でなければいったいなんだろう？　とつぶやき、そのあとで、違う名称をいくつか考案しては、カギカッコの中に当てはめてみるのだった。時が経った。時計をもたない魂の領域で。コンピューターが節約のために灯りを消した画面は、時計をもたない魂の領域で迷子になった時と、自由な術で時を満たそうとする魂の影になったランソワ・ボーシットを映していた。時が経った。領域は寓意的な一筋の光芒によって散開され、生きているような足音を立てながら、鮮明な空間のなかに溶けこみ始めていた。そしてある瞬間、何に気づかされるでもなくランソワとランソワ・ボーシットがお互いを認め合うと、『自分自身の意識空間』というよりは『自意識のもやもや』が魔法のランプに吸い込まれるような勢いで去りだし、視界の焦点が『自意識のもやもや』というよりは『もやもや』の残像と思しきものを追想するように歩きだし、そのままゆっくりとコンピューター画面に到達した。そこが時の先端だった。視界の焦点は立ち止まり、厳かに目瞬いて主体と客体のコンジャンクションを見渡し、時の先端ラインにかかっている銀青色のフィルムのような精気をとらえた。そして同じ刹那、ランソワの中指は意識より早くエンターキーに触れたのだった。ランソワはスタート画面が日付の入力を求めてくるまでの間、今や国の象徴的分野であり主要的産業でもある『夢の再生』について、というよりは、自国の誇らしき研究チームが掲げている永久的課題テーマ『睡眠夢の再生機能から発展させていく未来型知能の新しい可能性』について、考えるというよりは、このテーマの色素であろう新興的かつ冒険的な文字や数字や記号を、眼裡に探ってみた。それらは、冴え冴えとした青空に舞う金糸のようだった。ランソワは限られた時間をぼんやりと見つめながら、絡まりあう金の糸を選り分け、文字だけ、それも確実に信用できて要約的役割を果たしている数個だけを拡大し、偽物の、どう見ても偽物で信用ならない数字と記号の総てを抹消的な大きさに縮小した。拡大された文字たちは、光の食べ過ぎで膨れ上がった生き物たちのように、身体を小刻みに振って大量の金糞をばら撒き、放出する光がなくなると、ほとんどがランソワの声を待たずに、空空とした暗野へ旅立っていった。したがって、ランソワの声に融化した文字はごく僅かで、役立たずの解体部品みたいに、何の意味も持ってはいなかった。

9

さて――と。ランソワはヘッドホンを耳に当てた。最初に昨夜の夢を見てみたが、前半の映像は遠くなったり近くなったりして捉え難く、動きの速いサーモグラフィのようにしか映っていなかった。後半に入ると、徐々にはっきりしてきた。男がいた。男は、細い筋肉とうわつきのない目貌を持っており、まるでつきまとう複数の視線をかわしながら先を急ごうとしているように、密やかな早足で、人の多い通りを脱けだそうとしている。複雑な中間色の一瞬を跨いで、鈍い光の群がり。それは黒い無数の触手が心理的な立体感を醸しながら絡まっているようであり、そこに浮かびあがった男の顔はどことなく微笑んでいるようである。長い瞬間、二種の視界が映像を投げあうように飛びかう。ひとつは男の視界、もうひとつは男を対象とする多角的な視界で、研究チームが監修を務める『夢ガイドブック』では、この「多重性視界」なる視的情景を夢の最大特徴として取りあげ、各有識者の考察的談話に八十ページも割いているが、ランソワにとってはそれほど重要でもなく、カギカッコで括るならば「夢の贅肉部分」、括らないのならそもそも考えようとは思わない、単なる夢の雑像である。しかしだからといって無下に早送りするわけではなく、雑像を眺めながら、自分にとって重要ではないと思うものが重要なものとして扱われやすい傾向にある社会的雰囲気の深層を瞥見し、その度に心を通り抜けていく虚舟の風を感じたり、その風の浸潤力を借りて自分自身が属する領域の真相を推し測ってみたりするのだった。二種の視界は、長い瞬間におよぶ密な交感を経て融和し、前方というべき宙を縦横無尽に掻きわけた。そして件の、いつもの薄影溜まり、ランソワにはすっかりお馴染みのヘルマンス通りが見えてくると、定め難いある瞬間から「主体的単独心理」なる特徴を帯び始め、すなわちランソワの記憶なき記憶の物語といえそうな情景に発展し始め、珊瑚色のヘルマンスの横顔、そう、ヘルマンス通りの入り口に掲げられているステンドグラス製の看板『ヘルマンスの横顔に宿る明星』を潜り抜けてからは、見えそうで見えない透色のもじゃもじゃしたものや、覚えがありそうでないごちゃごちゃとした瞬間的場面のようなものをスキップしながら、むら気に満ちた風が着地するような湧出的感覚をもって、ふとした瞬間、件の、いつもの小さな空間、通称『敷石たちと影たちのプティメゾン』の前でぴたりと止まった。

*

映像の上下にミクロの神秘を具えた黒い比翼のような男の睫毛が幽影のごとく存在している。男は瞬きをしない。情景は鮮明な一重の視界である。男が見つめているのは男自身の姿に見えなくもない濛濛とした影のシルエットだ。それは一枚の欠けた硝子板に映っている。男はさておき、影はランソワの夢にもうすっかり馴染んでおり、この男でなければ違う男がこの濛濛影を見つめる時、映像は統一的静止のなかに凝縮され、ランソワはなんとも知れない望郷の想いに駆られる。つまり「状況移入」なる心理的融合の感覚、閲覧者でありこの夢の記憶なき記憶者であるランソワ自身が、夢の主体者である男自身になったような感覚を介して、濛濛影を見つめ感じ入るのだ。男とランソワは、いや、ランソワは、濛濛影にセピア色の孤高な眼差しを見る気がする。眼差しの表情は果てしない過去を記憶している詩人のように遠く寂しげで、完璧な孤独を謳歌している真の自由な魂のように近く楽しげだ。ランソワは、いや、おそらくランソワと男は、いつもその眼差しに心惹かれる。できることならもっと、まだこうしていたいと思う。というのも、すでに、そのものと思しき末端が硝子板の向こうに見えている。

「ドゥーベ……」ランソワは男より早くそのものの名をつぶやき、男はランソワの動感的欲求を叶えてそのものへほんの少し歩み寄った。すると、硝子板のやや後方で、お馴染みのなりすまし犬ドゥーベが、きれいに前足を揃えてこちらをじっと見ている。二メートル余りの隔たりは妙にくすぐったく、心をもつビー玉のような眼のたたずまいは実に慎ましい。彼が、ドゥーベが、この距離と沈黙の掟を破ったことはない。これらの厳守を何よりも重んじることで愛情の真価を示す主義なのだろう。それにしてもドゥーベがなりすましているのは、いや、いつもなりすましたつもりでいるのは、森の妖精『ノルスク・スカウカット』に違いない。『ノルスク・スカウカット』といえば、北欧の神話に登場する美しい長毛猫だ。ライオンの鬣みたいな首回りの飾り毛とキツネみたいな尾を持ち、神話のなかでは女神フレイヤの馬車を引き、ソファのうえでは女主人ヤーレッフの膝を暖め、そしてかれこれ、少なくとも半年以上前からドゥーベのなりすまし癖にその外観的イメージを貸しているのだ。「ドゥーベ……」今度は男がつぶやく。なりすまし犬ドゥーベは、何を悟るでもない眼でこちらをじっと見続けている。その眼は命を授かった水滴のようにみずみずしく、命に住まう魂はまんまるい眼の中央で翡翠色の遊石と戯れている。ランソワにはそんなふうに見える。

＊

と、どこからともなく、いや、男とドゥーベを取り巻いている沈黙の繁みから、息のような声、いや、世慣れた仙人の囁きみたいなものが聞こえてきた。ああ、これもランソワにはお馴染みの囁きだ。耳を澄ますと、囁きは囁きあう複数の声であることがわかる。声たちの正体は敷石たちと影たちだ。ランソワはそのことが判明した夢の核心部分をはっきりと記憶している。あまりにも妙ちきりんな夢だったので。声たちの囁きあいから、例によってサジーヌとかコベールとかの名前が漏れてくる。ランソワが二重のフェルトで包まれたような声々で囁かれるそれらの名前の所在や共通点を思い出せたことはない。しかしそれはそれでいつまでたっても解けない謎々のように十分意味のあることだろう。「ね、聞こえるかい？」男が実なる響きをともなう声でドゥーベに話しかけた。ドゥーベは眼輪筋をピクリと動かして、聞こえていることを男に伝える。それから男の次の言葉を待ちわびるあまり、ロイヤルコペンハーゲンの犬の置物みたいに、愛情を受け止めるための最善的な姿勢をとって、全身をひたと硬直させた。すると、声たちの囁きあいは、まるで示し合わせたようにパタッと止み、静寂というよりは沈黙、沈黙というよりは誰かが懸命に息を止めているようなある種の呼吸的気配、もっと具体的に言えば、それは今にも我慢の限界を越えようとしており、事実、ランソワがこの怪しげな静寂の動詞を探りかけた刹那、突として、誰かの息は荒々しく無遠慮によみがえり、いや、息どころか、がさついた皺枯れ声をもって復活を果たし、さっきまでの密やかな囁きあいとは打って変わって、なにやらこうるさく喋りたて始めた。

「ハア！　ハア！　ヒイ！　危うく死ぬところじゃよ！　ハアハア！　ハ……シ、心拍！　心拍！　わしの心拍はどこじゃ！……と、ああ、そうじゃった、そんなものはとっくにないんじゃった、ホホホホ、我ながら面倒臭い余興癖を身につけてしまったものじゃ、ハアハア、誰の癖かちゃんとわかっておるぞ、ハアハア、あいつじゃよ、あいつ……ハアハア、あいつときたら、いつまでもしつこくつきまといおって！　まったく無礼なやつじゃ！……ま、いいか、ハアハア！」呼吸が正常に戻ったあとも独り喋りは続く。その現実的領域を超えた内容に嘘がなければ、皺枯れ声は、恐ろしく年を取っており、推測しなくとも、今さっきドゥーベと男を取り巻く沈黙の繁みから現れた息のような声の復活のそれであり、ということは、世慣れた仙人の囁きであり、敷石たちと影たちの囁きであり、つまりは濛濛影の声であろう。一方、映像はこの騒々しさに閉口して、でなければ、強い拒絶の意志を顕にして、とにかく、このお喋りが消えてなくなるまでは機能しませんとでも言いたげに、まるで壊れたテレビ画面のような不機嫌そうな雑色の渦中に引きこもってしまった。

「さて、さて、じゃ。まだかな？……ううむ、まだのようじゃ。ほれ……カチコチカチコチ言っとるわい。いつ聞いても世知辛い音じゃ。これが人間どもによって切り刻まれ続ける時間の音じゃよ。時間があげ続ける悲鳴じゃよ。なんて惨いことじゃ。今でもついつい探してしまうかつてあったわしの心拍のリズムにそっくり！　ああ！　なんて嘆かわしいんじゃ！　大多数の人間どもはいつの世もこのカチコチにばかり気をとられて、肝心なことに気づいちゃおらんのじゃ。生涯無関心なんじゃ。死ぬまでボンヤリしとるんじゃ。わしの経験からいうと、どいつもこいつもじゃ！　そうじゃ！　どいつもこいつも奴らはみなからっきし鈍感で間抜けで中途半端で、おまけに他人という鏡なしでは自分自身を見いだせぬ能なし揃いときておる！　へ！　空け者が！　罰当たりめが！　もったいない話じゃよ！　自分自身のなかに宿っておる魂のことも奇跡の周期のことも知らずに終わるんじゃからな。宝の持ち腐れじゃ。そういや、わしの大昔の魂友で、やけにプライドの高いのがいたっけな。最後の肉体名はええと……普通すぎてとっくに忘れたわ。つまりその魂友はクリスマス・イブの真夜中にとうとう肉体を抜け出したんじゃ。……あれは小雪のちらつくロマンチックなクリスマス・イブじゃった。わしは教会にいたんじゃよ。町はずれのどうってことない教会じゃ。して、この教会の影溜まりの温もりがどうにもわし好みじゃった。魂がすとんと落ち着くんじゃよ。わしという魂の魂を心地よい眠気と共に感じるんじゃよ。つまりあれじゃ、わしという魂の魂のそのまた魂の魂の魂……みたいな感覚、じゃなくて、きっと魂の構造形態のことじゃ、ほれ、この魂の構造を象ったお人形さんがあるじゃろ、イレコリョーシカ人形、いや、ちょぴっと違うな、イリョコマーシカ人形かな……わからんから入れ子構造式人形でよかろう、あれはなかなか愛らしい人形じゃよ。で、わしはね、わしのな、わしがか？……はて？　なんの話だったかな？　思い出せなくもないけど、やーめた！　ヒントは讃美歌と悪臭のする腐ったシクラメンの球根じゃよーっと……あ、ああ、ちと喋りすぎたようじゃ。いかん、いかん。近頃どうも喋りすぎる。仕方あるまい。わしは火星詩人じゃからな。そう、いかにも、わしは火星の詩人じゃよ。そして今、わしがいるのは火星ではなく、火星の隣の星じゃよ。あれだけ用心しておったのに、まーた隕石にかっさらわれたんじゃ。隕石の速さときたら、そりゃもう速いのなんのって、記憶なんかよりずーっと速いんじゃから。だーからわしはいつもなーんにも覚えとらんのじゃ。なーんにもじゃよ。ホホホ！　なーんか可笑しいじゃろ？　え？　可笑しいじゃろ？　ホホホ！……で、またしばらくは地球なんじゃ。ん？……しっ！　しーっ！　なにか聞こえる……それとも見えるのか？……いや、聞かれてるのか、見られているんじゃ……ははーん、さては誰かおるんじゃな？……誰じゃ？……スパイか？……無理もなかろう、わしのお喋りは素晴らしい感性と英知の結晶なんじゃから、通人にとっちゃ願ってもないお宝情報じゃ、ホホ、さぞ高く売れるんじゃろう……あ！　ええい！　くそ！　その手には乗らんぞ！……でなければ……もしやあれか？……あれといえばあれか？……なあんだ！……あれじゃ、あれじゃ！……よいぞ、よいぞ！……さあ！……さあ！さあ！……まだかな？……もうじゃろ？……おかしいな。はて？……さてはもう鳴ったのか？　それとも鳴らなかったのか？………どっちかじゃろ。どっちもありじゃ。ということは、タイマーが珍しく設定通りに作動したのかもしれん。だとしたら………あ、わしね、今回はちょこっと趣向を変えてみたんじゃよ、音設定を《消音》にして、時間設定を《おまかせ》にしてみたんじゃ。フフ、コーディネートじゃよ、コーディネート。わしってセンス抜群じゃろう？　現役のカチコチ族には絶対できないコーディネートじゃろう？……ということは、つまりこうじゃ。わし自身がこの瞬間じゃ！　と感じたら、その瞬間がわしの設定した時間というわけじゃよ。ねえねえ、わしって独り遊びの天才。そいでもって、この遊び心こそが幸福の秘訣じゃよ。うんうん、そうじゃよ。なんにつけても想像していたのとちょぴっと違うっていう状況、これがなにより大事なんじゃ。永遠に続くあてはずれの状況じゃよ。………もし仮に……見えるようで見えない、見えないようで見える、花びら占いみたいなわしの近々未来がすべて想像どおりだったら？　なにもかもあてはずれのない状況ばかりだったら？　え？　どうじゃ？　え？……けっ！　そうなったらわしの感性はなんの価値もないさすらいのボケカマシな気体じゃ！　おお！　想像するのもゾッとするわ！　そんなわしはわしではない！　わしはそんなわしを激しく拒絶するこのわしなんじゃ！　わしの感性は決してさすらうボケカマシな気体なんかじゃなく、断じてすこぶるキレカマシな知体なんじゃ！　見えるようで見えない、見えないようで見える、花びら占いみたいなわしの近々未来よ！　そなたは常に三寸先でわしを待ち受け、この隔たりは永遠に縮まることがない。晴れ渡る夜の空は、人間の人間による人間のための灯りによってうっすらと白濁し、わしと大勢の星たちの間に、目に見えにくいものを計り知るための特別な時を創造する。時の長さは日替わり。だいたいその日のランチにかけた時間の五分の二。それは一枚のカードが意味する多様なスプレッドから言葉を取り去った無展開の広がり。スタートもゴールもルールもメールもなく、したがって、わしのように磨き抜かれた感受性と洞察力を有する者だけが、近寄りがたい隣人みたいなその時界と親しくなれるんじゃ。くどいようじゃが、わしはなにかを見ようとするときに耳をすまし、なにかを聞き取ろうとするときには目を凝らす。目に映る情景と心に映る情景を均等にブレンドするためじゃよ……はて？　わしがくどいのはなぜじゃ？　なにかこう……さっきからひとつの円の周囲をぐるぐる回っているような感じがするのはなぜじゃ？　ねえ、なぜじゃ？……誰か、誰でもよい、わしをいろんなものに喩えられる器用者はおらんか？……そうか、おらんのか……そうか……そうじゃろうな……よかろう、わしだってそんな愚か者はごめんじゃ……たまらん！　うざったいだけじゃよ！……ところでな、どうやらようやくもうじきそろそろのようじゃ。恒例の不敵な胸騒ぎがしてきたわい。胸騒ぎを感じ始めたら？　もたもたせずに、恒例の儀式に移るのがわしの流儀じゃよ。ま、儀式といっても、出番のタイミングを外さぬように黙って意識を集中させるだけじゃがな。では……あ、わしに御用の方は今しばらくお待ちください」そこで濛濛影の声は途絶えた。どうやら意識を集中させるために黙りこんだようである。すると、暴君をきわめた濛濛影のお喋りに圧倒され、雑色に引きこもっていた映像が機能を再開し、少微迷いながら焦点を取り戻した。

——男。男の顔。「仲間に入りたいのさ」男がそっと囁きかける。おそらく自分自身に。というのも、ドゥーベが見あたらない。濛濛影が喋りまくっている間に姿を消したのだ。今回は随分あっさりと。いやいや、どうだろう。まだわからない。消えたと思いきや、またひょっこり現れるのが、最近の傾向だから。たいてい二度目から は姿かたちを変えて現れる。前回はピンブローチだったな。ランソワはあのブローチを思い出して右の笑筋を引き攣らせた。男のシャツの襟端にしっかとしがみついていたドゥーベの必死の表情ときたら、これが何とも言えず滑稽だったので。今回、男の襟にその気配はない。男は腕を組み、次に囁くべき言葉は何なのか、それとも、自分自身の言葉を宛てがうべきものは何なのか、そんなことに、ふと心を奪われているような目をしている。

＊

男のうつろな目は、みるみるうちに膨張していき、視界となった。そして今は、この視界が男をじいっと見ている。ランソワは視界の変化を見逃さない。つまり今の今、ランソワが視界を意識した瞬間と同じ範囲にある瞬間、視界は、男から違う誰かの視界にすり替えられ、いや、強い感性を持つ何者かの目になったようであり、ランソワがその認識を遂げないうちに、何者かの目は、遠慮を知らない子供みたいに、いろんな角度から男を覗きこんだり、落ち着きのない子供みたいに、いろんな動きで男の視線を引こうとしたり、かと思えば、すうっと離れていき、おもむろに、天女の纏う羽衣みたいに舞い踊って、画面全体を覆っている薄影色の宙を薄七色に着色してまわったり、また、男の耳元に忍び寄っていき、イシガメの歯ぎしりのような音、いや、何かの何かのような声、そう……動物の言霊のような声を発したりした。「ドゥーベ？」男が動物の言霊らしき声に反応する。声は男の問いかけに頷くような黙間のあと、幼児向けの絵本なら二ページほどに相当するくらいの言霊を、今度はハネジネズミの爪とぎやコロボックルの嘆きしゃっくりみたいな音も交えて発し、それで全部のようだった。

「実体のない言葉、皮膚に開いた覗き穴の向こう側へ、一縷の声を通り抜け、ぽちゃんと落ちる、折り畳み式の鈴のなかは真っ暗、開きかたを知りたければ、砂時計をかえしてごらん……か。ドゥーベよ、君はいつの間にか語彙を増やした。ありがとう。さようなら。またここで会おう」男は湧きあがってきた言葉を自身の声にしたのだろう。それらを丁寧になぞり終え、しんみりと俯く。その表情はたった今自身の声が築いた「さようなら」という言葉の余影を彷徨っているように見える。あるいは、余影を彷徨っているうちに、惜別の情域を外れ、過去になって間もない幾つかの場面がどこにどう繋がるのか、それに関して、最もシリアスな未来を思い描こうとしているように見える。ランソワにはそんな風に見える。次の瞬間、男の頬に涙のようなものが光った。川面に映る遠い月のようなそれが、涙かどうか見極めようとして、ランソワが身を乗り出すと、おそらく遠い月のように見える涙は、一枚雲にすっぽりと身を隠す満月のように、切れ目のない薄影で自らを覆い、ランソワが身を乗り出したまま、凝らし目で見つめていると、遠い月にも涙にも見えるが、小さな穴から抜け出そうとしている黄泉の光にも見えるそれは、神の行いのように穏やかに、物静かに、速やかに、薄影を吸い込んでいき、みるみるうちに、男とその周辺を、あの光、レンブラントが描いた『ダナエ』のうえに降り注ぐあの眩い光を彷彿とさせる光で満たし、神話的な絵画を完成させるように、夢の産物というべき光の趣を完成させた。

一瞬の間、すべては死んだように静かだった。光の野外を塗りつぶしている薄影は、まだヘルマンス通りのプティメゾンに留まり、近代遺跡の欠落物のような三段の石段が、無名な絵の中のディテールのように冷たく機能していた。男はまっすぐに立ち、光の発信者を感じ取ろうとするように、視線を落としている。その目は、すでに何かを感じ取っているように見える。何かとは、きっと声だ。まもなく、それは声になる。それとは、死んだような静けさの瞬間をそっと捲りあげて、どこからともなく滑り込んできた、意匠的な雰囲気の沈黙だ。そして、ランソワが、光群のなかに佇む男の姿を、かすかな可笑しみの傍らで見守っている間に、それは、声になり、声は、ランソワの耳に届きはじめたとき、すでに、濛濛影とはまったく違う個性を漲らせて、滔滔と喋りまくっていた。

＊

「——わたしが声にしないある言葉と反対の言葉を言うから、あなたはそれと反対の言葉を声にしてみてください。……ねえ、迷ってないで試してみませんか？　楽になりますよ。大人たちやこれから大人になる子供たちのために、あなたには面白い話を探してもらわなければなりません。これからわたしが提示する言葉に、あなた自身の言葉を重ねていき、ひとつの興味深い話を完成させてもらわなければ。もちろん滅茶苦茶な適当話ではなく時計回りのまともなお話をね。ああ、待って。戦争映画の予告のような絶望的刺激の強すぎるものは認められません。もっと単純でわかりやすくて、小さな子供たちが宝物にしたくなるような、思い出のいっぱい詰まった貝殻みたいな話を考えて。………迷っているのですね。それもけっこうです。大人になると顔に影が出てくるでしょう。それは少し悲しくて素敵なことです。つまりあなたが一元的な合理主義者ではないこと、実は多元的な魂の格者であることを、何人かの人に証明する絶好の機会をぜひとも逃さないでください。あなたの人生はすこぶる順調です。その秘訣を抽象する特徴が、あなたの口と鼻の形状に表れていることも存じています。しかし快適な夜があれば、辛く寒い朝もある。あなたは自分自身で体温調節をしなければならない。幸いなことに、あなたの思考は日が暮れてもなお活発に働く。暗い中でもよく目が見えている。さあ、ためらわずに今なにが見えるのか言葉にしてみてください。大人が読んで楽しめ、子供が読んで感動するありきたりの幸福なプレゼントを、与えるべき人に与えてください。肝心なのは、プレゼントを受け取る側の気持なんか考えないことです。どうせ読み手の身勝手はすべて空白の部分に没収されるのですから。でもね、それがどんなに印象の薄い道だろうと、鍵を拾った道を忘れる人がいないように、誰もあなたのちっぽけな話を忘れる者はいないでしょう。ああ、わたしが喋りかけているせいでなかなか考えられませんか？　そんな言い訳は通用しませんよ。やる気の問題です。あなたがやる気を出せば作り話のひとつやふたつ、パンケーキに空気孔を開けるようなものだ。ぐずぐずしていると、そろそろ最後の音楽になりますよ。そうしたらあなたは神の気紛れによって、唇が薄っぺらくて高慢ちきで超一元的な馬鹿女と嫌でも踊らなければなりません――」

声はそこで途切れた。音楽らしきものは聞こえてこなかった。すべては死んだように静かだった。声がはじまる以前の一瞬の間のように。男は我を巡らすように視線をあげ、脳裏に浮かんでいる事柄を写すように二度の目瞬きをすると、まだ消え去らぬ光群の中程から、薄影の領域をぼんやりと見つめていた。一分に相当するような数秒が経った。すると薄影の領域は、幾つかの異なる視線に短く宿りながら拡張していき、ムクドリの大群が巨大なひとつの精神と化して空を黒く塗りつぶすように、画面全体を薄影で覆いつくした。ランソワは、画面から少し身を引いてこの光景を見つめ、自然や野生の不可解な現象が人の心理的印象を占めるときの特徴のようなものに気づいたうえで、無数のムクドリの表白であるとも言えそうな薄影の随所に、ランソワ自身の情操と思しき物明かりをみとめた。そして夢のなかに自分自身のしごく興味深い部分を見いだしたので「ランソワ・ボーシット」とつぶやき、誰もが常に胸懐しているとは限らない最も私的な人生の問題点のようなものを連想してから、飲み干したホットコーヒーがマグカップの内側に残すあの汚らしいカフェインの線と少し不愉快なにおいを思い描く。その間、映像に変化はなかった。ランソワは、更に二十秒ほど、物明かりやそれらを紐解く材料になりそうな何かしらが現れるのを期待して待ってみたが、その気配はなかった。記録された夢の残量は僅かだった。詳細を見てみると、夢の記録時間が四時間十七分、そのうち前半の二時間が映像として不明扱いであり、後半の二時間余りのうち明瞭な夢の映像として認識されたのが四十三分、ここまでの閲覧時間が二十八分、早送りの回数が五十五回だった。「ということは……」いや、どうということもなかったので、ランソワに言葉を打ち切り、速やかに昨夜の夢を閉じた。

10

次いでランソワは一昨日の夢を開いてみた。閲覧する前にあらかじめ記録時間を確認すると、不明扱いは六分、明瞭な夢の映像は四十分、更に今度は専用レコーダーの装着時間も、これは五時間二分だったが、いつものように、その開始時間と終了時間までは目がいかなかった。映像の頭を待っていると、この種の寸暇に存在する希少な世界の気配がランソワの脳裏の横をまるで悠然と大気横断していくにおい風のように漂い去っていき、やがて白い世界が、やはり夥多な世界の景色とは一線を画す夢々しい白の世界が、コンピューター画面全体に現れた。それはアンダルシアのフリヒリアナと天国の中間地点に浮想されるような雰囲気を持った場所であり、つまり、おそらく天国に繋がる真っ白い階段のようだ。

「こんなのありかなぁ」声がしてくる。聞き覚えのある声が。声の主は見えない。おそらくこの視界の主と一致するだろう。「まあいいや。喋述を続けよう」そう断言し、声は続ける。「階段は真っ直ぐ果てしなく上に伸びていて、ある程度から先は鍾乳石色の雲に覆われてなにも見えない。見上げるとまるでマシュマロの世界のようだ。階段の終点には天国がある。そう信じている。だから気持ちはすこぶる前向きだ」ここまでくると、ランソワは、声に自分自身の個性らしきものを見いだす。僕の声かな。「天国。そう、天国だ。僕は天国に通じる細い階段をのぼっている。頂上が天国だという確信は、僕の心と精神に矛盾しない統一的な戯曲のなかにある。そして、僕は戯曲どおりの運命を辿っている。天国という不滅の郷の存在が僕を駆りたてる。そのとおり。一瞬にして数時間が、数分にして何十年という時間が、数時間にして一瞬、何十年にして数分の経過術とおなじ算式を用いて経過し、何も知らずに部屋のドアを開けたあの瞬間からは、優に数百年が経っている。そのとおり。それでもまだ両足はすいすい前に進むし、希望の光を含有する弾力的な気分は衰えない。そのとおり。僕、ランソワ・ボーシットは死の壁を突破することなしに、直接天国への階段をのぼっている。引き返す階段はない。まったくそのとおり。戯曲のとおりさ」僕の声だ。「だけど、実のところ、僕は今、階段に腰をおろしている。このなんとも不可思議な冒険が成功してしまわないうちに、不滅という生成の魔法が消えてしまわないうちに、ほんの少しでいいから……整いすぎた戯曲の印字を外れて、自由になりたかったんだ」相変わらず声だけで、姿は見えてこなかった。ランソワはそのことに物足りなさを感じ、小刻みな早送りを繰り返した。自分とよく似た声が小走りでついてきた。人差し指と中指が小刻みな操作に慣れてきた頃、画像に変化が現れたので、操作を止め、再び現実相当の速度に戻すと、声の言うとおり、真っ白い階段に男が腰かけている。視界は傍観者のそれに切り替わっており、確かにランソワ・ボーシットといえる人物が、膝に肘をついて肩を支えながら、そこらじゅうに浮かんでいる鍾乳石色の綿雲を、手足で突いたり弾いたり、息を吹きかけて四方に散らしたりしている。その表情はいささか子供っぽくいたずら半分な感じがする。状況を楽しんでいるように見える。喋述を脱線し、すっかり自由であるようなランソワ・ボーシットの独り喋りが続いている。「――それにしても、死の実感なしに天国へ向かう運命が実際あろうとは考えもしなかった。もしかしたらこの他にもいろんな経路があるのかもしれないな。しかしこの分だと、天国まではまだ相当時間が掛かりそうだな。だいたいこの階段に一歩を踏み出したらそれが僕の人生の終わりの始まりだなんて思いもしないから、何もかもやりっぱなしで来きちゃったぞ。第一、僕みたいな意識も記憶もはっきりした者が天国に行っちゃっていいのかしら。あるいは意識も記憶も空っぽになるまで階段が続くのかしら。そりゃ大変だ！　でも待てよ……待つ？……いったい何を？……いや……何にも。僕は何も待たずにのぼるさ。今となってはそれが僕の境涯なんだから。天国が僕を待ってる。いや、僕が天国を待ってるんだ。幸いなことに僕の気持は喜んでそうしたがっている。おまけに疲れもないし喉も乾かない。それによくよく考えてみれば死の苦しみと痛みをすっ飛ばしちゃったんだから得な話だ――なるほど！　そうか！　僕が疲れないのは死ぬときに使うはずの体力を使ってないからなのか！　だとすれば、死ぬってことは物凄い体力を消耗するんだろうな。つまり死んじゃうくらい。そういえば、僕はもう長いこと何も食べてないや……」

とりあえずランソワ・ボーシットの頭に浮かんだ事柄はこれですべてのようだった。彼の声は黙り、視界は一旦声から離れた彼の表情に寄りつき、その表情は、独り遊びの途中でふと自由の存続が気になりだした小さい少年のひらめきがかった懐疑心のように、敏感で真剣な明るさを伴っていた。事実、彼は、自由の存続を確認するかのように、何かの存在を周囲に探り始め、その入念な目探りの様子は、ランソワにとって親しく身に覚えのあるものだった。さらに、用心深い目でさんざんくまなく辺りを見探っても見つからなかった何かが、不意の暇に、思ってもみないところからひょっと現れた瞬間、彼がみせた表情は、これもまた、あらゆる矛盾と隔たりに関する混沌とした多様な問題を無視すれば、ランソワが日常的に自覚している自分自身の表情かもしれなかった。視界が、ランソワ・ボーシットの強い好奇心からじかに伸びているような視線の的をとらえ、彼の視線よりもずっと接近し、突きとめた何かの正体を、ランソワ・ボーシットはとっておきの感動をこめたような確かな小声で「フクロウだ……」と決めつけた。ランソワもそう思った。そしてふたりのランソワは、魔法のように現れたこの小さき猛禽類をまじまじと見つめ、黄褐色に艶めく動物の対の真実、まんなかに命の刻印を宿している十八日の月のようなふたつの眼が、張りつくようにこちらを凝視して離れないものだから、思わず微笑したが、小さき猛禽類の方は、微笑どころか微動もせず、動物の真実がこめられた黙間をシグナルのようにゆっくり目瞬かせると、余計なまざりものが一切ない本能の表情を対の眼に浮かべるのだった。それは、人間特有の印象的基準からすると、険しく鋭くひどく無愛想でやれ不細工であり、つまり天が動物だけに与えうる表現、自然の巨大な精神が産み落とした尊き住人の表情、やれなんとも言いがたい野生の愛嬌に溢れていた。眼の印象はからだ全体の印象と素晴らしく融合していた。全長二十センチ足らず、体形は頭でっかちな雪だるまそっくり、全身を覆っている豊かな灰茶色の羽毛は、木々の圧倒的生命力と共存するための調和的美しさと逞しさにふさわしいが、微笑ましく茫茫としており、あちこちに葉屑や風塵のようなものが絡まっている。ランソワ・ボーシットは「はじめまして」の歓迎を試みるように柔らかいややかしこまった笑みを浮かべ、事が動きだす瞬間を待つようにそっと立っていた。小さき猛禽類はといえば、ランソワ・ボーシットの足元に停泊している拳ほどの雲を独占し、何か言いたそうにも言いたくなさそうにも見える目で、真下からじっとこちらを見つめるだけだ。そのまま数秒間が経つと、ランソワはこの甘酸っぱい感じのする黙視の状況にむずむずした。ランソワ・ボーシットも同様に耐え切れなかったのか、ついにゆっくりとかがみこんで「君、僕を見てるの？」「ねぇ、君はどうしてここにいるの？僕に会うため？　それとも違うの？　僕の言うことがわかる？　いいかい？　君がちょっとでも何か言ってくれたら僕はとても嬉しいんだよ」とフクロウに囁きかけた。フクロウはうんともすんとも言わずにランソワを凝視している。「君は可愛いなあ。ぜひ僕と友だちになってくれないかしら？――僕の名前はランソワ・ボーシット。君は？」フクロウは身動きせず睨むようにランソワを見続ける。「そうか。きっと君にはまだ名前がないんだね。それなら僕がつけてあげよう。名前は――ヴァランモーだ。冒険家の小動物って意味がある。さぁ！　ヴァランモー！　僕の手に乗って！　もし君がいやでなければ、僕と一緒に天国へ行こう！」そう言ってランソワ・ボーシットは、手のひらをヴァランモーと雲の間にもぞもぞとねじ込んだ。するとヴァランモーは意外にもそれを拒まなかったが、よちよちと手のひらに乗り移るときの動きがあまりにも慎重だったので、ふたりのランソワは同時に吹き出してしまった。その様子をヴァランモーは鋭い目つきで監視していた。ランソワ・ボーシットはヴァランモーに顔を寄せ、獣のにおいを嗅ぎ、目を細めると、彼を、ランソワには彼に見えるヴァランモーを、肩の上へ導いた。ヴァランモーは大人しく人間の肩に乗り移り、体のバランスを取りながら、骨峰の傾斜に適当な足場をみつけた。肩に乗ってしまうと、ヴァランモーはもうランソワ・ボーシットを見なかった。ランソワ・ボーシットと同じ方向を見ていた。

ランソワ・ボーシットは幸せそうな顔つきで天国への階段のぼりを再開した。ときおり相棒の耳元で「こんなの知ってるかい？」と囁き、自分勝手にいろんな話をしたり鼻歌を聞かせたりした。また、中途半端な鼻歌をのりしろに、ちょっとした世間話、月が人間にもたらしてくれている多くの奇跡についてや、人間たち、いや、僕の精神がどんな具合に幼稚なのかという考えや、行ってみたい場所や、気になる動物や人や夢や本や食べ物の話なんかでせっせと息を繋ぎ、つまるところ、彼の気持は途切れなく天国へ向いてるようだった。ヴァランモーはランソワ・ボーシットのお喋りに何の興味もなさそうだったが、おそらく彼らの持って生まれた能力と習性に則って音の波動や突起に反応するのだろう、首を傾げたり、ぶるぶるっと羽毛を震わせて身を縮めたり膨らませたり、またドスの利いた低音で短く唸るように鳴いたり、ついでにおしっこやうんちをしたりした。ランソワ・ボーシットは幸福を噛みしめるようにちょっと沈黙した。そして冒険家の心にゆらめく炎のような声で「ヴァランモー、君はもうこれできっと僕の相棒なんだね。君を僕の運命に招き入れると誓うよ。人生最後の友情さ」とヴァランモーの温もりに話しかけ、その間も休まず階段をのぼり続けた。ランソワ・ボーシットのこの言葉にランソワは自分自身の人格の恥部をみるような気がした。

ランソワ・ボーシットがいちいち見上げる先には、蒼白くなめらかに澄みわたる大きな世界の空のような宙が広がっていた。その光景にランソワは、白夜が放つ陶酔的な感覚と死人の冷たく青ざめた瞼から漂う永遠の静寂をみるような気がした。これらの他にも何かをみているような気がしたが、それがなんなのかはわからなかった。階段は続いていた。ランソワ・ボーシットは運命が示した果てしない道のりを進み続け、彼の呼吸は深夜のかすかな風笛をともなう寝息のように映像のなかをさまよい続け、ヴァランモーは剣刃の守紋が入った黄褐色の眼を広大な宙に据えたまま揺れ続ける足場の上で重心バランスのためのステップを踏んでいた。ヴァランモーの滑稽な動きをする鋭い爪先のあとには、再び神秘に澄み渡る空野のような宙が映り、そのあとには再び白く幅の狭い永久的な階段が映った。ランソワの数感によると、七つの描写がまったく同じ順序を辿って五回ほど繰り返された。それはぐるぐると周回する瞬景のように映像を巡り、ランソワの推感によると、おそらく時間のいびつな飛行形態をあらわしているのだった。飛行形態における巡回的瞬景はランソワが注目する夢の現象のひとつだった。この現象を見るたびにランソワは、夢が呈する幻覚的な性格をつかのま体感し、やはり夢の世界が現実ではなく、現実と緻密巧妙にかぶさってはいるけれども、計り知れない次元時空に属するまったくの別世界であることを思い出し、ほんの数秒、謎色の事柄とすれ違うときの浮遊感に浸った。

はたして時間は、ランソワの内観どおり目まぐるしい飛行を成し遂げ、誰の意識とも想念とも言いがたい夢のルールに従って、物語の延長線上であるらしい空間のただなかに無事着陸した。ランソワは、ルーレットが止まるように巡回の動きを終えた瞬景の輪を見とどけ、おとなしく夢の続きを閲覧する。ひとっ飛びを経て時間が着地した空間の内容にこれといった変化は見られない。天国まで伸びているらしい白い階段、そこらじゅうに浮かび漂うさまざまな形をした無数の幻息のような雲、それらを映す視界は依然としてランソワ・ボーシットの体温と共にあり、ランソワ・ボーシットの左肩には小さき相棒ヴァランモーがいて、彼の豊かな灰茶色の羽毛は夢のなかの気体でこんもりと膨らみ、動物の真実がすむ美しいふたつの眼光は黙々と宙に据えられている。ランソワ・ボーシットの足は今もなお信仰心の篤い登山者のように動いている。というのも、あれほど軽く快調だった足取りはすっかり勢い衰え、疲れ果てたように重く鈍く力ない。どれほどの時間が経過したのか、その答えを待っていると、映像から湧きあがるように、ひどく苦しそうな絶え絶えの呼吸音が聞こえてきた。ランソワ・ボーシットだ。ランソワはこの息差しに死の予覚を感じたが、同じ刹那、自分自身の死をも感じ描きそうになったので、この嫌暗な許しがたい瞬間を、唇と唇の間道からただちに追放した。ランソワ・ボーシットの今にも途絶えそうな息遣いは、しだいに濃く密集していき、極細い声の糸を撚り始めた。「――ヴァランモー……」ほとんど死にそうな弱々しい声だった。最期を予期した者が最愛なる者に囁きかけるときのあの霞むような声だった。それでも、意外と心臓が強いのか、声は続く。「ヴァランモー、とうとう終わりだ。タイムスリップの過剰で時間はついに正気を失った。気が狂ったのさ。そんな馬鹿な！　いや、本当のことさ。僕に僕の胸に刻もう。時間の命が死を迎えようとしている残酷な情緒を。暴力的に波打っている誰かの激しい心臓の嘆きを。最初で最後の世界の崩壊を。世界の崩壊、それは――この世の時間と記憶が、このように消滅し、場所だけが無尽蔵に残存することだ。今、喋りながら、それがわかった。たった今だ。得体のしれない不気味な物音のような不安と恐怖を唱える声なき声が、僕にそう教えてくれた、気がするんだ。けど、ああ、ヴァランモー！　僕の記憶は酸素を欠いていく空気のように薄れてきた、気がする。けど――君のことは記憶が消えても絶対に忘れやしない。君の名はペーター・アルフ・ヴァランモー。ほら、ちゃんと覚えてる。君の存在は僕の記憶の外にあるのさ。だからヴァランモー、君の永遠の相棒である僕に、なにか、なんでもいいから言っておくれよ」ヴァランモーはブゥブゥと喉を鳴らした。その時である。上から一本の赤いリボン紐がヒラヒラと舞い落ちてきた。それは、今しがた一箱の菓子折り包みが開けられたことを意味するようなクリスマス・レッドのリボン紐で、夢くだるように降下し、ヴァランモーの頭に音もなく貼りついた。ヴァランモーは、空気のように軽いけれどもやたらと長い鬱陶しい邪魔者が、自分の頭の天辺から片方の視界の半分を覆い隠し、そのままだらしなくダラダラと見えないところまで垂れ下がっていることによほど腹を立てたのか、怒り目になり、グワッ！　グワッ！　と荒々しく抗議するような鳴き声をあげた。すると、けたたましくがなりたてるヴァランモーの傍らで、ランソワ・ボーシットが「あ！」と叫んだ。それは死に突撃する最後の叫びではなく、生によみがえった最初の叫び、思いがけなく弾け飛んだ光の玉のように、陽気で短くて驚きに満ちた叫びだった。もちろん、劇的な感嘆詞のあとには、明るく希望に湧くような声で、その注釈が施された。「わかった！　わかったぞ！　ヴァランモー！　このリボン紐は天国からのメッセージなんだ！　ゴールがないように思えるこの階段にはゴールがあって、辿り着けばそこにあるのはやはり天国で、天国にはもうひとつの地上、そう、僕がこれまで慣れ親しんできた地上を生き写しにしたような世界が存在する、そしてこのリボン紐はまさにその証拠なのさ！　つまりそこにはね、赤いリボンで包装された菓子の贈り物をしたりされたりする習慣、地上と同様の親交的な習慣があるんだよ！　あのちょっぴり鬱陶しくてたっぷり温かくて終わりがなくて好ましいやりとりがね！　ああ！　ヴァランモー！　僕は僕の未来をここに正そう！　この赤いリボン紐はひとひらの奇跡の光だ！　天の地上を巡るたわわな血管の恵みだ！　そうだ！　僕が今まで思い描いてきた死の世界はただの勝手な思い込みだった！　多くの誰かの空想話を、それらはどことなく統一感があるというだけの理由で、確かな根拠がないにもかかわらず、真に受けて信じていただけなんだ！　いや、違うな。僕は、どことなく統一感がある、というところに……魂の証言……うん……多くの魂による見聞覚知としての裏づけを感じた――そうだっけ……まあいい！　どっちでもかまわない！　どっちもありさ！　どっちみち僕の記憶はもうおおかた灰になっちゃってるんだし、この調子でいくと、第二の地上に着くころは何ひとつ覚えちゃいないだろう。さあ！　ヴァランモー！　気を取り直して天国を目指そう！　僕たちはもうひとつの地上へ行こう！　記憶がなけりゃあ、誰に再会したところでこれっぽっちも嬉しかないが、だけどそれはそれさ、僕は連続する無数の瞬間に存在しただけで命の使命を十分果たしたと思う。それにしても――あの赤いリボン紐はどんな場面どんな場所から落ちてきたんだろう。いろいろ考えられる。いずれにせよ、雲と雲の切れ間がうまい具合に全部重なったんだろうな。そして、ここで止まったということは、穴にはまった一本の赤いリボン紐ってことだ。フフフ、穴に赤紐とはね。穴に……穴――穴か……穴――ム……ムーグ――そうだ！　ムーグだ！　ああ！　ムーグ！　僕はムーグを覚えてたぞ！　ムーグとは穴の単位だ！　それから穴の単位は夢の単位でもあるんだ！　そのことを証明したのはムーグ博士で、彼によると穴と夢はひとつの時空で通じてるってことなんだ！　それでどっちの単位もムーグってわけだ！　ねえ！　そうだったよね？　ヴァランモー！　ねえ！　ヴァランモー！」ランソワ・ボーシットが興奮してヴァランモーの顔を覗きこむと、ヴァランモーは赤いリボン紐につき纏われたまま、不機嫌極まりないという渋面でずぶとく空中を睨んでいた。そのヴァランモーがたまらなく滑稽だったのでランソワ・ボーシットとランソワは同時にふきだした。ランソワ・ボーシットが笑いこけながら興奮気味に叫んだ。「こりゃあ傑作だ！　ヴァランモー！　君はなんて楽しいんだ！　愉快なんだ！　君こそ僕の真実だ！　大好きだよ！　ヴァラ――」ここでいきなり夢は終わっていた。

11

ランソワは、自分自身のなかの見知らぬ次元空間で夜な夜な起きている不思議な事象の真新しい現場から、この瞬間を包括する周知の現実へ、もっとも愛着のある固有の感覚意識が戻ってくるまで、ちょっとの間、何を思うともなく何かを思いながら過ごし、求むものが帰趣するやいなや、そのものをすぐさま最前の状況に迎え入れ、さっそく、つまりこれらの夢と現実を照らし合わせてみることにした。少なくともそうする必要があった。しかし、その前に、ひどく曖昧な、ほとんど無いに等しい夢の記憶の惨敗を認めなければならなかった。それは、次のようなランソワ自身の自問の内声によって浄化された。

――顔の上にジンクスの体が乗ってきて息苦しかった朝はどの朝だっけ？　不運な状況のなかで虚言に虚言を重ねる夢をみた夜明けはどの夜明けだっけ？　人の心と感性をもって死にゆく犬のその瞬間の脳裏の微光がもたらした目覚めはどの目覚めだっけ？　それからつい最近あの素晴らしい余韻を残した夢は？　あの甘苦くけだるく恍惚とした幸福感でゆらめく魔法の余韻を午前中いっぱいにふりまいていった夢とはいったいどんな夢だったんだろう？――

似たような見分けのつかない現実の断片が、ランソワの小庭のような脳裏を、見慣れたひとつの景色に仕立てていた。それはランソワのためにだけ存在する窓の向こうの密やかな庭園であり、ランソワが訪れる時はいつも、過ぎ去った季節の憂愁を孕むひんやりした初秋の空気と、老若とりどりの落葉に紛れながら庭主の透察を渇望しているように見える夥しい数の多様な木の実が、愛情深い保護色の手品を融合させて、それらを、現実の断片を、豊かな彩りのなかにひとつ残らず隠してしまっていた。ランソワはもうすでに今、自然の吐息がかかった窓ガラスを通して、自分自身の秘密の庭を一瞥したが、それだけだった。照合するべきものは何もなかったからである。

＊

＊

すみやかに事が運んだ。ランソワは二日分の夢を検証し終え、慎重に抜かりなく閲覧データをバンクに戻し、それらを確実に保存すると、手早く全ての電源を切った。そして椅子の背もたれに反り返り「なんにも無いなぁ」と声をあげながら大きな伸びをした。天井が見えた。ランソワは天井を見つめたまま、ぼんやりと一、二分を過ごした。夢に何のヒントも見つからなかったことから引き出せるものを探るために。が、それらしきものは見つからなかった。けれど、ランソワの気持ちは、熱っぽくほとばしりでた散文詩の最後の二行のように、ある鮮明な沸沸とした好印象と共に充実していた。それは、夏のきらめく眩しさを湛えたウルトラマリーンの容色に映えるかすかな胸の昂ぶり、あるいは、かぐわしく火照ったひとときの予感を待ちわびる心の面差しと言えなくもなかったが、夏以外のどの季節にも起こりうる愛情的な奇跡現象と言えるものであろう。要するにランソワは恋をしたらしかった。

12

五時になったのでジルは予定どおり作業の手を止めた。仕事はちっとも捗らないように思えたが、意外にも明日中に納品するデータは四時過ぎにきっちり片付き、余った時間で個人的な調べごとに集中することができた。ジルは頭脳と心身のスイッチを拘束的な状況から自由な状況へ切り替える瞬間の快感を味わいながら、椅子の温もりを離れた。そして半立ちのままコンピューターの電源を切り、一応フロア全体を見てまわってから警備室に退出の連絡をし、鞄から財布を出して中身を確認すると、五時十分に会社を出た。

建物の外は別世界のように明るく、馬鹿みたいに暑かった。ジルは溜息声で「夏だからな……」とひとりごち、ランソワに何を買って行こうか考えようと思いながら、通りを歩きはじめた。何を考えているのか忘れた頃、結局、たまたま視界に飛びこんできた最も無難な老舗の菓子屋に入り、レモンシャーベットとブランデーケーキを買うことにした。苺クリーム色の制服に身を包んだ若い女の店員が「おリボンはなさいますか?」と愛想よく訊いてきた。ジルは制服の妙に張のある提燈袖の膨らみに目をとめながら「うん、じゃあ」と答えた。「友達の家に行くんでね。男同士でリボンもないが、ま、やっぱりリボンがいいかな」「そうですよね。おリボンつきの方が何となく華やかな気持になりますものね」店員がドライアイスを素早くシャーベットの箱に入れながらにっこりと微笑んだ。ジルは曖昧に「うん、まあ」と答え、会計を済ませて品物を受け取った。店を出ようとすると、車椅子の青年が入ってきた。うしろで車椅子を押している女の人は、青年とよく似た顔をしていたが、青年よりも大分年上の印象だった。多分青年のお姉さんだろうとジルは決めつけた。そしてすれ違った瞬間、青年の手首から指先にかけてが、異様な角度に曲がっているのに気づいた。それはまるで公園の入り口付近にひっそりと転がっている木々の細枝のような形だった。ジルは一度も青年を直視しないでこれらを見ていた。留意すべき現実は十分に意識して内外の焦点から外す習慣があったからである。そのまま振り向かずに店を出た。通りは来た時より暗く眠たげに思えた。突き当りに見える黄色い運命カードそっくりな光の集積が、通りのむこうに広がる大規模な光の浸透を想像させた。ジルはトンネルの蓋を開けたような脇道の薄暗くひんやりした静けさが幽かに自分の肌に触れるのを感じながら、光の気形を目指して歩き始めた。風は夏の大らかな安堵にもたれかかって居眠りしていた。湿った石畳のところどころに真夏のゴミが落ちていた。ジルは口笛を吹こうと試みたが、唇が渇いて音が出なかった。

＊

十五、六分程歩くとランソワの家に着いた。菓子屋からの熱気道を無心に歩いてきたのでジルはランソワの顔を見ても言葉がでなかった。黙ってお土産を差しだし、掠れた声で「日影が少なくて暑かった」と添えた。
「終わったのかい？」

「うん。予定より早く。時間が余ったよ」

「ならもっと早く来ればよかったのに」

「いや、この時間でよかった。余裕があるわけじゃないんだ」

「何を買ってきてくれたの？」

「レモンシャーベットとブランデーケーキ。リボンがあると華やかでいいだろ？」

「そうだね。リボンを解く時は人差し指と親指でこうやって雫の形を作って、あとの三本は並べて立てるのが一部の正統派のやり方なんだよ。こんな風に」ランソワがおどけて右手で実演して見せた。ジルはいつものようにランソワのそういった茶目っ気に反応しない。茶目っ気なんて分野は彼がもっとも苦手とするところだ。

「それにしても外は暑いな。ここに座るよ」ジルは苦手分野を遮るように胡桃色の三人掛けソファに腰掛け、そこにあった雑誌で大きく顔を仰いだ。ジンクスはジルが初めてのお客でないことを認識したが、憶えているわけではなかったので、テーブルの下まで忍び寄り、マガジンラックの底陰からじっと様子を窺っている。ランソワに取りあえず冷えたビールと三種類のチーズとナッツ入りの棒型ソルトクッキーを出し、ジルと向かい合わせにオリーブ色のビーチチェアを広げて腰を沈めた。

「まずは乾杯しよう」ランソワがビールを注ぎ、二人は乾杯した。少し沈黙があった。

「休みはどうするんだい？」ジルが生き返ったような顔をして切り出す。

「うん、僕は去年と同じさ。あさって、エクス経由でコートダジュールへ行く」

「エクサンプロバンスのお母さんは元気なの？」

「ああ。伯母と二人でけっこうなんとかね。今年で五年目だよ。サント・ビクトワール山の眺めが健康にいいらしいんだ」

「そうか」

「今年も一泊か二泊するつもりさ。南仏はどこも楽しいよ」

「君はお母さんと仲がいい」

「さっぱりした乾燥的な気質だから付き合いやすいのさ。僕は毎年秋に枯葉がガサガサ音を立てながら転がっていくのを見ると、あ、母さんだ、って思うんだよ。それに、まだ現役生活ってものに辛うじてぶら下がっていて、その自意識と日常が僕たちの距離をほどよく保ってくれているのかもしれないな。個人の洋裁業は本人がやめると言うまで現役を維持できるからね、それをいいことにまだ針と糸を手放さないんだ。そういう気分にさせているのは同居人のシャジョンヌ伯母さんだろうな。伯母さんは母さんより二つ上の八十だけど、まだピンシャンしてて、現役の――うん、まあ、きわどくはあるが、現役という領域に最も寛大な尺度をもたせて解釈する場合なら、確かに、ぎりぎり現役の内科医なんだ。で、お互いに刺激し合っているのさ。二人とも生涯現役でいたい願望が人一倍強いからね。他人に迷惑をかけたり同情されるようになったら引退だけど、今の様子では、まだもう少し先になりそうだ。まあ、君んちみたいな金持ちだったら生涯働きたいとは思わないかもしれないがね。母さんの家は裕福じゃなかったし、きっと姉妹そろってたくましい人生観を受け継いでいるのさ」

「金があったって死ぬまで働きたいと願ってる人はごまんといるさ」

「そりゃそうだ。で、君の両親はどうなの？」

「親父は五十五で心臓をやってね。それから何度か大きな手術をして、今ある命はオマケみたいなものさ。日常生活も他人の手を借りずには送れない状態だからね。救いは本人があまり悲観的になってないことだね。もちろん死に対してだがね。なにかあるとすぐに死んじゃう死んじゃうって言うんだ。これがまるで親友の呼び名を早口で呼び立てているように聞こえてね。せっかちなのさ。持ち物の整理なんかとっくに終わらせてあって、あとは死の迎えが来れば人生無事終了ってわけだ。ところが肝心の死がなかなか来やしないんでやきもきしてるんだよ。焦ってるといってもいいくらいだ。それで時々、僕の死迎馬車は今頃どこを走ってるのかな、さっぱりわからん、ってつぶやくらしい。お袋が隣で、あら、それは困りましたね、道に迷うことだってあるでしょうから、まあ、気長に待つことですよ、とかなんとか言いながら、親父に調子を合わせてる様子を想像すると可笑しくなるよ。俺はね、死を間近に控えている親父を見てると、親父の人生よりも俺の人生が見えてくるような気がするだけじゃなく、俺の人生の次には誰のともいえない不特定多数の人生が、そしてそれらの人生の次にはもっと、たとえば時間や自然や宇宙の営みをとりまく不滅の担い手として尽きることのない無数の人生が見えてくるような気がするんだ。まるでグーグルマップみたいにグイグイと視野が拡大するってわけさ」

「お母さんは元気なの？」

「お袋はお袋で持病がある。彼女は四十代からリウマチなんだ」

「そうだったのか」

「リウマチは厄介な病気さ。相当痛いらしい。お袋はフランス人だからね」

「フランス人はリウマチになりやすいのかい？」

「わからない。違うかね？」ジルが鼻のあたまをかいて言った。

「適当だな」

「――おや？　君って何かに似てるぞ」突と面白い発見をしたジルが身を乗り出した。

「僕が？　何に？」

「ええと、あれはなんだっけ――ああ、そう、ヴァランモーだ！」

「ヴァランモー？　知らないね」ランソワが興味なさ気に言う。

「ヴァランモーだよ。漫画の主人公で周りをいらつかせるのが得意な留年天使さ。一見ごく普通の男なんだけど、中身は見た目以上にごくごく普通なんだよ。な、面白いだろ？　今すごく人気なんだぜ」

「さぁ、知らないね。そのヴァアンモーが僕に似てるのかい？」

「ハッハッハ、なんだそうか！　もっと早く気づけばよかったな、そうすりゃもっと笑えたのに！」ジルは、ちっとも可笑しくないといったランソワの表情がなおさらヴァランモーに似ていたので、ビールそっちのけでいつになく陽気に笑い出した。実際、ランソワはちっとも可笑しくなかった。ジルの声に慣れてきたジンクスが、まだほんの少し警戒しながらソファの上に足を乗せてきた。そしてジルが危害を加えない人物だと見てとると、急に馴れ馴れしく前足をジルの膝に置いて「ンニャアン」と可愛い子ぶった鳴き声を出し、片足であかんべえをした。馴れ馴れしい猫の出現をジルは歓迎した。そして荒っぽい手つきでジンクスを撫でながら笑いがおさまるのを待ったが、アルコールが効き始めていたので十分以上もかかった。その間、ランソワはひとりで楽しげにビールを流し込んでいた。

＊

「なんだかずいぶん笑ったな」ようやく落ち着いたジルが呟いた。

「実は僕も、午前中のことだが、道で突然笑いが止まらなくなって、危うく呼吸困難で息がとまりそうになったんだ。今の君より重症だったよ」ランソワは数時間前を回想する。

「俺たちはバカだな」

「それに僕の場合は言いようのない奇妙な浮つきと騒めかしさを感じたんだ。それは今も続いてるよ」

「君、病気かい？」

「どうかな？　で、この症状を解明するためにさっきまで二日分の夢を見てみたんだ」

「なにかわかったの？」

「いいや。ヒントになるものは何も見当たらなかった。でも結果的には誰でもかかる一種の病気の兆候みたいなものだとわかったんだ」

「結果的、か。現状維持と同じくらいうとましい言葉だが――それで？」

「つまり僕はこれから数日間、行動を抑制しないことにするよ。ランソワ・ボーシットを自由に行動させて、このなりゆきを窺うのさ」

「俺は最近変な夢ばかり見るよ」

「夢なんてほとんど全部変さ」

「ゆうべのなんか鮮明に覚えてるぜ。二本立てでね。一本目はあらゆる困難に直面しながら見事な花壇をつくりあげようと奮起する夢、二本目はボルネオの森で全然知らない女と結婚した夢さ。蚊の大群に襲われて体中デコボコになりながらね」

「へぇ、君にしては珍しい夢を見たね。でも僕の夢だって――あ！　ああ！　ねえ、ヴァランモーだろ？　さっき君はヴァランモーって言ったね？　なあんだ、ヴァランモーか！　わが親友ヴァランモーのことじゃないか！」ランソワがいきなり身を乗り出した。

「いきなりどうしたんだよ？　そうだよ、ヴァランモーだよ」

「ああ、なんてこった。ヴァランモーが思い出せなかったなんて、僕はどうかしてた」

「なんだ、思い出したのか？　ヴァランモーを」

「思い出したよ。わが愛しのヴァランモーを」

「それで君は自分がヴァランモーにそっくりだと思わないかい？」

「僕がヴァランモーに？　いや、思わんね」

「君はまだ君自身をよく知らないのさ」

「でも、ヴァランモーのことは理解してるつもりだよ。僕が知るかぎり、彼は神のこよなき産物であり真実の結晶だよ」

「神の産物？　真実の結晶？　馬鹿を言うなよ！　ヴァランモーこそ俗の産物であり珍実の結晶じゃないか！で、そこが奴の最大の魅力ってわけだ。適度に無知で愚かで真面目で、さして陽気でも陰気でもなく、ただひたすらヴァランモーに忠実なヴァランモーで居続けるヴァランモーなのさ。要するに、その存在感こそが所謂どこか憎めないという愛情に値する奴なのさ」

「ああ！　なあんだ！　君がどのヴァランモーのことを言っているのかわかったぞ。君が言っているのは、僕の知らないヴァランモーのことか……」

「君の言うことがよくわからないね。じゃあランソワ、君の知ってるヴァランモーはいったいどのヴァランモーなんだい？」

「そうくると思った」

「そうもこうもないや」

「僕の言うヴァランモーは、おとといの夢に出てきたフクロウのことだよ。生粋の野生動物さ。灰茶色の体毛に覆われていて雪だるまみたいにずんぐりむっくりしてるんだ。いつも鋭い目つきで遠くを見てばかりで、僕がどんなに優しく話しかけても全然応じちゃくれないのさ。それでも僕はヴァランモーがなにより愛おしかった。運命を共にしようと心に決めたくらいね」ランソワの目は今にも潤み出しそうだった。

「ということは、どういうことだい？」ジルが鼻のあたまをかいて言った。

「そんなことはわからないよ。すべての事象は過去と未来と現在が自由に入り混じる無数の分子で構成された難解なパズルみたいなものだからね。わかっていることは、ヴァランモーもパズルを構成している一個のピース、見えない分子に違いないってことだけさ。夢の仕事にかかわっていると、このパズルの複雑さを直観するな。そう思わないか？」

「そんな気もするがどうだろうな。俺にはわからんね。わかっていることは、俺たちがこの仕事を通じて感じていることを、他人にはともかく、自分自身に説明して納得させるのはとても難しいってことだ。そういう仕事さ」

「うん。でもそこは割り切らなくっちゃあ。占い師みたいにね」

「俺は不器用だからそんな風にはいかないよ。正直言うとね、たまにこの仕事がすごく嫌になるんだ」ジルは独りごとのようにつぶやく。

「どうしてこの業界に入ったんだい？」ジルにこの質問をするのは初めてかもしれないなと思いながらランソワ

が訊ねた。

「単なる偶然さ。偶然の真価は時間が経たないと見えてこないものさ」

「はーん、わかったぞ。そろそろ人生の転機が訪れそうだって言いたいんだろう。そうだと言わなくてもいいさ。ちゃんと顔に書いてあるからね。僕はアルコールが入ると勘が冴える性質なんだ。さあ、ジル、何を考えているのか正直ついでに言っちゃえよ」

「別に。具体的なことはなんにも決まっていないよ。一寸先はいつだって漠然としてるんだ。正直ついでに言うとすれば、俺はこの仕事にあんまり魅力を感じなくなった。興醒めしてきたのさ」ジルはうっすらと溜息をついたかもしれなかった。

「気持ちはどこに向かっているんだい？」ランソワはジルの顔を覗きこむ。

「多分もっと表界的で実用的なものに」ジルは首を傾げて答え、更に続けた。

「とにかく今の俺にとってもう夢はそうたいしたものじゃない。睡眠中の瞼の裏にごく日常的な頻度で現れる事象や残像の切れ端にすぎないんだ。謎めいてはいるが、睡眠行為に付随するしごく自然な現象みたいなものさ。謎めいた自然現象なんてこの世に数えきれないほどあるだろう？　それらはたぶん、夢をはじめとするそのほとんどが、ほぼ永久的にこの先も謎に包まれたままなのさ。しかしそれも結構なことだよ。なんでもかんでも解明されちゃっては面白くもなんともないからな。つまりね、俺の気持はまだひどくあやふやで自分の納得できる答えを出せないでいるのさ。ランソワ、君はどうだい？」ジルが頬をさすりながらランソワをじっくりと見た。

「僕は楽しむだけさ」ランソワは本心を言った。

「あっさりだな」

「それが人生だよ。なんでも半々の確率で存在するんだ。今の僕にとっちゃあ、人生も夢も『今日の運勢』と同じようなものさ。いつも深刻で軽率だよ」ランソワは本心に数色の彩りを加えてみせた。ジルは一瞬、それらがランソワの瞳の中で無邪気に戯れあうのを見つめた。そして欠伸をしながら話題を変えた。

＊

「国王の娘にあいた穴が三三〇〇〇ムーグだって？」

「ムーグ博士によるとね」

「ムーグか。夢の単位もムーグだろう？　いったい夢と穴を繋ぐものって何なんだい？」

「それはムーグ博士の欲深さだよ。あいつは最も楽な方法で自分の名を後世に残そうとしているんだ」そいつのことを言いだすのかい？　と言いたげな顔でランソワが答える。

「君はムーグが嫌いなんだな」ジルが更なるアルコールを漁るために立ちあがった。

「冷蔵庫に白ワインが何本かあるから栓を抜いて持ってきてくれよ」ランソワの指示通りジルは冷蔵庫に向かった。そして扉の中の冷気に頭を突っ込みながら、

「それと、腹が空いてなくても美味しく食べられるものって何かあるかい？　少量のチーズとナッツにビールとワインじゃあ体に良くないからな」と固形物をねだった。

「生憎空っ腹じゃないと美味しくないものばかりでね。でも組み合わせ次第で少しはましになるのさ。よかったらあるもので何か作ってくれないかしら」ランソワがニヤニヤして答えた。

「冗談じゃない。でも卵を茹でるよ」ジルは冷蔵庫から卵を四つ取り出し、鍋に水を注いで火にかけると、その前に体育の教師みたいな足の開き方で突っ立ったまま、水が沸騰するのを待っていた。ランソワはビーチチェアに横たわりながらジルの性格がよく現れている不動の後ろ姿を親しい悪戯じみた気分で眺めていた。ジンクスはランソワの片腕に顎と前足の先っちょを乗せて凭れかかりながら、極悪人のように左目だけを薄開きにしてジル

のやることをじっと監視していた。それぞれにちょっとした沈黙が生じた。

「そういや、きのうカフェに行ったかい？　王家の末娘の穴の話題で盛り上がるおばあさん連中でいっぱいだったよ」悪戯に飽きたランソワが人差し指でジンクスの額にぐるぐるを描きながらジルの背中に向かって話を再開する。

「王家の事情についてはまったくわからんが、カフェの老女たちについては　パンパンに膨らんだパッチン留め付きの小銭入れそっくりだ！　ねえ、そう思わないかい？　いやいや、そっくりどころかほとんど同じものだ。しかしそれにはちゃんと理由があるんだ。つまりね、あの手の小銭入れっていうのは、実のところ、老女そのものなのさ。体型も、外見も、それから性格、特徴、それらの要素がすべて具わってる。もともと老女を象って作られたものなんだ。つまりね、あの手の小銭入れは老女のミニチュアなんだよ」ジルが鍋の中でぶつかりあう卵を箸でつつきながら真後ろに向かって喋り出す。

「なるほど。そう言われてみればそうかもしれないが……どうだかね」

「もうひとつ老女の話があるよ」

「君は老女に詳しいんだなぁ」

「老女のなかには、生まれてから死ぬまでずっと老女っていうのが存在するのさ」

「そらきた！」

「まぁ、考えてみてくれよ。君だって少年の頃の記憶を丹念に辿れば、そんなのがひとりいるはずだよ。さあ、茹で卵ができたぞ。こいつをよく冷えた白ワインで流し込もう」いろんなものを抱えて戻ってきたジルに、ジンクスがすばやく駆け寄り、爪先立ちで持ち物を検証した。

「その老女は町内にひとりの割合でいるものなのかい？」

「まぁ、そのくらいだろうな」ジルは茹でたての卵にかぶりつき、満足そうに白ワインを喉に流し込んだ。

「数えたのかい？」ランソワも新たに持ち込まれた酒類を含味した。すると実際、白ワインはよく冷えており、夏の喉に心地よかった。

「うん。俺の数え方が間違っているとでもいうのかい？」

「どうやって数えたのさ？」

「実体験だよ。つまりね、俺の祖父さんも親父も俺も、三代にわたって、同一であることにかけちゃあ、皺ひとつなく同一の婆さんを見続けているんだ。どう考えても、同じ町内のどこかに住んでいるはずだけど、名前も住所も知らなきゃ喋ったこともない、どちらかと言えば、目立ち難いという点において、きわだった印象をもつ婆さんだよ。ということは、その婆さんがとんでもなく長いこと婆さんをやってるってことになるだろう？」

「ジル、君の発想は一風変わってるね」

「じゃあ君にはその経験がないとでもいうのかい？」

「残念ながら、ある」

「ほらみろ」

「でも、町内の老女じゃなくて、庭内のヒキガエルさ。滅多に姿を現さなかったが、非現実的な長命を保ったことは確かなんだ。みんなあいつを妖怪家主って呼んでた」

「老女もヒキガエルも似たようなものさ」

「だけど君のお祖父さんや親父さんが見た老女と君が見た老女が同一人物だという証拠はどこにあるんだい？世の中には見分けがつかないほど似ている親子がいるよ」

「もし親子じゃなかったら？」

「君たち親子の系統的誤信さ」

「もしそうじゃなかったら？」

「クローンさ」

「いったいなんのために？」

「もちろん老女が自分の人生を楽しむためにさ」

「ヒキガエルは？」

「あいつは稀にみる長寿者だったのさ。肉体的生命の異常現象だよ」

「――ランソワ、俺はこれ以上、時代の流れに逆らわないことにするよ。心に穴が開かないようにね……」ジルは急にとろんとした目をして窓の外を見つめた。中庭は夏の長いけだるい明るみにとっぷりと浸され、その真中で黄色い美しい者が精神的な静止に心身を投じながら夜の暗暈を待っていた。七時半を過ぎていた。

「ところで夏休みはどうするんだい？」ランソワがジルに訊ねた。

「明日の午後から取るよ。実家に帰って庭の手入れをするんだ。まず草むしりだ。次に壊れたスプリンクラーを直して、それから本格的に手入れをするんだ。こう見えても俺は庭弄りが好きなんだ。去年の春、庭の木陰に休憩用のハンモックを張ったんだけど、これが最高でね。眠るもよし、考えるもよし、ま、大抵は気持ち良すぎて眠っちゃうけどね」ジルはとろけそうな目のまま、動かずに答えた。

「そうか。いい夏休みになるね」ランソワの目もぼんやりと中庭の方を見ていた。その中央では真っ黄色の住人が哲学的に瞼を閉じてとっくりと瞑想に耽っていた。ランソワは知らず知らずのうちに、お酒が入るとしばし朦朧と脳裏に浮かぶいつもの情景、それは遠い儚い心情の記憶がふとよみがえるような淡い郷愁の色彩を帯びた感覚だが、そのおぼろげな心地よい形象的感覚が、中庭を浸している光のさなかに溶け入ろうとしているような気がした。それは自分自身にもたらされる習慣的なアルコールの作用らしかった。そのまま何十秒か話がとぎれた。

「さてと、そろそろ八時だから俺は帰るよ」ジルはかったるそうに意識を稼働させた。今にもくっつきそうな上睫毛と下睫毛をどうにか引き離し、眩しそうに目を瞬かせながら立ち上がると、ヒグマのように「う、うう、うううう」と唸りながら特大の伸びとあくびをし、それからティッシュで顔全体を軽く撫でまわした。

「さよなら、ジンクス」ジルの別れの挨拶にジンクスは思いきり臭いお顔をして答えた。

「ランソワ、よいバカンスを。今日のことはきれいさっぱり忘れてくれ」

「もちろん。僕はこれから明日のことで頭がいっぱいになる予定さ」

「明日、何があるんだい？」

「いや、きっと何もないだろうけど——その真偽をカフェ『あなた次第』で体験するよ」

13

ジルが帰ってひとりの静寂が戻ってくると、ランソワは風気のような息をついた。ジルが帰ってホッとしたのではない。ジルに言ったとおり明日の朝のことで頭が一杯になりつつあったからである。ランソワはソファに寝そべり、適度に酔いがまわった頭で、問題をいろんな角度から考えてみようと思ったが、ちらりとそう思っただけで実行しなかった。なぜなら問題は至って単純であり、かえって角度を持たせることの方が難しいからである。それでもこの本題にいきなり入るのは勇気が要ることだった。そうするには少々助走が必要だった。すると、驚いたことに、この種の迷いにつきまとう甘酸っぱい悩ましさを味わう間もなく、実にすんなりと、まるで頭の冴えた睡魔のようにランソワは、問題の雰囲気にぴったりの、いや、あるいはランソワの心模様にぴったりの雰囲気を持つ好ましい助走者として、ウッディ・アレンのコメディー映画を思い描くことに成功する。正しくは、ランソワがイメージするそれらの概観的印象のようなものを。つまり、それらは総じて同じ一連のオリジナリティとリズムに彩られており、その中から作品を抜粋することはできない。したがってランソワの脳裏に現れたのは、どれかの映画の主人公かもしれないし、どの映画の主人公でもないかもしれない、とにかく演技者としてのウッディ・アレンが、ニューヨークの朝影に現れた道端を、さまよえる鬱陶しい亡霊のように、数メートルの間を執拗に行ったり来たりしながら、強烈な戸惑いにとりつかれているシーンだ。

＊

彼は爪を噛み、すでにくしゃくしゃのハンカチで洟をかみ、もしゃもしゃの和毛髪を掻きむしりしながら、背中のネジで作動するブックサ人形のように、しきりに何かつぶやいている。その声が、傍でウィンドウのディスプレイを直しているマヌカンの耳もとを数秒ごとに汚している。声の内容はこうである。

「これがもし恋愛映画だったなら、だったならの話だが、行かないように見せかけて行くのか、行くと見せかけて行かないのか、いや違うぞ、見せかけると言うとは違う、この差は大きいな、じゃあここは行くと言っといて行かない奴を装いながら偶然を装って行くんだ、あれ、二度も装うと言ったかな、まあいい、行くと言っといて行ったり行かないと言っといてやっぱり行くよりは……ちょっと待てよ、違う違う、ああ、そうじゃない、いや、そうだ、ちょっと黙ってくれ、わかってる、つまり、行くか行かないか、それが問題なんだ……」マヌカンは迷惑そうに彼を刺々しい目で睨みつける。早くどっかに行けばいいのに。すると、前から女が歩いてくる。彼女は薄卵色の地に細かい花柄模様のワンピースを着ている。直線的に歩いてくる。足元のスミレ色のパンプスがスイスイと気持よさそうに地面の上を漕いでいる。そう、彼女の歩行はまるで無駄のない平泳ぎのようだ。その泳ぎは縦のブレがほとんどないので、肩から斜めに掛けた薄紫のポシェットはぴったりと胸の間と腰の脇に固定されており、フレアスカートの裾は美しい軟性の波動に満ちたエイの泳ぎのように優雅に揺れている。そして水面の上では、頑丈そうなまっすぐな首に支えられた、エイよりもはるかに魅力的な女の顔と頭が、テンポ良く小波に乗りながら、ほぼ水平に前進移動している。女の顔はどちらかというと、海底よりも陸上を闊歩する女神の末裔にふさわしいかもしれなかった。少々エラが張っていて、鼻面におまじない程度のソバカスがあって、真珠色の短い歯がどうしても整列できない子供たちのように並び、それに、それらの所有者はきっとこんな目をしているだろうと想像した者の期待を裏切らない目——人懐っこくて、しかし他人に懐く以上に、彼女自身の感情や気質に懐いているような目よ！　いや、それよりもすっきりと晴れた日の灯台が空中に注ぐ光のように堂々と清々しく、日向で寛ぐ猫たちの何を見つめるでもない目を知らず知らずのうちに虜にしてしまう目よ！　その目にかかりそうでかからないS字型の髪が、街を通り抜ける穏やかな風とすれ違う時、街のカフェから入れたての熱いコーヒーの香りが漂ってくる。彼女は、仕事と向かう前に、まず熱々のコーヒーと向かい合うつもりだろう。「汝、ここからもっとも近いカフェに向かいたまえ……」男は女の後ろ姿を見送りながら、半ば放心してそうつぶやいたが、男のかくも小さき御声は、飛び入りの大股歩きの作業者ども、いえ、ナイロン製の作業着のガサガサいう騒音に、無残にも掻き消されてしまった。男はなにか素晴らしいときめきに匹敵するようなものを見失ったショックで、一瞬きょとんとしていたが、歩行者たちに突き弾かれ、我に返る。「なんてこった……」男は店のウィンドウに右手を力無く這わせながら、とりあえず嘆きの台詞を口にする。「なんてこった……」もう一度、今度は湧いてきた実感に促されて復唱する。男の頭はまるで事故直後の運転手のように混乱していた。いっそ五秒前からの出来事が、記憶や過去から消えてしまえば楽だろうに、しかしそれどころか、即興的に入り乱れる余計な乱雑な妄想が現実をしっちゃかめっちゃかにしていた。

＊

いったい何が起きたんだ？　不意にウッディ・アレンを演じるウッディ・アレンという男はもうひとりの自分が自分の耳元で囁く声を聞いた。その声は震えちゃいなかった。それどころか別人のような自信に満ちていた。

何って、交通事故のようなものさ、そう、まさしく交通事故のタイミングで起きたことなんだ。俺は全く避けようがなかった。油断も隙もありゃしない。これは立派なひき逃げだよ。男は答えた。すると何者かが後方からいきなり男の耳たぶを強く引っ張った。そして男をウィンドウから引っ剥がすと「とにかくどこかに行ってくれ。病院なら左、交番なら右だ！　これ以上ここに居座ったら、こっちが右に行くぞ！」と男の耳の穴に向かって声を荒げた。男は人間に蹴飛ばされた子犬のような悲鳴をあげ、恐怖のあまり両瞼を目一杯つぶった。すると更にもうひとつの鋭利な声が男の鼓膜を刺激した。「ちょっと、おじさん！　あたしが拭いたウィンドウがあんたの指紋でベタベタなんだよ。それにさっきから店先で行ったり来たり、ずっと何か言ってるしさ。とにかく今すぐここから消えてよ。でなきゃ迷惑行為で警察に訴えてやるから！」男は怒りに沸くふたつの声を聞いた。それらは当然ながらもうひとつの自分の声ではなく、自分のとは別の他人の声だった。そのことを確かめるため、恐る恐る瞼を開くと、目前に、自分の耳たぶとまだ繋がっている背の高いバゲットみたいな男と、ダボダボの白シャツを着た女が並んで立っていた。女は仁王立ちで男を睨みつけ、男は女よりもやや脱力的な構えだったが、導線発火から爆発に向かうマグマのような臨場感によって目がしんと据わっていた。「さあ、右か左か、どっちに行く？」バゲットが朝も早よから無駄なエネルギーを使わせるなという表情で、男の耳たぶを左右に捻った。男は抵抗する理由も気力もなく「じゃ、左へ」と答えたが、その途端、右方向に勢い良く放り投げられてしまった。男の薄っぺらい体は、海底から根離れした海草のように、ゆらゆらと揺らめきながら斜めに雪崩れていき、十センチ程高くなっていた歩道の縁をよろめき、見事に踏み外した。そして次なる瞬間、遵守的スピードで走ってきた濃紺の車体にはねられ、五秒間意識を失い、奇跡的によみがえった。意識が戻った男の顔の上に幾つかの顔があった。その中のひとつが、全ての顔の責任者のような心配顔で男の様子を見守っていた。「大丈夫ですか？　怪我はありませんか？」責任者の女がうろたえて言った。「あ、ああ……僕はなんとか生きてますよ——あなたは責任者ですか？」男は女を見て死に損ねた喜びを噛みしめた。「まぁ！　なんて調子がいいこと！　この事故の責任は全部あなたが取るんですよ。突然車道にへたり込んできたのはあなたの方なんだから！」顔と顔を押しのけて年配女の鬼のような顔が割り込む。すかさず責任者が合法的に間を割愛して発言権を取り戻す。「ああ！良かった！」

＊

「奇跡だわ！　しっかり前を見て運転してたつもりなのに、あなたのこと全然見えませんでした。本当にごめんなさい。でも立てるかしら？　痛いところありますか？」辛うじて歩道に乗り上げている男の体を、完全な歩道の上に引っ張ってこようとしながら、興奮気味な声で女が問いかける。

「いや、今のところ特にありませんよ。気にしないでください。これで僕があなたに轢かれたのは二度目だ。もちろん今日の話ですよ」男はゆっくり目瞬いて真実を告げる。

「二度目？　それはどういう意味でしょうか？」女が怪訝そうに聞き返した。

「あなたはさっきも僕を轢いたと言っているんです」男は大真面目に答えた。

「なんですって？　まさか！　そんなはずありません」女は極力感情を押し殺して否定する。

「でしょうね。一度目はひき逃げだ。同じように僕が見えていなかったんだ」男は女に優しく微笑みかけた。その顔には悪意の欠片もなく、焦点もしっかりしていた。あら、どことなく留年天使のヴァランモーみたい――女はふとそう思い、慌てて悪戯な邪念を追い払った。あたしったら、被害者を笑うなんてだわ、ちゃんとしなさい、こんな時に。

「頭を打ったのね。傷は見当たらないけど、その方がもっと悪いわ。やっぱり病院に行った方がいいんじゃない？」女は心を入れ替え、ていねいに伺う。

「病院に？　いやいや、本当に大丈夫ですよ。ほっといてください。じきに歩いて帰りますから。それより今何時ですか？」男は「よっこらしょ」と弾みをつけて身を起こした。最後の野次馬が怪我のない被害者に興醒めしてそそくさと立ち去った。

「八時四十五分ですわ」

「妥当な時間ですね。さ、僕は帰らなくちゃ。ジンクスが家で僕を待ってるんです。お腹を空かせてね」男は自力で立ち上がり、体中をパンパンと叩きながら女に話しかけた。

「ところであなたには行きつけのカフェがありますか？」

「え、ええ。毎朝、仕事の前に寄る店があります」

「それを聞けば僕は満足です。いえ、なに、人間には行きつけのカフェが必要だと思いませんか？　行きつけのトイレが必要なようにね」男は髪の乱れに手をやりながら、わざと女を直視しないで言った。事態の平和的解決宣言と見せかけて、彼自身の思いを口にしたことが恥ずかしかったので。もちろん女には男のどちらの思惑も伝わらなかった。女も男と全く違う理由で時間が気になりだしていたのである。しかしぶつけた女の方から立ち去るわけにはいかないだろう。それで女は、一刻も早く円満なさよならを遂げるために、言葉より雄弁な親和的微笑みで返した。

「では、僕はこれで失礼します」

「あの、本当に申し訳ありませんでした。大事に至らなかったことに感謝しますわ。くれぐれも車に気を付けてお帰りください」女は当事責任者として結びの挨拶に十分な誠意を込めた。男は愛想よく会釈すると元気に去って行った。女はその場でたいそうゆっくりと五つ数え、男が無事に通りの風景の中に同化したのを確認すると、再び車に乗り込み、慎重に発進させた。動き出した車の中で、ある男の顔を描いていた。女は時々「愛する人がいつ何時も心の中にいるってこういうことなんだわ」と思うことがあるが、ハンドルを握りながらそう思っていた。そして石塀の向こうに燃えるような愛情を捧げる若い修道女のように、まこと密やかな表情を浮かべた。

＊

一方、水を得た魚のように生気を取り戻して歩き出した男は、通りに浸透しつつある今朝の新鮮な光彩を、光彩のなかで生き生きと舞い飛び弾けあう大量の金粉を、あるいはそのどちらにも感づかない愉快な通行人たちを、子供っぽい楽しげな気持で眺めていた。金粉の弾力的飛散は、男の快感的組織に嬉々とした音楽的刺激を与え、高揚するとその軟弱な体内を巡りだす血潮的飛沫声とあまねく協奏していた。男の脳裏は、遠い昔は心安く慣れ親しんだ屈託のない朗らかな躍動感と、昔も今も変わらないサイダーの気泡麗しい世界とが、夢のように澱みなく溶けあう桃源郷の如き想景を見ていた。しかし、そこに、目前を通り過ぎていく人々の雑多な硬い像影が加わりだすと、その途端、すべてはサイダーの世界から噴きだした無数の命かもしれない泡と同化し、シュワシュワいう爽快で豪華な破裂音の調べに大団円を咲かせながら、激しい異様な明るみのあとさきに消滅していった。飛沫がひどくまぶしかった。あまりにもまぶしかったので、男はサイダーの気が抜けるまで立ち止まって待つことにした。気泡が消え去ると共に、見知らぬ人々のあらゆる感情も消え去り、そうすれば、自分だけの感情が見えてくるだろうと思ったからだ。けれども、泡の生命力は思いのほかしぶとく旺盛だった。まるで強靭なお祭り騒ぎのように生産的で消滅的だった。完全に終わるにはもうしばらく時間がかかりそうだった。そこで男は、消えた気泡の行方を考えてみようとしたが、その考察はひどく単純なだけで暇つぶしにはならないと気づいたため、柄じゃあないが、一般的な恋の手管について考察してみることにした。正確には、してみることにしただけで実行しなかった。というのも、その考察はひどく複雑で暇つぶしにはならなかったし、そうこうしているうちに、案外早く飛沫は小さくなり、結局、思ったほど時間が掛からずに、すべての気泡が完全に消滅したからである。

気泡がきれいさっぱり消え去ってしまうと、だだっぴろいがらんとしたまぶしさだけが残った。それはいかにも平和で平凡な朝のまぶしさに似ていた。男は朝の目覚めのように顔をゆがめ、定かなる直感によって、未来を宿した過去がようやく現在に追いついたのを悟り、写実的な気分になった。外界の気配が、ヒタヒタとかすかな柔らかい音を立てながら、男の意識圏内をぐるぐると歩きまわり、ピタリと止まったかと思うと、顔の中央に迫り来てなにかを、おそらく新鮮な水と空腹を満たす固形物を、率直に要求し始めた。男はムニャムニャと言葉になり切らない言葉で要求にこたえた。そして時制の感覚が通常の形態に戻りゆくときの旋回型の振動を受けて、ぐらつく頭を支えながら、ゆっくりと身を起こした。まだいろんな余韻が感じられる男の脳裏のどこにもウッディ・アレンの面影はなかった。

14

ランソワは目をこすりながら時計を見た。七時になろうとしていた。彼はまだぼんやりとした頭で昨夜を振り返った。ちょっとばかし瞑想に耽るつもりが、うっかり眠りこけ夜を越してしまったことがわかると、瞬間的な罪悪感に駆られて苦笑いした。まずはジンクスに幾度か「ごめん」を言い、水と餌を取り換えてやり、シャワーを浴び、窓を開けて空気を入れ替えながら、部屋を片付けた。中庭の真っ黄色の妖精がぶっきらぼうに朝の雄叫びをあげた。ひと通り動きまわったあとの水はおいしかった。なにか飲もうか飲むまいか迷いつつ、キッチンの椅子に腰をおろしたが、結局、気がすむまでただぼんやりと夏の朝を眺めていた。八時近くなると、ランソワの気持は静かな興奮の脈を打ち始め、なぞるべきことをなぞるために、腕を組んだり頬をこすったり髪を弄ったりしたが、それは見たい番組があるのにチャンネルをガチャガチャと変えてみるような作業だった。気分は一見思わしく落ち着いていたが、実のところ、気分をかたちづくっている空気のなかを様々な場面が目まぐるしく現れては消えていった。今また記憶に顔をだしたニューヨークのウッディ・アレンも、遊戯機の口から転がり落ちて行方をくらます景品みたいに、なんとも軽々しく脳裏を過ぎっていった。ランソワは、昨夜の夢でウッディ・アレンがいつの間にか自分にすり替わったように、夢の中で誰かが誰かにすり替わる現象は珍しくないけれど、同じ場面で自分を二度轢いた女に関しては、珍しくもう一度見てみたい気がしたので、記録装置を着けていなかったことをちょっぴり残念に思った。——それにしても夢は不思議だ、記録しなかった夢にこそ本当の夢を感じることがある、決して記録した夢に夢がないわけじゃないが、記録しなかった夢には一会限りの儚さがある、ときおり僕は儚いということの尊さに気づくことがある、ハッとしたりぞっとすることがある、そこに現実の逆らい難い無常な魅力を感じることがある、僕の仕事は夢を記録することだ、この仕事に関わるうえで忘れちゃならないことは、記録しないことの素晴らしさだ、僕は僕なりにそれぞれの真価と交わっているつもりだ……そうなのだ、職業として求められる諸々を取っ払えば、夢を記録するという作業はなにか特別に興味深くまた楽しいのだ……人が、記憶を辿っているときの表情は好感が持てる、時間を手探りをしているときの目は魅力的だ、夜のバスの窓に映る見知らぬ乗客の目と同じように……魅力的だ——。

ランソワはコーヒーを入れなかった。家でコーヒーを飲んでしまったら、カフェでやることがなくなってしまうから。それでグレープフルーツジュースを一杯飲み、ジルの手土産のブランデーケーキの端っこの一番おいしい部分を少しだけ切って食べた。胃袋の調整が済むと、ラジオのニュースを聞きながら爪を切った。世界のニュースは終わっていた。国内のニュースは、殺人事件が一件、脱税疑惑が一件、その他が数件、そして《今朝のレポート》は絶滅危惧種の動物たちに関する特集だった。ランソワはこの痛ましいレポートを聞いて滅入りそうになった気分から逃れるため、チャンネルを変えた。すると、夜明けの細波のようになごやかな穏やかなピアノの音色がランソワの気分を、再び陽の当たる場所へ引き戻してくれた。ランソワは音楽の力を借りてカフェに出かける準備に取りかかった。いつも通りなら、小銭入りの財布と、洗ってあるハンカチと、充電済みの携帯電話があれば、他には何も要らなかった。もちろん今朝だっていつも通りの持ち物なら、それ相当にいつも通りのカフェでの平凡なひととき、ひいては一日になるだろう。だけど、もしも今朝のカフェのひとときを、今日という一日を、特別なものにしたいんだったら？　そんなら、まず、持ち物を特別にしなきゃ。たとえば、そうだな……お金の入っていない財布や、汚れたハンカチや、電池切れの携帯電話以外で、思いつくものってなんだろう？特別なんにも思いつかなかったので、ハガキと切手を二枚ずつとペンも念のため二本持つことにした。この三点セットは、ランソワの気が赴いた時にのみ加えられるカフェ用のアイテムである。

「じゃあ、カフェに行ってくるよ」ランソワがジンクスに言った。ジンクスは机の上でスフィンクスのポーズをとりながら、さっきからずっとランソワの一挙手一投足をじっと見つめていた。そしてランソワが玄関に向かい、靴を履き、ドアを開け閉めし、外から鍵をかけ、足音が遠ざかってしまうと、人形が囁くような声でニャアと鳴き、本格的に眠り始めた。

15

カフェ『あなた次第』に着くと、看板娘のナラは、お尻を小刻みに振りながら、店の縁をお散歩中だった。ランソワはカウンター席の一番奥から二番目に腰を下ろし、コーヒーでいいんなら早くそうおっしゃいよ、とでも言いたげな女店主ステーシーにコーヒーを注文した。

「ねえ、ところで僕がここに来たのはきのうだっけ？　おとといだっけ？」

「もちろんきのうだったと思うけど」

「そうか、やっぱりね。いや、きのうがあまりにも長かったんでね。確認さ」ステーシーは愛想よく、あらそ、と肩をすくめた。

「よくあることよ。けど、何がわからなくなったのかわからなくなっちゃったら、その時は病院に行って違う確認をしなくっちゃね」

「うん、賛成だね。ところでなにか変わったことはあった？」

「きのうから今日にかけて？　なんにもないわよ――どうする？」

「どうするって別にどうしもしないよ」ランソワが妙に真面目くさった顔で答える。

「あたしが訊いたのは、砂糖を入れるか入れないかだよ。最近、砂糖壺が何個か割れちゃってね。混んでくると足りなくなるのよ。だから砂糖を使わないお客さんには、初めから出さないことにしてるの」

「ふうん、砂糖か。僕は要らないよ。今日はハガキを書くんだ」ではどうぞ、とステーシーがコーヒーとミルクを差しだした。ああ、ありがとう。ランソワはコーヒーの香ばしいにおいをひと嗅ぎし、ひと口啜った。

「ああ、おいしいなぁ。このコーヒーは高い税金を払うだけの価値があるなぁ」ランソワが澄まして感想を述べる。

「ランソワさんは幸せねぇ。でも朝っぱらから税金の話はよして頂戴。手の力が抜けちゃうじゃないの」ステーシーが棚に並んでいるコーヒー豆の瓶を磨きながら冗談めかして言った。

「それもそうだね。じゃあ、僕は大人しくハガキでも書こうかな」ランソワは澄まして落想を述べ、コーヒーカップを脇にずらし、手提げ袋の中からおもむろにハガキとペンを取り出した。そしてペンを握ると、さて誰に書こうかな、と迷った。その様子がふと目に入ってしまったトレーシーは、やんわりとからかうように実況中継する。

「ランソワさんが夏の便りをいったい誰に出そうか迷っているわ」

「わかる？」

「そりゃね」

「じゃあ誰に書いたらいいかな？」

「あたしが考えるの？」

「友達とか？」とランソワ。

「なら友達だ」とステーシー。

「友達か……誰が友達なんだかよくわかんないなぁ」

「ランソワさんが友達だと思う人が友達。それじゃだめなの？」

「なるほど。そういう考えもあるけど、ほんとにそうかなぁ」

「困ったねぇ」女店主は調子を合わせる。そこに女のお客が店に入ってきた。ステーシーが「こんにちは、お嬢さん」とお客を迎えたので、客が女だとわかったのだ。女は店に足を踏み入れると、一瞬どの席に座ろうか迷ったが、女店主から快い笑顔の魔法をかけられると、まっすぐカウンターに来て、奥から四番目の席、つまりランソワとひとつ隔てた席に腰かけた。しごく私的な迷いごとにかまけていたランソワは、いきなりステーシーが改めて「こんにちは」とこっちに向かって言うもんだから、戸惑ってしまった。

ああ、なあんだ、隣か。ランソワがチラリと声の方を見ると、ディズニー映画の古典的な奇跡のようなことが起きていた。知らないうちに、ランソワの最も会いたい人物が、隣の隣に座していたのである。ランソワは心の声がギャッ！　と叫ぶのを聞き、自分の顔がポーッと赤くなるのを、動揺の嵐が心の壁を突き破り、竜巻の如く駆け巡るのを感じた。しかし不思議なことに、嵐は瞬間的に遠のき、ランソワの今確かに大きく乱れた心は、砂埃の暴走を見送りながら、信じがたい平静を取り戻し、この夢のような幸運な出来事から逃げてしまうことが人生において如何に愚かであることを悟った。すなわち、ここでごく自然に振る舞うことは、真の体験として、十分可能なことに思えた。

＊

「あ、あなたは――」女がランソワに気づいて話しかけた。

「はい」きのうここで会ったけれど、またお会いしましたね、とランソワは心のなかでつけ足した。

「きのうは本当にありがとう。おかげで助かりました」

「それはよかった。普段バスに乗らない人は、バスのことなんかわかりませんからね」

「この近くですか？」女店主が器用に合流する。早く注文が欲しかったので。

「コーヒーをください」

「砂糖は？」ランソワがすかさず聞く。

「お砂糖は要りません。ミルクだけください」

「かしこまりました」ステーシーは謙虚に注文を承り、素早くコーヒーの粉に手を伸ばした。その動作を見つめている間、カフェのカウンター特有の気持よい沈黙が流れた。

「――ハガキですか？」女が沈黙を破った。

「ええ。でもね、全然書き出せないんですよ」ランソワがニコニコして答えた。

「どうして？」

「誰に書いたらいいのかわからなくて」

「ありがちですわ」

「でしょう？　店主は友達に書くのが無難だろうって言ってくれたんですけどね、じゃあ友達は誰だろうってことなんです」ランソワはステーシーを指差して言った。

「でもハガキって誰からもらっても嬉しいものだわ」

「そんなことはないと思いますね。好きな奴からもらえば嬉しいけど、嫌いな奴からもらっても不愉快なだけですよ。あ、よかったら書きますか？　僕のハガキでよければ一枚あげますよ。ペンも切手も持って来たから、帰りにそこのポストに投函すればそれで完了ですよ。ここで書けばの話ですけどね」そう言ってランソワは、二枚のハガキを女に差し出して見せた。ハガキは二枚とも写真ものだった。一枚にはウチワサボテンに寄り掛り潤んだ目で遠くを見つめるガラパゴスリクイグアナ、もう一枚は聡明さと親愛に富んだ目でまっすぐカメラを見つめるジャージー種の雌牛だ。それぞれの背景に抜けるような二種の青空が広がっている。

「どちらでも好きな方をあげますよ」ランソワが女に絶対的な選択権を譲って言うと、

「あら、イグアナとジャージー牛だわ」女は少女のような目をして手に取り、

「どっちがいいかしら」とは言ったものの、迷わず、

「じゃあ、イグアナ」と言って微笑み、牛のハガキをランソワに返した。

「いいですよ」ランソワはジャージー牛のハガキを受け取り、ペンを女の前に置いた。

「あら、いいんですか？　そんなんで」女店主が面白がって割って入った。

「ええ、もちろんです。わたしは実際このイグアナをガラパゴス諸島で見たことがあるんです。思慮深くて個性的でとても楽しかったわ」

「へぇ、それは驚きだわ。人は見かけによらないってこのことね」

「そうですか？　行ってみたら好きになったんです」

「自然が好きなんですか？　それとも街や都市や文化や人が好かないんですか？　まさかひとりで行ったんじゃないでしょうね？　一体いくらぐらいかかりました？」ランソワが好奇心を丸出しにして質問を並べた。

「ちょいと！　ランソワさん！　不躾だこと！　友達でもないのに図々しいよ」ステーシーがランソワを軽く睨

みながら言うと、

「いいえ、ちっとも」かまいませんわ、という感じで女が答えた。

「一緒に暮らしてる動物は？　確かいないんでしたよね」

「実家には、犬二匹と、猫三匹と、庭に何種類かの鳥がいるわ」

「それは賑やかそうだな」

「あなたはジンクスとズン……」

「ゾンタークです。もともとゾンタークは僕の家族じゃなくて、斜め上に越してきたドイツ人が連れてきた鳥なんだ。飼い主はドイツに帰る際、ゾンタークを連れていくかどうか散々迷ったんだけど、やっぱり連れて行かないことにしたんだ。僕らアパートの住人によくなついているし、それに人間の年齢でいうと七十は超えてるから、ゾンタークのためを考えるともう環境を変えない方がいい、ってことでね」

「そのドイツ人はゾンタークって名前だったのね」

「うん――でも待てよ。ドイツ人が帰ってから四年になるのか。それにしてはゾンタークったらずいぶんと元気だな」

「で、あなたはランソワ……」

「ランソワ・ボーシットです」

「わたしはルックラック」

「ずいぶんとアメリカ的な名前ですね」

「伯父がつけたんです。伯父はアメリカかぶれなの。わたしが生まれた当時はニューヨークでアウトローになりそこねて相当落胆していたんです」

「君の名づけ親になりたかったんだね」

「ええ。わたしの名前だけが伯父の自由になりました」

「あたしはステーシー。もちろんイギリス的よ」とステーシー。

「弟がつけたのかい？」ランソワがさらりと皮肉る。

「まぁ、今日のランソワ・ボーシットはやけに口が滑らかだこと。さては何かいいことでもあったんじゃない？」

「ないよ」

「どうだか」

「あったとしても教えないよ」

「別に知りたかないね」

「そういやあ――」ランソワが思い出したように言う、「ハガキを書かなくちゃ。それにすっかり冷めたコーヒーも啜らなくちゃならないぞ。ところで君は誰に書くか決まってるのかい？」

「ええ、せっかくだからその伯父さんに書くわ」

「伯父さんは今もアメリカに？」

「ええ、そうよ」

「ふうん」

「あなたは？　ランソワさん？」

「僕の伯父はフランスのナントカって覚えられない名称の町に居るよ。あ、いや、今は母も親せきも皆フランスなんだ」

「誰に書くの？」

「そうだ！　思いついたぞ！　ヒストーク！　ヒストークに書くべきだった。僕の親友さ」

そう言うとランソワは、冷たいコーヒーをひとくち口に含んでから、ペンを握り、ジャージー牛が見るハガキに向かった。ルックラックもアメリカの伯父さんに六行のメッセージを認めた。ステーシーは商売人のタイミングで二人の前から姿を消した。やることがたくさんあったし、ルックラックという名から想像せざるを得ない世間的な感情や好奇の眼を、たとえ噂や事実がどうあれ、目の前のうら若き女性客に向けることは、失敬千万な行為、社会的かつ人間的秩序に反する背徳心の具現だと直感したのである。

*

ルックラックが先に書き終えた。彼女はランソワが書き終えるのを待った。左右対称に肘をつき、両手を組んで、静かに俯いていた。暫しの間、彼女の顔を映すものはなにもなかった。彼女の目にテーブルの木目模様とそこらじゅうの小さな傷が残らず映った。彼女はそれらをまんじりと眺めたまま、店内のざわめきを縫うように自分の心臓の音に耳を澄ました。――ルック、ラック、ルック、ラック、と聴こえた。胸に痛みはなかった。ルックラックはその一帯を統べている巨大な穴に向かって「ハロー」と囁きかけてみた。声はまるで鯨に飲みこまれる無抵抗なプランクトンのように深い闇の洞に吸い込まれていった。もう一度やってみたが、結果は同じだった。ルックラックは、一週間前に受けたムーグ博士の説明で、自分の体にあいた三三〇〇ムーグの穴の正体が、あらゆる尺度をも超越した時間のうねりであることを知った。一週間前、博士は、この時間のうねりを、何かの強い衝撃によって最小単位にまで分解された過去と現在と未来が、次元を貫通していく際に生じる一種の超動力的現象であり、向かう次元は、夢の次元と一致するのだ、と論じたが、ルックラックは、絶対という意志を以て博士の持論を支持も理解もしなかった。しかし、一週間経った今はそうじゃなかった。理解しようと努めたわけではないが、この穴を、感覚だけで喩えるならば、高圧と低音と暗闇でできている深海の世界に似ているかもしれないと感じられるようになったのである。そしてこの感覚は、ルックラックがムーグ博士の持論から想像でき得る穴の世界と、あながち対極にあるとは思えないような気がするのだ。ムーグ博士の自説が正しいという確たる証拠がない限り、当事者であるルックラックは、博士の考えに対して異見を言葉にする権利、いやむしろその義務があるはずだった。ルックラックと博士の関係性は、患者と医者のそれに加え、特殊な悲観的冒険心と神秘的緊張感を伴っていたが、穴の現象そのものは、ルックラックにとって悲観というよりもむしろ神秘であり、あるいは蘇生への希望かもしれなかった。なぜなら穴は、ルックラックの体が、フィアンセを失ったことで負った衝撃的な重傷を、心や精神と共に受けとめた証しであり、自己の傍観者として事態の成行きを考えてみれば、十分納得のいく人間的現象であると思え、つまるところ、知られざるわが生命の心身的結束を真に誇らしく感じたからだった。それに、この信じ難い現象は、ルックラックがいまだかつて経験したことのない奇妙な未知の力のようなものを、残された体内に、くまなく発光しているようだった。ルックラックは、光に思えるその力、明らかに力と呼べる光体が、怖いもの知らずの生後間もない命のように、ういういしく、みずみずしく、力強く、いきいきと、あるがままの意志によって動きまわるのを感じていた。このまたとない感覚を、ルックラックは昨日、博士に、絶体絶命かと思われた発光体が、自滅する威力を多様な表情や形やありかたに分散しながら、自らを維持しているようだ、と表現し、ついでに、いかにもしかつめらしく、博士のおかげで不可思議な幻想的な死が迎えられそうですわ、と言って心半端に微笑んでおいた。ムーグ博士の研究心や論理はさておき、彼の人柄と人間性は、ルックラックに、精鋭の才を具えた不信心者にみられがちな自己顕示欲と焦慮的闘争心の印象、必ずしもそう言い切れないにしろ、さしずめ、ただならぬ懐疑的な嫌悪の念を抱かせたからである。いかがわしいわ。ルックラックは、ムーグ博士と面会するたび、心の中で連呼したこの言葉を、空気を伝わせて本人の心耳に入れようと試みたが、いずれも博士のしぶとく堅確な個性でもってにべもなく跳ね返されてしまった。

＊

実際、ムーグ博士は、ルックラックの疑念のみならず、新聞や週刊誌やカフェに集う老人たちが噂するように、いかがわしい人間の一人と言えよう。正しく、ルックラックの診察を機に、王族方々の絶対的な信頼を得ようと野心満々なのだから。博士自身もそのことは認めている。しかし博士自身にも推し量ることができないのは、自分の貪欲さや野望の根底に存在する深層心理の部分である。それらは理屈でも分別でもなく、さりとて夢でも穴でもない。――ではなんだろう。ムーグ博士は、発明家の研究室が皆大抵そうであるように、素人から見るとガラクタにしか見えない多種多様の器具や材料が乱雑に積みあげられた研究室で、たまに、口を尖がらせながらそう自分に問うてみるのだった。そして答えが浮かばない時には、浮かんだ例はないが、自分がムーグの研究に費やしてきた多大なる時間と労力は、決して世の中の人のためじゃないけれども、かといって我欲を満たすためだけでもないということを、誰にともなく、おそらくは自分自身の心に主張してみるのだった。というのも、王家の末女であるマリネット王女には、俺をたいそう疑っているふしがうかがえるから。でもさ、マリネットお嬢さん、俺だってね、長年寝る間も風呂に入る間も惜しんでこの研究をしてきたんだよ、色つきの事情から、いや、いろんな意味で、まだ誰も手をつけることのなかった未知の分野の研究をね、まさにゼロ、いやまったくゼロとは言わんが、実際的にはほとんどゼロからの出発といっていい世界と取り組んできたんだよ、俺は最大の努力をしてきたつもりだ、家族に相手にされなくなっても、一般社会から非難されても、複数の宗教団体からお叱りを受けても、それ以外の大勢の人間から嘲笑され馬鹿にされても、俺は研究をやめなかった、そしてついに最初の論文が完成し、俺の独自の理論が、世間の、世界の目に触れ、賛否両論の嵐に曝され、無数の好奇心を賑わした、たとえこの分野に純然たる識者なんぞいなくたって、たとえ確かな信憑性の是非を然るべき識者に託し検証することができなくたって、そんなことより先に、人々は、医学や化学では解明できない日常が秘するミステリーゾーンに俄然興味を持った、いや、持っていたことに気づいたのだ、人間の思考なんて所詮は原始的さ、悪いか？まさか、俺はなんにも悪いことなんかしちゃいないよ、ただ人間に具わっている目に見えないものを、独自の研究と努力で具現化しただけの話さ、俺は金や名誉だけのために生きてきたわけじゃないんだ、金のことを言うなら、俺の論文がジャーナリズムに取り上げられた途端、俺の周りに群がってきたさぞご立派な彼奴等の方がよっぽど金儲けに躍起になってるだろう、どうだ？　そうだろう？……まぁいい、とにかく俺は俺なりにムーグの研究に取り組んできたと胸を張ろう、食堂のおやじが俺のことをスペルムーグと誇るが、それがなんだ？　糞くらえだ、ふん、そうさ、俺の仕事にはスピルバーグに勝るとも劣らない夢があるよ、むろんたくさんの実験結果や実証に基づいた夢がね、え？　どうだ？　悪くないだろ？　俺が言いたいのは、マリネットの穴は誤診じゃないってことだ、マリネットと同じ症状の患者を残らず診てきた俺が言うんだから間違いない、そのうちの何人かは五〇〇〇〇ムーグ以上の穴だった、時間は跡形もなく分解され、かなり早い速度で夢と同一の次元に移行してた、それくらいの規模に達してしまうと、症状は急激に進行する可能性が高い、少なくとも彼らに関してはそうだった、わずか数日間のうちに七〇〇〇〇ムーグを超えてしまった、でもどうして？　どうして可能性が高くなるんだ？　移行時に発生する加速度についてはその原因どころか状態を引き起こしている仮想因子の確定すらできていない、ああ！　俺にはやるべきことが多すぎるぞ、溜息なんかついてる暇はない……それにしてもだ、ここらでなんか甘いものが食べたいな、マロングラッセなんかがね……おっと、俺の脳はどうしてこうも頻繁に糖を欲しがるのかな？　昨日マリネットのお嬢さんにもらった十個入りのマロングラッセはすでに残すところ六個だ、一日に四個は食べ過ぎだろう、注意しなきゃ、俺には糖尿病になっている暇なんぞないんだから、箱は机の引き出しだが今日はもう開けないことにしよう、見るとつい手が出ちゃうからな——おや、そろそろ昼だ。午前中は雑誌の原稿だけで終わったのか。午後は一番にマリネットが診察に来て、帰ってからようやく一昨日の続きだ。きのうは野暮用だらけでなんにもできなかったからな。さてと、煮込み定食でも頼もうかな。前日の温め直しは味がしみて少しはましになるからな。

16

「ルックラック、ルックラック」ランソワの声にルックラックは気づかなかった。少なくとも二、三秒は。てっきり自分の心臓の音だと思ったのである。ルックラックは驚いたような顔でランソワを見た。

「ああ、ランソワさんだったの。わたしったら、ぼんやりしてたわ」

「ごめんなさい。時間がかかっちゃって。やっと書き終わりました。待たせたお詫びに熱いコーヒーはいかがですか?」

「じゃあ、遠慮なく」

ランソワはステーシーにコーヒーを二杯注文した。ステーシーがカウンターの向こう側から目配せで返事をし、ちゃっちゃとやってくれている間に、ランソワは、喉の渇きと店に対するマナーを考慮して、手元の冷えたコーヒーを飲み干し、それを見たルックラックも真似るようにコーヒーカップを空にした。二杯の入れたてのコーヒーは、同じ感激を以て二人の喉を通過した。そうだそうだ、切手を貼らなくちゃ、ランソワがひとりごち、右手でコーヒーを持って啜りながら、左手でルックラックに切手を渡すと、ルックラックも右手にコーヒーを持って啜りながら、左手で切手を受け取り、ハガキに貼った。二人の客は、格別な美味しさを以て入れたてのホットコーヒーを味わった。利き手に持ったコーヒーを啜りながら、利き手じゃない方の手で、利き手とは全く違う作業をするという遊びを楽しんだ。そして数分後、ランソワは四杯分のコーヒー代をカウンターに置き、ステーシーに「じゃあね」をすると、ルックラックの後について店を出た。ステーシーは二人を見送りながら、ごく瞬間的ではあるけれども、世間的な感情の眼を、立ち去った女性客の後ろ姿に向けたかもしれなかった。テラスの、お客のいないテーブルの下で、ナラが床にぐんにゃりと寝そべっていた。

「ナラ、そこにいたのか。人気者は疲れるだろう。それにこんなに暑けりゃあ」ランソワはナラに近づいて話しかけたが、ナラときたら昼寝のまっ最中で、まったく反応しなかった。なあんだ、と言いながらランソワは、ナラの両足が半分乗っているために、半円しか見えない円型の木製看板を、ナラが無造作に掲げているのを見つけた。そおっと引っ張ってみると、そこには『只今昼寝中！　邪魔厳禁！』と深緑色のペンキで書いてあった。

「俺が作ってやったのさ」一番近いテーブルで寛いでいた髭面の男が言った。

「ナラだって十分な休憩が必要だからね」

「それはありがとう」ランソワがナラに代ってお礼を伸べた。

「あんたにお礼を言われる筋合いはないよ」髭面が鼻を鳴らしながら言う。

「そりゃあ、そうだ」とランソワ。後ろでルックラックが笑いを堪えている。

「ナラは利口な犬さ。看板の意味をちゃんと理解してるんだからな」

「ああ、利口な犬さ」ランソワが復唱する。

「さっきだってさ、ナラは寝る前にどっかその辺から、いつもその辺に置いてやがるんだよ、看板をよ、それをナラは当たり前のように持ち出してきやがって、ま、ちょっくら位置がずれちゃいるけどよ、自分で出したんだから、そらあ、利口な犬ですよ。俺はその様子をここで全部見たよ」

「そうでしょうとも。ナラは利口な上に、人間との付き合い方を心得てる」

「それはどうかな」髭面が言った。

「犬も夢をみるのかな」ランソワはさりげなく話題を変えてみた。

「みねえな」髭面が断言する。

「なぜそう言い切れるんです？」ランソワが穏やかに異議を唱えはじめる。

「みねえと思うからさ」

「僕は犬も夢をみると思うな。夢をみる構造は人間と全く同じだと思っているからね」

「ああ、そうですかい。そんならそんでいいじゃねえか。夢かい？　そうら、夢ときたもんだ。俺はそんなもの一度だってみたことないよ。これからだってみねえな。眠るときゃ眠るだけさ。そもそも夢というものは一体どこぞの世界のことなんですか？　ってな。瞼を閉じたらそこに存じ上げない世界の様子が映るっていうんだろ？　冗談じゃないよ。ああ、冗談じゃなく、夢なんて幽霊やお化けと一緒さ。薄気味悪いったらありゃしねえ」

「あなたのおっしゃる通りです。今のところ、夢の実体を明らかにできる人はいませんからね。要するに、夢をみる人だって、夢ってものが一体どこの世界のことなのか、不思議に思っているんです。不思議すぎて不思議とすら思わなくなるくらいにね。もっとも夢がどこかの世界に属するとすれば、の話ですけどね」ランソワは大真面目に喋り始めた。

「あんた随分知ったようなこと言ってるが、そっちの関係かね？」髭面が見上げて訊く。

「そうじゃないとは言えませんが、僕はただ夢を記録する仕事をしているだけですよ」

「ほう、それで？」髭面がサスペンダーに親指を挟みながら言った。

「なんとも言えませんね。僕が望もうと望まざるとも、今や夢の産業はこの国の主要産業のひとつですからね。僕の仕事、夢のデータ化ですが、こうすることで世の中の企業なんかは人の欲求の兆候や対象を少しでも読み取ろうってわけです。それが分かれば消費者が何を欲しがっているかの推測がしやすくなるってことです。むろんこれはデータ活用のほんの一例です。個人の場合はまた別様ですし。夢も利用者も利用目的も多岐にわたりますよ」

「ほうほう、そうかね」髭面は満更つまらなくもないといった顔でランソワを見る。

「つまりこういうことです。起きている人にアンケートを取っても、本音は聞き出せませんよ。人ってものは大概、自分以外の人間に、自分が本当に望んでいることを話したがらないからです。中には正直に言ったつもりでいる人もいますよ。ほとんどの人がそうであると言っていいでしょう。要するに、つもりってものは厄介ですからね。願望における意識の行いとして言うならば、多分、限りなく無意識に近い意識の極度に便利な持ち物のひとつと言えるでしょう。そう望みたいと願うことやそう願うべきだと感じるものを自分の真の意志とすり替えるための道具とでも言ったらいいのかな、あるいは、自分自身のなかでごっちゃになっているそれら同士の微妙な違和感を巧みに埋めているものと言ったらいいのかな、うまく言えないけど、それがつもりなんですよ。結局のところ、夢はあんまり嘘をつきませんからね。夢の中の嘘は再生してみれば案外すぐにわかりますよ。——ああ、でも狭義に捉えないでくださいね。あくまでも夢の本質は未知の領域に属するものです。真偽そのものを持たない自由な夢だって、どこにも尺度をもたない巧妙な別世界のような夢だってたくさん存在しますよ。むしろそういう夢の方が多いでしょう。そして、夢を閲覧しながら自分自身を感じたり分析している時の当事者はいたって寡黙です。夢というのは、総括的な意味で、己に宿る心理の描写ですからね」

「なあるほど」髭面は髭を撫でながらいつの間にかランソワの話に聞き入っていた。

「どうですか。ちょっとは夢に興味が出てきましたか？」

「ちょっとはね」髭面が素直に答える。

「それはよかった。何かに新しく興味をもつことはいいことですからね」ランソワは愛想よく微笑んで言う。

「それで？　もう終わりかね？」髭面がぶっきら棒だが好奇心に駆られて尋ねた。

「あなたもご自分の夢を知りたければ、夢をみることです。嫌だとか無理だとかいう観念は捨ててね。夢をみてみたいですか？　夢をみない人が夢をみるようになるにはコツがあるんです。それは、ただ夢がみたいと思うだけですよ。もっと具体的に言うと、夢がみたいという欲求を野放しにすることですよ。ね、簡単でしょう？　言葉にすると難しそうだけどやってみればなんてことありませんよ。誘発剤のようなものが幾つか出ていますが、あれは人によって副作用があるからお薦めしません。夢と幻覚は全く別のものですからね。とにかく思ってみることが大事なんです。さっきも言いましたが、何かに興味を持つということは、それだけで想像力を活発にし、自分自身の内容を変えることだと、僕は思うんです。内容っていうのは、意識や潜在意識のことです。僕の言うこと、なんとなくわかってくれますか？　あ、いや、これ以上はやめておきましょう。僕の勝手なお喋りがあなたを不愉快にしたんだったら堪忍して下さいね。僕はあくまでも単なる夢の記録の管理人の一人であって、夢の本質をああだこうだと他人に語ったりする資格はないんですから。ほんとに僕は喋りすぎちゃったみたいだな――」ランソワが恥ずかしそうに頭を掻いた。

「かまわんさ。で？」髭面がにんまりとして言った。

「いえいえ、もう僕の話はおしまいです。でも、あなたが夢についてもっと知りたいとおっしゃるなら、僕は夢に関するフリーペーパーや定期的に出る情報紙なんかを持ってきてあげることができますよ。その気になったら僕に連絡をください。あ、もし迷惑じゃなければ、僕の名刺を渡しても構いませんか？」

「ああ、いいよ」髭面の男はニッと笑って言った。すると、滅茶苦茶な角度に打ちこまれた錆び釘のような前歯たちが覗いた。ランソワは財布から名刺を一枚取り出し「僕、ランソワ・ボーシットといいます」と言って男に差し出した。

「こりゃどうも」男は工具油の色をした分厚い手で名刺を受け取り、のけぞるようにしてポケットにしまった。

そして顎先を道の対面に振りながら、

「俺はすぐそこの工具店、ジョゼット・ブニョだ」と簡素に自己紹介した。

「ブニョさん、最後にいいこと教えましょうか。うちの会社に登録するなら絶対に今がお得ですよ。サマー・キャンペーンで、来月までに登録された方に限り、お試し期間が無料で一か月延長されるんです。いつもは二週間のところ六週間になるんですよ。ね、お得な話でしょう？」ランソワが商売っ気を出して締めくくり、「ほう、キャンペーンか。うちの店にはない商法だね。ま、気が向いたら電話するよ。その時はよろしくな、ランソワさん」ブニョがランソワに丁寧な別れを告げ、「じゃあ、僕はこれで失礼します。せっかくのナラの睡眠を邪魔しちゃいけないしね」「さよなら」ルックラックがランソワの背後で控えめに沈黙を破った。

17

二人はぶらりぶらりと歩き出した。ランソワが十数メートル先のポストを指さし、ルックラックが頷いた。中央広場に肩から水筒を提げた少年少女たちが屯していた。集合時間を待っているようだった。ランソワは通りがかりに一番近くにいたおさげ髪の女の子に声をかけた。

「これからどこへ行くの？」女の子は知らない人と口をきいちゃいけない教えを容易く破って答えた。「おしえなーい」

「たくさん歩くのかな？　きっとそうだ。だってみんな大きな水筒を持ってるもの」

「まあね」女の子は少しはにかんで掠れ声を出した。そして「バイバイ」と言った。

二人はまたぶらりぶらりと歩き出した。「一昨日もそのポストから投函したんですよ」とランソワがルックラックに言い、ルックラックが頷いた。

「でも一昨日入ったカフェは『あなた次第』じゃなくて、確かここだった気がするな」ランソワが丁度真横に来たカフェを見てそうつぶやいた。ルックラックはこれには頷かなかった。

「ランソワさん、わたしもあなたの名刺が欲しいわ」ルックラックが口を開いた。

「それは光栄だな。僕は君がそう言わなくても、渡そうと思っていたんだから」

「でもわたしは夢を記録する気はないの」

「賢明だね。僕はそういう人に出会うと、正直なところホッとするんだ」

「あら、どうして？」

「夢は夢のままでいいんじゃないかといつもどこかで思ってるからさ。さっきの話とはひどく矛盾しているけどね」ランソワは真面目な声で言った。

「そうなの」

「でもこれは誰にでも言うことじゃないよ。数人の信用のおける人にしか」

「じゃあ、わたしのことを信用してるの？」

「うん。僕は君のことを信用してるよ。まだ出会ったばかりだけどね」

「出会ってからの時間なんてあてにならないわよ」

「うん」

「日が長いわね」

「まだそう感じるには早いでしょう」

「日が長いと、不安なことを忘れそうでこわいわ」

「何か不安なことがあるの？」

「人並みにね。でもあんまり実感がないの」

「不安なんてそんなものさ」

「あ！」ルックラックが小さく叫んだ。

「わたしたちハガキをポストに入れるの忘れてたわ！」

「そうだ！　うっかりした。通り過ぎちゃったぞ」二人は笑いあった。そして信用という言葉が生じた場所まで戻り、目前のポストに二枚のハガキを投函した。ポストまでは数メートルあった。二人の交わした言葉と言葉の間に微少な細切れの時間が入り込んでいたのである。

「ところで君の仕事はなに？」

「今はしてないわ。つい最近まではバティスト通りの画廊に勤めてたけど」

「画廊ってもしかしてニューヨークの伯父さんの画廊かい？」

「どうしてわかるの？」

「ただそんな気がしただけさ」

「バカンスが終わったら何か職を見つけなくちゃ。見つかるかしら？」

「君なら見つかるよ」

「どうしてわかるの？」

「わからないけど、君を応援したいもの」

「ありがとう、ランソワ」ルックラックは嬉しそうに微笑んだ。その笑顔はどこかで見たことがある笑顔だった。ランソワの脳裏をすでにある印象のようなものが過ぎった。ランソワの思考は探し物を始めた。探している物はまだそこら辺でうろうろしているような気がしていた。すると記憶の方からランソワに近づいてきた。まるで度忘れした言葉が不意に言葉として戻ってくるみたいに、それはよみがえった。

「思い出した……」ランソワが呟いた。

「何を？」

「きのうの僕の夢を」ランソワが夢を追いながら答える。

「どんな夢？」

「人に話すほどの夢じゃないよ。でも、君の勤めていた画廊がニューヨークの伯父さんのものだと言いあてたのは、きっとあの夢のせいさ。ニューヨークの夢を見たんだ」

「伯父が出てきたの？」

「いや、怒った若い男が」

「他には？」

「もう一人、男がでてきたけど、その男は同じ場所で同じ人に二度轢かれちゃうんだ」

「死んじゃったの？」

「いや、元気になったんだ」

「変な夢」

「ねえねえ！」突然ランソワがルックラックのスカートをじろじろ眺めながら言った。

「君のそのスカートはどうしたの？　いつから穿いてるんだい？」

「もちろん今朝からよ」

「ふうーん」ランソワは謎がとけた少年探偵のように得意げな顔で納得する。

「ニューヨークの男がこれとおんなじスカートを穿いてたの？」

「まさか。女がそれとおんなじ柄のワンピースを着てたんだよ」

「女も出てきたの？」

「うん。女が男を二度轢いたのさ」

「おんなじなのはスカートだけ？」

「どういう意味？」

「もしかしたら中身もわたしとおんなじだったんじゃない？」

「え？　あの女が？　君とおんなじ女だって？　それは夢の女が君だったたってことかい？」ランソワは一瞬足を止めた。そして軽く握った手を顎に寄せながら、ルックラックを改めて眺めてみたが、夢に出てきた女がルックラックだと断定するまでには至らなかった。そのような気もするし、違うような気もするし、それになんとなく気恥ずかしかったし、おまけにルックラックが夢の女とおんなじスカートの上に着ていた白いボートネックのシャツブラウスの片側からベージュのジニミーズの紐がちょっぴり見えていたので、ちょっとばかしドキドキしてしまったのだ。

「そうかもしれないし、そうじゃない気もするんだ」ランソワは正直に答えた。

「でも再生してみればわかるわ」

「それができないんだ。この夢は記録してないんだよ。眠るつもりじゃないのにいつの間にか眠っちゃったんだから」

「なあんだ」ルックラックは愉快そうに笑った。笑い声は遠くから聞こえてくるのどかな鈴の音のようにランソワの耳に心地よかった。中央広場の日影風がそよぎ、ルックラックの柔らかそうな髪の毛にほんの少し絡まっていた。ランソワはルックラックの頬に指を伸ばそうとする自分を想像し、軽い身震いを伴って我に返る。

「君はこれからどうするの？」

「きのうのバスに乗るわ」

「そう。残念だな」ランソワが寂しげにつぶやいた。

「また会いましょう」

「うん。――そうだ、君に名刺を渡さなくちゃ」ランソワは名刺をルックラックに渡しながらつけ加える、もしよかったら連絡をください、あ、でも明日からは留守です、母のところに行くので。

「どこにいらっしゃるの？」

「エクサンプロバンスだよ」

「いいところね。光が豊かで楽しい顔の噴水がたくさんあって」

「それにできればヒストーク、ほら、さっきハガキを書いた親友だよ、彼にも会いたいんだ。君は？」

「今年の夏はひっそりとひとりで過ごすの。今日のようにカフェに行って、偶然誰かに出会ったら気の向くままお喋りをして、あとはのんびりするわ」ランソワはそう言ったルックラックの表情にどことなく捉えどころのない虚ろなものを感じた。

「わかった。じゃあ僕がエクスから戻ったら、一緒にお昼をしませんか？」

「ええ」

「それなら七日後の十一時にこの場所で待ちあわせるのはどう？」

「もちろん、いいわ」

ランソワはルックラックをバス停まで送らなかった。出会ったばかりでお互いのいろんなことを知ってしまうのは性に合わなかったし、ルックラックもそう望んでいるように思えたので。ランソワは、ルックラックの後ろ姿が見えなくなってしまうと、意図的に咳払いをし、時間を確認し、それから数歩後ずさりして視距離を伸長した地点から広場全体を眺めた。現実を見渡すためである。水筒を持った少年少女はもうどこにも見あたらなかった。中央の噴水に爪先を突っ込んだ二匹の中型犬が、ピチャピチャと音を立てて水と戯れあい、他の大小様々の犬たちは、縁にお座りしたり、頭上で交わされている長いお喋りにつきあいながら飼い主たちの足元に横たわっていた。そして飼い主たちと犬たちの信頼の絆である首紐が、曲線でこしらえたあみだくじのように絡み合い、石の地面に和やかな雑交を垂れていた。その上には青く美しく澄んだ空があった。それは無限の意識をもつ広大なひとつの色彩だった。ランソワは一人でぶらりぶらりと歩き始めた。

18

母と伯母への土産を買うため、少し歩くことにした。ランソワにとってこの用事は毎回悩みの種であり、また楽しみでもあった。小一時間かけていくつかの店を見て回り、何をどちらにというわけではないが、柄違いの蓋つきマグカップ、紅茶、ジャスミン茶、ボンボンキャンディーと、母シャブランに頼まれた二つ穴の洋裁針、それから伯母シャジョンヌに頼まれた超軽量爪切りを買った。これらを入れた紙袋をぶらさげ、荷物を置いてゆっくりと座れる気取りのなさそうな定食店を選び、そこでお昼にした。メニューを広げながら、周囲の様子を窺ってみると、クレープを食べている客が何人かいた。ランソワは店員に合図をし、同じものを注文した。シードル付きのクレープはたいそう美味しかった。ブルターニュ風の一皿で丁度いい加減に腹を満たしたランソワは、新市街の観光所へ向かい、パリ経由エクサンプロバンスの乗車券をクーポンで購入した。カウンターの中で古い型のキーボードが、重たい音を立てて購入者に関する数行の短い印字を完成させ、発行された乗車券はカウンターの上を移動しランソワの手に渡った。ランソワは乗車券を受け取ってしまうと、やるべきことをすべてやったように思えた。が、念のために自問してみる。まだ何かあったかな？　ランソワは乗車券を財布にしまいながら考えた。これといって特に思いつかなかったが、目の前にショッピングセンターがあったので、何気なく立ち寄り、ジンクスのためにササミ入りの餌を三缶とオモチャをふたつ買った。ササミ入りの餌は新製品で、オモチャは『ねずみさん、ピョン！』と『おいで！　キラキラモール！』というやつだった。ランソワはレジでおつりを財布にしまいながら、ほんの数日間ジンクスに会えないというだけで、無性に何かを買い与えたくなる自分の親バカぶりに呆れ、自嘲の笑いをもらした。片思いさ、ランソワの心はつぶやいた。——ジンクスは僕に一週間や十日会わなくたって、いや、たとえ永久に会わないとしても、さほど、いや、多分これっぽっちも淋しくないだろうに、どうして僕はこんなに淋しいのだろう、ああ、僕という人間は実に感傷的な生き物だ、そして感傷とは甲の部分がへこんだ安物の薄っぺらなスリッパみたいにぺしゃんこな粗悪ガスだ——。二つの袋をぶら下げてショッピングセンターを出ると、かんかん照りの太陽と蒸し器の中のような暑さが待っていた。通りはバカンスとあって休業している店が多く見られ、人の数も少なかったので、ランソワは誰にも紙袋をぶつけずに通りを去ることができた。

＊

通りを出ると、道はふた手に分かれていた。ランソワは見慣れない景色のある方の道を選び、馴染のないひっそりとした広場で足を止めた。中央に水の跡絶えた平らな水瓶のようなものがあり、隅っこには頬がこけて今にも泣きだしそうな顔をした全く知らない男の胸像があった。ランソワは水瓶の台縁に腰かけ、寝静まったような広場の雰囲気をうかがった。周りは全て苔まじりの古い建物の裏壁に面しており、物音の気配がなく、ひんやりとしていた。ランソワはこの静寂の諧調に感じ入る。耳を欹てて人の声や縦笛の音色や食器のぶつかる音なんかを微かでも聞き取ろうとする。が、聞き取れる音は何もなく、地面に下ろした紙袋でさえガサゴソいわなかった。まるで煩わしきものをひとつ残らず甘美な眠気で快黙させているかのような静寂だった。静寂にベルベットのような情緒を添えている深く鮮やかな苔の緑は目に優しく、影気に息づく匂いは鼻の奥に懐かしさを運び、ついさっきまで途切れなくつぶやいていた自身の声はラジオのスイッチを切ったようにピタリと止み、心が落ち着き憩うという表現に似つかわしい安らかな真の沈黙が漂っていた。

ランソワはこの沈黙の中にありながらルックラックを想わなかった。そのことがランソワの気持を自由にし、傍観者の目で恋の束縛が齎す煩わしさを感じ取った。この煩わしさこそが恋の情感を成り立たせていると認めながらも、恋をするたびに嫌という程この煩わしさにつきまとわれるランソワであった。つまり、今のランソワの心には確かにルックラックの存在があった。それは見いだして間もない一粒の宝石と言うべきもので、ランソワの心に、神秘のヴェールで覆われた未知の輝きを放っているのだ。ランソワはこの恋の情感、抱き始めてからまだほんの僅かな時間しか経っちゃいないこの恋情が、もうこれほど煩わしく眩しいことに、不思議な幸福感と夢想感を覚えた。なんとも奇妙な新鮮な想いだった。ランソワは、出会ってからの時間と気持の昂りはあんまり当てにならない、というルックラックの言葉を、更に、そこからいっそう飛躍して、宝石を箱にしまう、というト書きめいた自分の言葉を、小さな静寂の楽園の宙に浮かべた。後者の言葉は、まるで無邪気な子供の落書きのように、彼の停留している想念をくすぐり、抑揚のある息吹で膨らみを持たせた。抑揚は、揺りかごの周りをたゆたう優美な子守唄となり、彼の心をゆらゆらとさまよった。ランソワは、あまりの心地よさに瞼を閉じて五分ばかり熟睡し、熟睡を抜け出てからも瞼を半分開いたままで十五分ばかりうとうとし、そしてもう一度、目覚まし時計なしでごく自然に瞼が開いた時には、この場所に来てから二十五分ばかりが経っており、よく眠ったあとの充足感で頭がぼーっとしていた。夢は見なかった。ランソワは思い切り両腕を伸ばして欠伸をし、痺れたお尻を擦りながら立ち上がり、足元の紙袋を手にすると、ぼちぼち歩き出した。心は平日の図書館のように静かだった。

そのせいか、目に映るものひとつひとつの存在が新調されたように感じられる帰り道だった。

——歩道、誰もいないバス停、水色の平和を掲げている空、剥がれかかったヨガ教室や劇団の貼り紙、ベンチの汚れ、浮かない表情のカップル、暑さ、路上駐車の車、ゴミのようなゴミ箱、紐で繋がった人と犬、視線、電話ボックス、連続するeを描いて垂れ下がる受話器、尖った石ころ――。ランソワは目に映るものでしりとりをしてみたが、実際はしりとりではなく、ただ単に目に映るものを並べているだけだった。途中からは目に映っていないものも並べられ、しまいにはそれらが目に映るものに取って代わった。体の動きとは時差をもって目覚めた思考が、これから目に映るだろうものたちの頭上を活発に巡り始めたからである。

――パリ、ホームの喧騒、窓側の席、蔓延的なよそよそしさ、車内の雑音と沈黙、見ているように感じられる窓の外の景色、見知らぬ乗客の咳払い、知らぬうちに重なり合う荷物、隣人の間接的な温もり、「ちょっとすみません」と言う自分自身の声、エクサンプロバンス駅のホームからタクシー乗り場までの何も考えない数分間、心が身を乗りだして味わういつもの瞬間、サント・ビクトワール山、時を超えて親しまれている音楽のように心を癒すありとあらゆる曲線と立体たち、その先のどこかで溶け合っている空と海、それらが溶けあうとき、明るい陽気な色彩と音彩によって織りなされる素朴でありながら豊かな詩情、それらすべてに命を吹き込んでいる神のまなざしのような満ち足りた光、どこまでもどこまでも拡散していく光の想念、そして……光や海や色や音の彼方で宇宙と繋がっている大空、生死を厭わずあらゆる魂の郷園に注いでいる青空、ときには心の笑みのような雲々を浮かべ、不滅の力強さと優しさを湛えた遙遠な抒情でこの世界を統べている……あの空――

19

――空、雲ひとつない水色の空、人、女、ウィンドウに顔を寄せている女、その指先に光っている飾り爪たち、剥がれかかったバーゲンセールの貼り紙、それぞれの歩幅で通りを行き交う人々、窓ガラスに映るいくつもの顔、真昼の喧騒、信号機、薄暗いパン屋の店内、パントマイムみたいなやりとり、路上の隅で飼い主を待つ犬、空間を縫っていく自転車、ＡＴＭから立ち去る男の表情と足取り、準備中のレストラン、小銭の音、どこからともなく漂ってくる干からびたイチジクに似た匂い、動かない空気、暑さ、もう二度と巡り来ない夏の雰囲気、大好きな遅い夕暮れ、万物に訪れる夕闇の想景、両親の心有る微笑み、姉たちとのお喋り、過ぎ去ったイベールの横顔、短い楽しげな笑い声、天国と呼ばれる場所、そしてその天国と繋がっているかもしれないこの空、果てしなく高く研ぎ澄まされた青空――ルックラックはランパ通りを経由するバスに揺られながら、しりとりをしてみたが、実際はしりとりではなく、ただ単に目に映るものを並べていただけだった。途中からは目に映っていないものも並べられ、しまいにはそれらが目に映るものに取って代わった。時間の歩調に逆らわず運命を受け止めようとしているルックラックの心情が、これまでその目に映ったであろうものたちの痕跡を無作為に巡り始めたからである。

ルックラックは、バスからの景色を埋めている無数のものが、存在することの新しい意味を帯び始めたように感じられた。それで時々なにかを注意深く眺めたりした。たとえば同年代の女たちの服装や、持ち物や、顔つきや、仕草や、歩き方などを、あるいは、信号待ちの人々や、彼らが連れている犬たちの種類や、肉屋の看板や、雑貨店の表面を彩るポストカード用の回転棚や、路地の入口の影の塊や、地下鉄から吹き上げられた風のゆくえや、それら全ての上に際限なく広がっている青空が、無心の偉力で闊然と覆い隠しているものを、瞬間的に連続的に観察した。

＊

――死が近くなると、それまでは目に映るものの存在性や意味なんかこれっぽっちも感じなかったのが、そうじゃなくなるんだわ、とルックラックの心はつぶやく。――目に見える何もかもの有様と表情が、あるふとした瞬間から、何か不思議な鮮度を携え始めたように思えてくるのよ。この感覚を言葉にするのはとても難しいけど、死を前にしたなら、きっと誰もが感じることかもしれない。人は死をわが身の確かな現実として自覚するとき、目の前に存在するありとあらゆるものに対して、今までとは違う新しい価値観を見いだしたり、新しい真実に気づくのかもしれない。少なくとも私の場合は、死がそこまで来ていることを知ってから、全てのものが鮮明に意味ありげに見えてきたのよ。

それにしても、わたしは冷静だと思う。もうすぐ死ぬというのに心はこんなに落ち着いている。それどころか心全体に穏やかな明るさがある。清々しい軽さがある。空を散歩する赤い風船のように自由がある。そしてわたしが経験したひとりの少女のように、大きくなったらバレリーナになるの、と大人たちの耳元で囁いていた当時の小さなわたし自身のように、まっさらな気持になれる瞬間がある。バレリーナか……幼い頃を思い出す。わたしは爪先だちで踊りながら両親に忍びよると、唇を頬や耳に押しつけ、密やかに何度もそう誓ったものだ。あの時の父と母の柔らかい温もりが最近の心を離れたことはない。いろんなことが無作為によみがえる。

＊

今、記憶の欠片はどんなものも新鮮に立体的に感じられ、色とりどりの宝石のように輝く。わたしは残された時間のなかへ、宝石箱にしまっておいた宝石たちを全て撒いてしまおう。過去と現在と未来の微弱な予感が同じ楽園で煌めくのを眺めるため、心の隅々まで最後の光線が行き渡るのを眺めるために――。

わたしは二度とない機会を与えられていると思う。それはなんだろう？　涙？　痛み？　虚しさ？　祈り？　恐怖？　いいえ、違う、そうじゃない。そんなに悲劇的なことじゃない。それはもっと楽観的だ。見晴らしのいい温泉に浸かるように、この世の温もりを内界に感じることだ。……ああ、少し息苦しいけれど頗る気分がいい。

ランソワと過ごした午前のひとときは楽しかった。ランソワは好人物だ。話しやすくて、堅苦しさがなくて、少しとぼけていて、なんとなく可笑しい。わたしの周りにはいないタイプだ。おそらくランソワが人生最後の登場人物だろう。人生はユニークだ。伯父さんの言う通り。……ああ、伯父さんとお喋りがしたい。二人で散歩しながら、伯父さんの気まぐれ風のような鼻歌が聴きたい。大好きな伯父さんにもう二度と会えないなんて残念でならない。さよなら、伯父さん。わたしはもうすぐ死ぬの。本当よ。いいえ、本当を言うとそうは思えない。実感がない。まもなく死ぬという人間が、バスに乗ったり、カフェに行ったり、こんなにたくさんのことを考えたり、今までと変わりなくこうして心が活発に動きまわったりするだろうか。けれど死は間違いなくわたしに迫ってきている。陽が落ちるような速さで、今にもわたしを飲み込もうとしている。

死んでからのことは考えない。死んでイベールに再会できるとは信じ難い。――イベール、イベール……ルックラックは、今は亡きフィアンセの名を、流行歌のサビに劣らぬ臨場感の波に乗せてリフレインする。そしてそれ以上は言葉をかけずに沈黙する。今ある愛情を何という言葉で表現したらいいのかわからなかったし、自らも死に直面する運命を担ったルックラックには、もはや死んでしまったイベールに語りかけるよりも、生きている自分自身や目に映る多くのものに語りかけることを尊び選んだからである。死と直面することは同じ神秘のもとに生と直面することだという悟りのような境地と、自分自身の命の産物として残されたわずかな時間を湿っぽく過ごしたくないという強い願望のような思いに自らの信拠を得、この選択をしたルックラックは、時折、実際にそうするとき、激しい自責の念に駆られたが、そんなときは心のなかで、歌うように囁き、囁くように歌うのだった。――イベール、イベール……ルックラックは、このイベールとだけ囁き続ける歌に『イベール』という題名をつけた。『イベール』は、懐かしい子守唄のようにルックラックの胸のうちを巡りながら、二巡りもしないうちにトトールの歌声とだぶり、三巡目からはたいていトトールひとりの歌声になり、歌詞もイベールではなくなっていた。トトール。トトールとは、ルックラックの大好きなニューヨークのトトール伯父さんのことであり、つまり名曲『イベール』は、ルックラックが自分でそうと気づかずに、トトール伯父さんの鼻歌の十八番だった曲をまるごと拝借引用してできた曲なのである。

＊

ルックラックは沈黙を続けた。バスは約一ダース半の沈黙を揺さぶりながら、いくつかバス停をすっ飛ばして、勢いよくランパ通りに滑りこんだ。そして国際交流会館が見えてくると、車内に降車ブザーがブーブーと二度もけたたましく響き渡り、早々と立ち上がった数人の乗客は、それぞれカウボーイの投げ縄みたいな荒々しい念力で、見事にバスをバス停の真ん前で止めてみせた。運転手がドアを開けた。ルックラックは、両手一杯の荷物を床に置いて清算を始めた男の後ろをすり抜け、タン、タン、タン、と軽やかな足音を立ててバスのステップを下りた。

20

ムーグ博士は約束時間の四十分前から来客用の応接室に入ってマリネット＝ルックラック・ガストン・ド・ソレル王女がドアをノックするのを待っていた。王女が予定よりも早く着いた場合、待たせてはいけないし、それに実のところ、なるべく早く来て早く帰ってほしかったからである。したがって、時間ぴったりにドアをノックした王女を、部屋の中へ迎え入れるのに多少時間がかかった。待ちくたびれて萎れた朝顔のように頭を垂らしながら眠りこけていた博士の耳に、その儀礼的な慎ましい擬態音はすんなりと届かなかったので。

＊

「こんにちは、博士」マリネットの声がドアの向こうでした。ムーグ博士は当然ながら言葉より先にドアを開け、王家の八女たるマリネット嬢を、すみやかに部屋へ迎え入れるべきだったが、あまりにも眠りが深かったため、まともな返答すらできなかった。実際には「はーい、今いきまーす」と俯いたままつぶやいたのだが、ほとんど寝言だったので、言葉の役目を果たさなかった。ひと呼吸置いてもう一度ノックの音が聞こえると、ようやくその音は現実という真空を伝ってムーグ博士の耳に到達した。それでムーグ博士は食堂を後にしてから初めて伝達としての言葉を発した。

「ああ、はい、今行きます」ムーグ博士は急いでドアを開け、この三分足らずの出来事を帳消しにするために、目一杯の作り笑顔でマリネット王女を歓迎した。

「お待たせいたしました、マリネットさん。今日はまた一段と暑苦しいですね。バスは順調でしたか？」

「あら、ムーグ博士、いらしたんですね。どうかされたんですか？」

「いやあ、たいしたことじゃありません。ただちょっと強烈な睡魔に襲われただけです」

「じゃあ、博士はわたしが来るまでここで寝てらしたんですね」

「おっしゃる通り」

「お疲れなんじゃありませんか？　そういえば、両目の下に水たまりみたいな影の塊ができてるわ」

「おっしゃる通り。俗にいう隈ですよ。言っときますが穴ではありませんよ」

「寝てないんですか？」

「まぁ、そんなところです。実は明日からパリで学会がありましてね。そのために長い確実なレポートをひとつ用意しなければならないんです。もちろん私がそうしたいからするんですがね。これがなかなか思うように進まなくて参りました。それでここ数日は時間的にかなり追い込まれて徹夜続きだったんです。ま、毎度のことですよ」

「売れっ子の学者は大変ですね」

「それは嫌味ですか？　それとも褒め言葉ですか？」

「両方ですわ」マリネットが意地悪っぽく微笑んだ。

「まあ、お掛け下さい」ムーグ博士はことを先に進める。

「体調も精神状態も良好です」マリネットは椅子に腰かけると、質問される前に答えた。

「そのようですな。顔色がいい。それに今日のあなたはきのうに増して生き生きとしていますね。何かいいことでもありましたか？」博士が偽らずに言う。

「毎日がわりと楽しくてなんとなく新鮮なだけです」

「気になる症状はありますか？」

「時々息苦しくなりますが、それだけです。ひとつ聞いていいですか」

「なんなりとどうぞ。遠慮なさらずに」

「博士のおっしゃるように——」

「はい」

「わたしはこんなに生き生きとしています。さっきも言ったように、毎日がわりと楽しくてなんとなく新鮮です。それなのに着実に穴は大きくなっているという。つまりどうしても死ぬ気がしないんです。すぐそこで死が待ち受けているとは思えないんです。わたしは自分のことながらこの症状が不思議でならないのです」

「いいですか、マリネットさん。穴と意識や感覚は比例するものではありません。確かにあなたの身体にはフィアンセを亡くされたショックで穴があきました。でもそれは単なる穴の始まり、穴があくきっかけとなった事象であって、その後の穴の進行状況は全く別の異様な世界に委ねられるのです。わたしの言うことがわかりますか？　要するに穴というものはどんな事情であいたかということは問題ではないんですよ」

「矛盾した話ですね」

「それがムーグ穴というものなんですよ」

「じゃあ、わたしはやっぱり死ぬんですね」

「間違いありません」

「なんだか信じられない。童話みたいな話で……ほんとに不思議だわ！」

「だからこそ研究のしがいがあるんですよ。とにかくマリネットさん、悪いことは言いません。あなたはそんなことを考えるよりも残された時間を存分に楽しむべきです」

「わかりました。わたしの場合は、死を悩むことすら無駄な時間だとおっしゃりたいんですね。わたしも同じ意見です。これからは博士のおっしゃるように残された時間を楽しむことだけに専念しますわ。ええ、そうできる自信があります。なぜならわたしは死を悩んではいないからです。嘘じゃありませんわ。見ておわかりでしょうけど」マリネット＝ルックラック・ガストン・ド・ソレルは淡々として言った。

「あなたは強い方だ」

「強くも弱くも……わたしはわたしという真実であり事実であり現実ですわ」

「こう言っちゃなんだが、王族らしからぬユニークな感性の持ち主でもあるようだ」

「トトール仕込みですわ」

「トトールとは？」

「伯父のトトール・ブレネのことです」

「そうでしたか。確かあなたが現在お住まいの部屋というのは、一階が以前勤務されていた画廊で、その最上階でしたね。建物はニューヨークにいらっしゃる伯父様のものだと伺った気がしますが……その伯父様のことですか？」

「まさしくそうですわ。一度でいいから屋根裏部屋に住んでみたかったので。伯父がわたしの夢を叶えてくれたんです」

「住み心地はいかがですか？」

「最高ですわ！　夜明けから明るくなるまでの窓辺で過ごす時間に特別な愛情の心地を感じています。毎朝、始発電車が走っていくのを見届けるんです。わたしの部屋からだと、丁度、まるで模型みたいに見えるの。目を凝らせば、乗客らしきものだって。そうしていると、やがて、大きな大きな光が空に馴染んでくるの。その間の美しい世界を今のわたしのすべてで味わうんです」

「それは素晴らしい体験ですな。それこそ真の財産です。そして実体験と夢の違いはそこにあるのです。夢はどんなに素晴らしい夢でも心の財産にはなりません」

「なるほど。夢は財産にならない。それはそうですわ」

「その他に何かありましたか？」

「いいえ、博士」

「ご両親とは連絡を取っていますか？」

「はい、博士」

「それは結構。では今日はこれでおしまいです。診断の報告には目立った症状はなく人生を楽しんでいると書いておきましょう。次回は四日後です。何かあったらいらしてください。三日後にはパリから戻ってきていますから」

「四日後……それまで生きてるかしら」マリネットがあっけらかんとして言う。

「あなたは生きられますよ」

「どうしてわかるんですか？」

「パリに行ったら、あなたにル・エデンのチョコレートを買ってきましょう。新作が出ましてね。これが『夢と現実』というんです。ふたつの欠片が合わさってひとつになる。現実には夢が、夢には現実がつきものというわけですよ。わたしにぴったりでしょう？」

「チョコレートでわたしの命が延長されるとでも？」

「されませんか？」

「きっと駄目ですわ！」マリネットは晴れやかな声で答えた。

*

「では、さようなら。気をつけてお帰り下さい」ムーグ博士が丁寧にドアを開けた。

「さようなら、ムーグ博士。よいパリを。今までどうもありがとう」マリネット＝ルックラック王女がムーグ博士をまっすぐに見てそう言い、右手を差し出した。ムーグ博士は言葉に詰まった。黙って王女を見たまま、彼もゆっくりと右手を差し出した。王女はムーグ博士の手を取った。二人は扉に挟まれながら握手を交わした。

「晩年の祖父と祖母がしていた習慣です。毎夜、おやすみの挨拶をしに部屋を訪れる祖母に、祖父は、今までどうもありがとう、と言ってから、右手を差し出して握手を求めたんです。お互いに翌朝のことはわからない年齢だし、持病もあるから、ということでね。わたしも博士にお礼を言いそびれてはなりませんから、今後は面会の都度こうすることにしますわ」王女はその尊き血統に適うなんとも優美な品格的な微笑みを浮かべた。

「光栄です」博士は短くそう答えただけだった。それ以上は喉を塞ぐ熱い暗い悲しみの炎に封じられて言葉にならなかったのである。

21

帰りのバスに揺られながら、ルックラックは少し疲れを覚えた。それで瞼を閉じ、日光浴をすることにした。上瞼を太陽の光で温めるのは気持ちがよかった。瞼の裏は木漏れ日の世界だった。ルックラックはほんの少し首を垂れてこの快感を味わった。ふと、ムーグ博士の顔が浮かんだ。それは先程のムーグ博士ではなく、四日後のムーグ博士だった。博士は平たいリボンのついた小箱をルックラックに手渡して、何か言ったが、何と言ったのかはわからなかった。箱の中には約束のチョコレートが入っていた。すると、窓の方から幼い口笛のように柔らかな細風が吹いてきて、ルックラックは木漏れ日の中に引き戻された。木漏れ日は無数の蝶々のようにヒラヒラと舞う光と影で今にも溢れそうだった。すでに何かが溢れだし、両の頬をなま温かく濡らし始めていた。涙。ルックラックはつぶやく。涙。ルックラックには、それがどちらの涙なのかわからなかった。光なのか、闇なのか。つまり喜びの涙なのか、悲しみの涙なのか。更に、これが自分自身の涙なのか、あるいは隣席の婦人の頬を伝う涙なのか、それすらもはっきりしなかった。それで事実を確かめるためにスローモーションで瞼を開くと、涙で濡れている頬は自分自身のものだと知った。ルックラックはなぜ自分が泣いているのかわからなかった。思いあたる感情の起伏はなかった。それからは窓の外の景色を茫然と眺めながら、形にならないようなある事柄についてずっと考えていた。いかがわしさについて、すなわち今までいかがわしさだけが際立っていたムーグ博士の人間性についてである。ルックラックは、これまでのムーグ博士に対する強い思い込みにほんの少しばかり訂正を加えるとしたらなんだろう？　と考えてみた。すると後ろの席から「そんなのないよ」という男子学生の声がしてきた。それがなんであるかはこの先も博士と面会することがあったらその時に考えよう、とルックラックが続けて思う。するとまた同じ声で「ないったら」と聞こえた。むろん、男子学生はルックラックの心の声と喋っていたわけではない。隣に座っているクラスメートと喋っていたのだ。ルックラックは苦笑して、このおかしな偶発的なタイミングこそが人生の醍醐味だわ、とつぶやいた。

部屋に戻ると、ルックラックは三日ぶりに両親に電話をした。国王である父親は、許し難い奇妙不可解な死を遂げようとしている愛娘が、しかしとてもそのような宿命にあるとは思えない、むしろ以前よりも幸せそうにさえ感じられる生気に満ちた声を出して話すのを聞きながら、ひどく複雑な心境になった。ルックラックは父親に、体調がすこぶる良いことやムーグ博士との面会のこと、カフェでの出会いやちょっとした自己認識の変化について話した。およそ十分間、水入らずのお喋りをすると、父親である国王は感情に厳粛な幅を持たせた言い方で、またすぐに連絡するよう末娘に告げた。娘は「はい、そうします」と答えた。最後に信愛の接吻を送りあった父と娘は、それぞれの思いと信心を抱きながら受話器を置いた。

その頃、ランソワとムーグ博士はパリに行くための準備をしていた。

22

翌朝、ランソワは五時半に起きた。ランソワの留守中、一日に二度部屋に来てジンクスとゾンタークの世話をしてくれる上階の学生住人ローザが、朝のジョギング帰りに寄ってくれるというので、三十分余裕をみたのだ。ジンクスはすやすやと眠っていた。ランソワが「いい子にしてなさいよ」と小声で囁きながら頭を撫でると、ジンクスはピクリともしないで眠りこけていた。ゾンタークにも「行ってくるよ」と声をかけた。こちらの方もまだ眠っていたが、眠りは浅いらしく、ランソワの声がすると嘴をゆっくり開閉してあっさり承諾した。六時の天気予報の最中にローザがやって来た。たまに遊んでくれるローザにジンクスたちはよくなついていた。数日前にランソワがお願いに行くと、今年の夏は試験を控えているからどこにも行かないというローザは、気分転換にもなるからと言って、快くランソワの頼みをきいてくれたのである。ランソワはローザに、部屋の鍵と、連絡先を書いたメモを渡した。

「お土産を買ってくるからね」

「ラベンダーの乾燥したやつがいいな。それともアーモンドの練り菓子」

「カリソンだね。わかった。両方買ってくるよ」

「ほんと？　嬉しい！」

「ほんとだよ。お安い御用だ」

「じゃあ、よい旅を。フランソワさん」

「ランソワだよ、腑抜けのランソワさ」

「あ、そうか。ランソワさん」そう言って恥ずかしそうにペロッと舌を出すと、とびきりの笑顔でバイバイをし、階段を一気に駆け上がって行った。ランソワはその身軽で若い力に躍動する小気味いい足音を聞きながら、数秒前に見たローザの笑顔を思い出し、憧れのようなものを感じた。ローザにあるきらめきが、ひと昔前の自分にあったとは思えなかったからである。それから十分後にランソワは、シャブランとシャジョンヌへのお土産入り紙袋を乗せた小型の青いトロリーバッグを引いて家を出た。

＊

一方ムーグ博士は、一分たりとも無駄にできない朝の時間を、目覚めた時点で既に二十分も使ってしまっていた。セットした目覚まし時計が鳴らなかったためである。嫌な予感が的中している気配を悟って飛び起きた博士は、気配が予感どおり現実とぴったり一致したことを確認してぶったまげ、咄嗟に目覚まし時計をサイドテーブルから奪い取り、ガチャガチャといじくりまわした。その途端、突然けたたましい音をたてて目覚ましが鳴りだしたため、博士はまたもやぶったまげて、記憶を探る余裕も、苛立つ余裕もなく、ただ慌てふためき、いろんなものに躓いたり蹴飛ばしたりしながら、出掛ける準備をしなければならなかった。ムーグ博士は運動会のように部屋を駆け回った。短い距離で物が飛び、脈略のない独りごとが多少なりとも手際の手助けをした。すると時間の歩みが数秒ごとに遅くなり始めた。ワイシャツのボタンを掛け終わって時計を見ると、おや！　時間の損失はゼロからプラスに転じており、十分ほどの貯金ができたことに気がつく。あとはタクシーさえ順調に走ってくれれば、なんとか間に合うだろう。いやいや、どうかな？　ムーグ博士は下唇を舐め回しながら電話を手に取り、極力貯金を減らさぬよう慎重に右の親指を動かしてタクシー会社へ確実な電波を送った。と、その瞬間、いきなり電話の方が博士を呼んだので、博士はぶったまげ、右の親指が思わず通話マークを押してしまった。

「もしもし、ムーグ博士ですか」聞いたことのあるような若い男の声が一方的に喋りだし、博士は切るに切れなくなった。二週間後に予定されていた講演の日にちを主催者側の都合により、つまり電話の声の主とその周囲の人間の都合により、急きょ変更したいから今この電話で博士の都合を教えてもらいたい、その方法として今から候補の日にちを挙げていくので、博士は手帳なりスケジュール表なりを傍らに置いて可能な日にちを言ってほしい、というものだった。博士が仕方なくスケジュール表を机から探しだし、空気の平面に広げると、二週間後にそれらしい講演が予定されていた。複数の企業に向けた講演らしく『媒体としての夢とその捉え方』のメモがある。「いきますよ、いいですか、博士」高圧的な声が続く。「ああ、いいよ」博士が諦めて答え、いくつかの候補日の中から三日に絞り、面倒くさいやりとり、三日から二日に絞り、また面倒くさいやりとりの末、もう一人の講演者に連絡を取ってからまたすぐに掛けると言って一度電話が切れ、そのあと、すぐと言うからそのつもりでいたら、七分も待たせてから再度電話が掛かってきた。「――博士」「いつになった？」「今会議中で連絡が取れそうもないので後日にします」「なんだと？　それから君、俺、いや、私の講演時間が何時から何時までかも教えてくれたまえ。私は今から学会でパリに行くからこれで失礼するよ」

電話を切った勢いで飛ばした電波は、今度こそ繋がりたい相手のもとに届く。「大急ぎで一台頼むよ」ムーグ博士から依頼を受けた女は「五分以内に窺います」と即答する。ムーグ博士は念のため急いでトイレを済ませ、忘れ物がないかどうか荷物の腹を軽く叩いて確認し、ドアに鍵を掛けようとして、鍵がないことに気づき、自分の部屋に戻ってあちこち探すこと約二分、机の断崖から床に落下したと思われる鍵の束を見つけて拾い上げ、早歩きでドアの外に戻り、鍵をかける。そこへ丁度タクシーが到着する。「駅へ」「承知しました」タクシーの運転手はさっきまで運転席でぐーすか寝込んでいたが、コールセンターの女にコールされて眠気が吹っ飛んだ。そりゃあ、寝てるより仕事のがいいに決まってるさ。ムーグ博士はタクシーの座席に学会用の鞄を抱えた自分の体を押し込み、溜息まじりに「やれやれ、今朝は散々だったよ」と誰かに向かって言う。運転手はまさか俺に言ってんのか？　と思い「どうかしましたか？　ムーグさん」と応じてみる。

「いや、珍しくドタバタしたんだ。こんなの何年振りかな」

「そうでしたっけ？　確かこの前の前あたりもそんなこと言ってた気がしますがね」

「まさか」

「いいえ、確かに言ってました。こう見えても記憶力はいい方ですよ。職業柄ね」

「今日はこれからパリなんだ。学会でね」

「ほお、花の都パリにね。我が国の親国フランスにね」運転手は鼻を鳴らしながらラジオのスイッチを入れる。するとと偶然イブ・モンタンのオーシャンゼリゼが流れてくる。

「イブ・モンタンか……」博士が外を眺めながら言う。

「ですね」

「タクシーの中で聴く音楽はいいもんだ」

「格別ですよ」

「気持ちが楽になるよ」

「ええ、音楽はね。ああ、そうですか。でもあれでしょ？　博士はえらくお忙しいんでしょう？」運転手は当たり障りなく会話のキャッチボールを続ける。

「他人が思うほど暇じゃないよ」

「誰も博士を暇人だなんて思ってやしませんよ。その反対ですよ。しかしまぁ、忙しい人に限って忙しいとは言わないもんだ。金持ちもそうだがね」

「金持ちじゃないからわからんね」

「ほうらね」ラジオはいつの間にかイブ・モンタンから金相場専門の経済アナリストに変わり、鉱山の莫大な設備投資費についてわかりにくい説明をしていた。

「金の値は今後どうなりますかね？」運転手がさりげなく訊く。博士は答えない。

「金ってやつはどうも気になりましてねぇ。夢がありますよ」

「考えたこともないね。夢はあんまり見ないんだ」

「人生が充実してる証拠ですよ」

「そうは思わんね」

「暇な人間ほど夢をみますよ。だって暇なんだから」

「なるほど」

「それに夢をみるのはタダですからね」そう言うと運転手は地味に笑った。ムーグ博士は黙っていた。博士は背もたれにだらんと凭れながら、運転手の喋り声がラジオの声と混じり合い、それらが車内の雑な静けさと混じり合うのを空で聞き、あるいは、外の雑景が窓にこびりついた鳩のフンをかすめて流れゆくのをぼんやりと眺めていた。そして心地よくもあり悪くもある変な気分に駆られた。それは今までにも体験しているが、まるで一時的に思考の重力を奪われたような感覚の、実にけったいな気分だった。ムーグ博士はこの異種独特な雰囲気にしばし身を任せた。何を思うでもないのに、何かを思い描いている感じは、見えそうで見えない何か重大なものを隠し持ち、それとなくその重大さを仄めかしているような気がしたが、博士は取りあわなかった。タクシーに乗っている時にのみ得られる奇妙な混沌と脱力感を優先した。その様子をさりげなくバックミラー越しに窺いながら、運転手は運転に専念し、予定よりも早く駅前のロータリーが見えた。

「ムーグ博士、そろそろ駅ですよ」運転手が博士に声をかけた。

「ああ、ほんとだ」博士が首を左右に捻りながら答えた。

「列車が着くまで時間がありますよ」

「うん。コーヒースタンドで休める。朝から何も飲んでないんだ」

「そうでしたか。あ、どこで降りますか？　この辺で？」

「ここでいいよ」駅の中央改札口手前でタクシーは止まり、ムーグ博士は運転手に料金とチップを支払うと、一直線に駅の構内にあるカフェスタンドを目指した。そしてエスプレッソとカフェカプチーノを頼み、ものの二分で一滴も残さず啜り終えると、脇目もふらずにチケットに書かれた番号のホームへ向かった。

23

ホームの乗車白線に沿って人の列ができていた。そのやや後方にランソワ・ボーシットの姿がある。彼は列車がホームに入ってくるなり、待ちくたびれたように列を縮める乗客の動きに従う。簡単な清掃パフォーマンスが終わり、ようやくドアが開くと、待ってましたとばかり乗客はどやどやと車両に乗り込み、自分の座席を探し当てて、荷物を上や下に固定する。次いで再びバッグを引きずり下ろし、それぞれ旅のお供や取り出すべき物を取り出し、もう一度上や下に放り投げる。ランソワもお土産の入った紙袋を棚網に乗せ、トロリーバッグは折り畳んで座席の下に突っ込んだ。読みかけの本をテーブルの上に出そうか出すまいか迷ったが、ちょいと早すぎると思い、とりあえず自分の座席に腰を下ろして発車時間を待った。ランソワの隣は頭が小さく肩が尖った同年代の男で、前の座席は頭の天辺の具合から察するとおそらく中年の男らしかった。うしろの座席の人物を確認するのは遠慮した。後部的な気配から察すると厄介な子供でも大人でもなさそうだったので。ほどなくして列車は動き始める。ゆっくりとホームを助走しながら、駅周辺のごちゃごちゃした界隈を過ぎ、みるみるうちにスピードを安定させ、見慣れない広々とした郊外の風景に突入する。そのあたりから、乗客の眼は、車窓のなかを軽やかに過ぎり続ける景色の観者として、快い楽調を伴う流動的な眺めのうえに個々の地平線を見いだし、心穏やかな旅情の感に浸りだす。ランソワの眼もいつしか、自身のあるような無いような焦点のうえに心地よく固定され、車窓という魅力的な旅道具によってもたらされる巡想的なひとときを味わう。そしてどんなに年齢を取ってもこの楽しみは色褪せないだろうと思う。

＊

四時間が経った。乗客たちは思い思いに車中での時間を過ごし、その結果、ひとりにつきひと掴み以上のゴミを持ち帰ることになった。終点のパリにあと数分で到着するというアナウンスが流れると、乗客たちは、短くもあり長くもあった列車の旅を振り返る暇もなく、上から下から自分の荷物を掻き集め、早くも気持ちはパリに滑り込み、靴に踵を押し込みながら、身なりと気分を整えるのだった。ランソワも、置いてきぼりを喰わないよう周りの乗客たちの動きに従った。さっそく席を立って網棚の紙袋を引っ張り下ろそうとすると、あいにく真上に置いたはずの紙袋は、ほとんど揺さぶられちゃいないのに、よくある旅客車内の事象によって、かなり前方に移動してしまっていた。爪先立ちで右手を精一杯伸ばし、中指をひらひらと動かしてみるに、摘むどころか掠りもしない。すると前の座席の乗客がすっと立ち上がり、速やかに取ってくれた。無言だったが、感じよく手渡してくれた中年の男に、ランソワは「ああ、ありがとうございます」とお礼を言い、まともに男を見た。男は「いえ、どういたしまして」と渇いた声で言い、やはり一瞬ではあるがしっかりとランソワを見た。と、ランソワは男を知っている気がしたが、次の瞬間を待たずして、男がかのムーグ・サンブルアンムーグ博士だと確信する。ランソワの気づきを察したムーグ博士も、この男は俺の顔を知ってるな、と思う。男と男はお互いに、お互いの年代や認識内容と比重が異なることを承知のうえで、相手と自分の間に、夢という共通項を見いだす。しかしそこで終わってしまう。当然のことながら、マリネット＝ルックラックという共通項は夢にも見いだされない。かくして、まこと密やかな対人的認識作業をあとに、二人の男はそれぞれ別の目的地へ向かう。ひとりはパリ市内の四つ星ホテルへ、ひとりは乗り換えてエクサンプロバンスへ。

24

ランソワはパリで列車を乗り換えた。時刻はそろそろ十二時になろうとしていたが、お腹はすいていなかった。しかしこのあと控えている約六時間の列車旅を考えると、やはり売店に寄りサンドイッチとアイスティーを買った。ホームに着くとすでに列車は到着していた。座席を見つけ、荷物を頭上のボックスにしまい、早いとこ腰を落ち着けた。出発までの間、ランソワは列車の窓越しにパリを、といってもホームの様子から連想されるパリだが、眺めていた。ホームの改札口を出て突き当りに、古くからある有名なカフェ・レストランが見えた。ランソワはそのいかにも古き良きパリ風な雰囲気、パリと旅を結ぶ別れと再会の感情で賑わう雰囲気が好きだった。そうしていると数分が速かった。目立たない発車のアナウンスと共に列車は動き出し、ほんの束の間、遠くから一軒のカフェを眺めるだけのパリ観察もやむなく終了する。ランソワはパリに別れを告げる。いかに短い滞在であれ、パリにはお別れを言うべきだ。さよなら、パリ。その後、列車はまっすぐにエクサンプロバンスを目指す。正しくは、ランソワは超高速列車という近代的な移動手段を用いて一路エクサンプロバンスを目指す。少しずつ南下していく風景を眺めながら、ランソワはお昼を食べ、次から次へと様々なことを思い浮かべたり、本を読んだりした。列車内は涼しくて割合と清潔でそこそこ快適だった。時間が経った。纏まって段落的に。実に直線的な時間の経過だった。列車は時間を守ってエクサンプロバンスに到着した。六時を過ぎていた。ランソワはここまでの時間の経過にまあまあ満足を覚えながらホームに降り立った。相変わらずホームはだだっ広く、駅にいる分にはエクサンプロバンスにいる感じが全然しなかった。ランソワは本当の実用性のあるエクサンプロバンスに辿り着くため、タクシー乗り場に赴き、更に五十分ほど乗客として過ごした。タクシーの運転手が、

「中心街に来ましたよ。ここからどう行きます？」と南仏訛りのフランス語でランソワに訊いてきた。

「セザンヌのアトリエに行く坂があるよね？　あの坂をアトリエの方に折れないでそのまままっすぐ登って。サンジョゼフ通りっていう通りだよ」

「はいよ」よく見ると熊と人間のハーフみたいに毛むくじゃらな男が答えた。フンフフンフフン、と陽気なハミングで弾みをつけながら、タクシーはかなり角度のあるサンジョゼフの坂を機嫌よく登って行き、ランソワの指示に従ってバス停の横を左折した、そこからはザクザクの砂利道で、緩やかなC字のカーブを曲がり終えると、最終目的地であるシャブランの家が見えた。

「そこの緑の門の前で」ランソワが最後の指示を出した。熊男は「はいよ」と答えて言われた通りに緑の門の前

に車をつけた。

「よし。明かりがついてら。居ますね」熊男が人懐こい顔でランソワの顔を覗きこむ。

「ああ、もちろんいるよ。母と伯母だよ」ランソワが答える。

「そりゃよかった。いなけりゃ、あんたを連れてまた中心街まで戻ってさ、運が悪けりゃ一緒にホテルを回らなきゃなんねえかと思っちゃったのさ」熊男がエッヘッへと頬を掻きながら言う。

「なんだ、そうか」ランソワは手のひらで小銭を数え料金を払った。そして先に荷物を外に出し、「どうもありがとう」と熊男に声をかけながらタクシーを降りた。

25

玄関のベルを鳴らしてからドアが開くまで一分かかった。どうやらひとりはお勝手から手を離せず、ひとりは二階で手仕事をしていたらしかった。結局、伯母のシャジョンヌが薄暗い階段をゆっくりと下りて来て、ドアの向こうから「どなた?」と尋ねた。ランソワが「僕だよ、ランソワだよ」と答えると、「ランソワなの? 随分遅いこと」とつぶやきながらチェーンを外し、ドアを開けた。

「どうぞお入りください」シャジョンヌが細枯れたおどけ声で甥を迎え、

「元気そうだね、伯母さん」ランソワも荷物を置きながら伯母を迎えた。二人はその場でポンポンと軽く背中を抱き合って十二か月ぶりの再会を喜んだ。台所ではシャブランがエプロン替わりに着古した白いシャツブラウスをひっかけて夕食の準備をしていた。

「母さん」とランソワが後ろから声をかけると、

「あら、ランソワ、やっぱり今日来たの?」と振り向いて言った。

料金受取人払郵便

小石川局承認

5632

差出有効期間
平成31年4月
24日まで
(切手不要)

郵便はがき

112-8790

083

東京都文京区小石川2-10-1

水声社 行

御氏名(ふりがな)	性別 男・女	年齢 才
御住所(郵便番号)		
御職業	御専攻	
御購読の新聞・雑誌等		
御買上書店名	書店	県 市 区 町

読　者　カ　ー　ド

この度は小社刊行書籍をお買い求めいただきありがとうございました。この読者カードは、小社刊行の関係書籍のご案内等の資料として活用させていただきますので、よろしくお願い致します。

お求めの本のタイトル

お求めの動機

1. 新聞・雑誌等の広告をみて（掲載紙誌名　　　　　　　　　　）
2. 書評を読んで（掲載紙誌名　　　　　　　　　　）
3. 書店で実物をみて　　4. 人にすすめられて
5. ダイレクトメールを読んで　　6. その他（　　　　　　）

本書についてのご感想（内容、造本等）、今後の小社刊行物についての
ご希望、編集部へのご意見、その他

「二人ともなに？　今日来るって連絡したじゃないか」とランソワ。

「そうだっけ？　じゃあ、そうなんだね」とシャブラン。

「二人とも元気そうじゃないか。安心したよ」

「二人とも元気なら合わせて一人前。どちらか一人が体調を崩せば、二人合わせても一人前には足りないよ」シャブランが鍋の火を止めながら言い、シャジョンヌが愉快そうに笑う。

「そうだ、頼まれた物を買ってきたよ」ランソワがそれぞれにそれぞれを渡し、「それでいいのかい？」と二人に訊く。二人はそれぞれ「これ、これ。これであってるよ」と大いに満足し、ランソワのお土産には「へえ。ありがと。あとでよく見るわ」とそっけなく、要するに洋裁針と爪切り以外のものはひとつに纏めてテーブルの端に置き去りにされた。それを見てランソワは大いに納得した。この姉妹は昔から馬鹿正直な性質で、それが今も全く変わらないからである。

「まぁ、座りなさいよ」シャジョンヌが食器戸棚から花柄の茶碗を出しながらランソワを座らせた。

26

シャジョンヌは、ゆっくりとよく体の動く元気なお婆さんに違いない。だがしかし、半世紀前からつねに、健康状態の目安とされる数値のどれもが正常域を軽々と超えている。それでもなお、この年齢まで大病をせず、現役に属している事実は、老シャジョンヌに揺るぎない自信を与えているだろう。医者であるにもかかわらず医者を嫌い、医学的な数値を無視して、実験的かつ挑戦的といえる完全放置の姿勢を貫いてきたことは、己の性格を顕示する確かな事象として、今やその大部分が記憶で占められつつある老女の想念に、しばしば自覚の意欲と好奇心の笑みを与えているだろう。また、これらの感懐がはっきりとあらわれている老女医の態度や有様は、老患者たちの沈みがちな気分にしばしば心強い老陽の印象を、それぞれの希望的観測に明るい好ましい刺激をもたらしているであろう。八十歳に達しない患者や、すでに兆候の域を超え、深刻な症状が認められる患者には何ももたらされない。近年、自らも本格的な高齢の時代を迎えた老女医は、受け入れ患者の対象を八十歳以上の軽症高齢者に限定したからである。時には、大概の場合、誰にも明かされない私用のためだったが、受け入れの範囲を極端に狭めることを良策とした。自身にかかる責任負担の許容量を日ごと丹念に調整することで、現役医師としての人生を少しでも長く維持しようという故から。老シャジョンヌの、現役生活におけるしぶとい執着心は、共に暮らす老妹シャブランの人生をも尚しぶとく保ち、どんなときでも妹の分をわきまえているその実直な素朴な気心に、能動的なしっかりした現有の光を惜しみなく付与しているだろう。少なくともランソワにはそう見える。そして幸いなことに、老シャジョンヌが現役を退くべき機会はまだ訪れない。神は今もってなお、汝等、シャジョンヌという逞しい情堅い老女医とその実妹に多少の興味を持っておいでなのだ。ランソワがこの話題に触れると、シャジョンヌは決まってばつが悪そうに訝しげに眉をひそめ、即「神の興味」を「私の生き甲斐」で塗りつぶし、現存する自分自身の主を「神」から「私」にきっぱりと訂正するのだった。ランソワは、この場合のシャジョンヌが、生き甲斐という単語を強調して発音しながら、声と表情に独特の親密さと渋さと神妙さを湛えながら、顧念に勝る残りの人生を述べめぐらす様子に、身内同士に秘有される窮屈な気恥ずかしさを覚えた。とはいえ、八十年間休まず弛まずひたすら勤労的に自己を体験してきた伯母シャジョンヌの想起と抱負は、いつもランソワの心に不変的な親愛と誠意の温もりを湧きあがらせた。

＊

確かに、医師という職業は、シャジョンヌにとって、本人の言葉どおり、因縁的かつ存続的な唯一無二の生き甲斐であろう。そもそもシャジョンヌが医師になったのは、自らが医師になることで医師たる存在を克服するため、そのどうにも鼻持ちならない鬱陶しい職業的自負を打ち負かし、いっそ我がものとして受け入れ封じ込め全うするためである。意識が芽生えたとき、すでにわけもなく医者を恨んでいたことは、母系的な遺伝の仕業であるらしい。

その後、シャジョンヌは、二十世代にわたり医師の家系を継ぐ内科医ジョデルと結婚し、人生における確かな安堵と使命を授かった。夫として、先輩医師として、ときに戦友として、ジョデルをよく慕い、よく協力しあい、相手の欠点を見いだす暇もないほどよく働いた。二人の子のお産のため、二度だけまとまった休みをとったが、それ以外は極度に休まなかった。そうして、地道に着実に経験と実績を積みながら、自己達成のための長い覚悟の取り組みと実務に深く携わるうち、いつしか人生の動機となった強い偏見を超えて、一個の医師の精神に樹立する堅固な自負を築きあげた。息子たちは二人とも内科医になり、然るべき年月と場数をもって学び鍛えられ、それぞれの実が父ジョデルの期待と信頼に認められると、兄弟で病院を引き継いだ。潔く院長と副院長の肩書を譲り渡した夫婦は、長男に雇われる形でなお医師を続けた。夫ジョデルがしだいに物静かに老身的限界を迎え、完全に隠居したあとも、夫より三歳若く、まだまだ限界を感じないシャジョンヌは、これを新しい最後の稼働形態とみなし、努めて献身的かつ貫流的に眼前の医業とかかわり続けた。ある日、突然訪れたジョデルの穏やかな死は、シャジョンヌを一時的に寡婦にしたが、半年も経つと、しみじみとした惜別の思いと孤独の味わいは、自由な身軽な晩期の心窓に顔をあげ、これまでの人生には無かった自分自身のための暇を慈しみ、残された人生の可能性のように思える長閑で陽光ゆたかな新境地というべき明るい時間の庭を開拓し、その景色を心委ねるようにつくづく眺めた。それはシャジョンヌが初めて味わう解放的な成熟した思考のひとときであり、今後の理想を追求しながら、シャジョンヌ自身の未来を驚かすような計画立案に取り組むための楽しく悩ましい幾時だった。

はたして、春の生暖かい柔らかい曙色のざわめきに息づく夜明け前、ひとつの素晴らしい思いつきが、シャジョンヌの脳裏で孵化を遂げ、凄まじい勢いで成長し、七か月後、黄金色の秋陽がひときわ美しい週末、シャジョンヌが向こうに聳えるサントビクトワール山の傾斜をしっかりと成していようわが庭を心入る想いで見渡した長い瞬間、大きな静かな感動と歓喜と興奮を伴って、実現され完成された。二階の窓辺で妹シャブランが、人生をつつがなく照らしている柔い日差しに骨ばった言葉少ない顔を差し出していた。シャジョンヌは、思いがけなくエクサンプロヴァンスという南仏の景地に残年の居場所を見いだしたこと、人を見知りぬいたようなこの良き古家で人生の終章を過ごす境遇と運命に恵まれたこと、また現在に辿り着くまでの自分自身が感得した今となっては現実と夢の共有的産物のように思える百千の苦楽と頑強な心身のまこと、その他にもわが人生を然様に形成した無数の多重多面的な出来事の面影と印象を次々と巡り懐かしみ、シャジョンヌにしてはまったく稀有なことだが、神の存在を心辺に感じ、これらの膨大な幸福を惜しげもなく授けてくれたその御心と恩威に深くぬかずき、感謝の結びに、ここからもなお幸福が続くよう祈った。

＊

老いた姉妹の南仏田舎暮らしは、慎ましく質素で飾り気がなく、日常生活に生じる作業は得手不得手を考慮してなかなかうまい具合に分担され、各自は充分に独りの時間を堪能し、互いの間には幼年時代と少しも変わらぬ調子のまるで故郷を潤す小川のような快い冷静な隔たりが常に横たわっている。一階の突きあたりが診察室、その手前に居間と台所と玄関が続き、それらの部屋は物思いにふける鄙びた薄暗い直道のような廊下で繋がり、二階には姉妹それぞれの個室と予備室と浴室と納戸が、南側をゆったりと縁取るベランダのおかげで一階よりずっと明るい短い廊下によって区切られている。姉は診察以外の自由時間を、好きな読書や、何かちょっと思いついたことを書いてみたり、失敗のない布巾作りなんかをして過ごしていた。妹はもっぱら時間の許すかぎり洋裁か編み物か刺繍に精を出し、夢中になり過ぎるとしょっちゅう食事の支度を忘れた。姉妹の他には誰も住んでいない。というのも、ランソワは今でもこの家にジョデル伯父さんが住んでいるような気がしてならないからである。それは滅多に部屋から出てこない人が漂わせている固有の存在感、姿なくとも感じ取れるその人の気配や印象やにおいや音のようなもの、すなわちランソワ自身の内部に長らくあり続けているジョデル伯父の生きた面影であり、ランソワの心にジョデル伯父その人が生き存えている証しであろう。

このことをランソワが口にすることはなかった。このような神秘は自身だけの世界に属するべきもので口外してはならない、というランソワの少年期から厳守されてきた密やかな約束が破られることは誓ってあり得ない。ただひっそりとその感動を味わうことのみが許されていたので、ランソワは秘密の掟に従い、どこもかしこも薄暗い家の随所にジョデル伯父を感じるたび、幼きランソワと変わらぬ素直な親しみと敬いの灯火をもって微笑んだ。不意に訪れる微笑みの瞬間が、ランソワのジョデル伯父への気持をぱっと明るく照らし、ほのかな旧知の温もりに溶ける馴染みの親愛と尊敬と感謝のシルエットを浮きあがらせた。それはランソワだけの逸話のもとに築かれた小さな愛の泉がふうっと満ちて、心の表面にふくよかな光のしるしをつけていくような、ほのぼのとした喜びの一瞬だった。

*

ランソワの知る限り、ジョデル伯父は生涯を通じて実によく働き、どんな時もにこやかさを失わない術を心得ており、昼寝を怠らず、入浴洗顔を厭い、成すべきものを成すために潔く負うべきものを負い、お喋りはたわいなく軽妙で、陰口の習慣がなく、他者への気遣いに長け、人の良さとプライドが極めて絶妙なバランスで同居している人だった。要するに、親戚じゅうの誰からも信頼され愛され、ランソワもこよなく信頼し愛し尊敬していた。そしてランソワがジョデル伯父の特別好ましい人柄を遺伝的なものかどうか考察してみるとき、実際は、伯父一家の職業的な遺伝について考察するのである。

いったいひとつの職業が、伯父一家においては医師なる険難別遇の職業が、まるで当然の継承物のように、ごく当たり前の事のように、直系を伝い継がれ続け、一人の脱落者もなく、五百年余りを貫通している。この紛れもない注目すべき記録的事実が、平凡極まる家に生まれ育ったランソワ・ボーシットの考察欲を数か月に一度の割合でくすぐるのだ。ランソワの考察は、生態的体系に属する現象の世界を遠見し、世間に浸透している無数の雑声らしきものを遠聞きし、それらに取り立てて新味が感じられないことを確認すると、知らぬ間に傾いでいる自身の首をゆっくりと起こし、まことしやかな短い任務を終える。終了時には、慈悲深い雇用主のような面持ちで私情が現れ、ランソワ・ボーシット自身の身上を顧みながら、ジョデル伯父に心のこもった「どうもありがとう」を言って締めくくる。それにしても巷には、伯父一家と同じような事例、すなわち単数の職業がその家の代表的な遺伝的要素かつ伝統的偏流を延々拘繫し続けているという事例が、どの家にも必ず潜むとされている各種の代代的特性のなかのもっとも明朗な一例として、少なからず案外と存在するらしい。そう思えなくもないが、そう思うわけではない。結局のところ、ランソワにとってこの事例はただそのような事柄、本体であるジョデル伯父自身への純粋な個人的感情に常時つきまとう、言ってみれば税金のような付随的事柄である。

「ありがとう、ジョデル伯父さん」ランソワは今一度、現在の自分自身の声に耳を澄ます。「伯父さんはいつだって僕に優しかった」もちろんシャブランにも優しかった。辛い時代にずいぶんと援助してもらった話を、ランソワはシャブランから何百回も聞かされてきた。話のひとつひとつが、若草物語か昼下がりの人情話、いや、小説『ジョデルとシャジョンヌ』みたいだった。『ジョデル』ではなく『ジョデルとシャジョンヌ』であるところが、いや、正しくは『シャジョンヌとジョデル』であるところが肝だった。ジョデルの存在の源であるシャジョンヌなしでも、物語の源であるジョデルなしでも、小説『シャジョンヌとジョデル』は成立しなかった。

そして、シャブランがこの小説を手に取らぬ日はなかった。彼女の斯様な人生の隅々にまで浸透している観念の随所が、この小説を敬い重んじて肌身離さず持ち歩いた。それゆえ、シャブランの姉夫婦に対する感謝の思念は常なるもので絶えたことがない。いつも自分にできる恩返しのささやかさを恥じ笑いながら、シャブランなりにできるかぎりのことをしてきた。ランソワはかたわらで、母親の思念と実行がきれいに一致している清々しさを見いだし、被造物が特定の被造物と長きにわたり豊かで良い関係にあるとき、すべての被造物の創造主である神の存在を忘れてしかるべき被造物ならば、斯の被造物は模範的な俗人である可能性が高いという説話の実例を身近に見いだし、また、母親が針仕事に関して計らずも非常に才長けた技能と感覚と個性を持ち合わせているという喜ばしく頼もしい事実を見いだすと共に、その産物として様々な作品を数多く見いだした。作品は、洋服か斜編みのセーターか刺繍か布袋かよくできた繕い物であり、どれもシャジョンヌの「へえ！　あら！　いいじゃない！」で始まる嬉し顔の褒め言葉によって快く受け入れられ、ときおりの家事や雑事の手伝いとはまったく別の独立した評価のうえに、それらはそれらとして、毎度シャブランの誠意を甘い赤らんだ困惑で満たすたっぷりの謝礼が、姉妹らしい会話を交えながら、すばやくさりげなくあてがわれた。同じ流儀に則って、飾らない真心と親身の温情が、姉と妹の間をこまめに足繁く行き来し続けた。

＊

夢想家であり傍観者であった小さきランソワは、好奇心のなすがまま、姉妹が自分たちの行き来のために築いた筒藪のような獣道に忍びこみ、獣たちの口まねをしたり、立ちんぼになって道を塞いだり、拡大鏡を用いてなんでもかんでも手当たりしだいに覗き見たり、あるいは得意の質問攻めで姉妹を降参させ、二人のお喋りに潜入し、最新の情報を獲得するたび、『笑いラッパ』の陽気なリズムにのって小躍りしたりしたが、現実の世界では、姉妹の密接な豊富な交流とやりとりを、一人っ子という名の小さき恒星から、あくまでも不変的なわきまえの距離を守り、静穏な観察者であるかのように、おとなしく謙虚な心耳をもって眺め続けてきた。

心耳の塔は、どこまでも広がる新緑色の大草原の上にまっすぐ聳え生えており、いつ見てもユニコーンの角かナラロス灯台に見える。草原は一度も枯れたことがなく、今も、絶えず透色の温もり水のような想見の風にそよよとなびいている。この情景をひと匙の蜜のように味わうとき、観察者ランソワとランソワは並んで融合と分離の接点に立ち、響きあう神秘の木霊を感じながら、それぞれの世界を共有する。そして観察者ランソワが、まるで陽の光に吸い取られた眠気のごとく消え去ると、再び、何にも吸い取られたことのない確実な濃い輪郭をもつ想念が、無限なる空の彼方にではなく、ランソワの脳裏を存在させているコンパクトな空のなかに、忽然とよみがえるのだ。よみがえった想念は、ランソワ自身の創造的物体として、有限なる狭空に集積し、斑に縺れあいながら、ひとつのこんもりとした叢を築いている。叢の最前には「ありそうでないこと」の文字が、全体の意思を総括するかのように、ひときわ大きく、はっきりと、なぜかいつも鏡映反転の魔術にかかった状態で浮かびあがっており、ランソワがこの表題に愛着と信頼を感じ始めてから久しいだろう。表題はたいてい間もなくランソワのまだ体温のつぶやきでしかない半熟声に引き寄せられる。現実と合致するまでの道すがら、叢はシャジョンヌ・シャブラン姉妹の翳りを知らぬ盛運な関係に対するランソワの定着的思いで騒めき、それらはたいていおそらく一組の平凡な姉妹の有様を描いた映画の印象に似る情景と雑ざり合いながら、真の声となり、ランソワの正直な感情をほぼ七割以上成就させる。つまり「どこにでもありそうで実は滅多にないことだと僕は思う」とか「母さんたちは特別恵まれてるのさ」とか、そんな風に明言したあとで「母さんも伯母さんも、自分たちの姉妹関係があまりに良好すぎると感じたことはないの？　一人っ子の僕には、出来過ぎて意外とつまらない名作映画のように感じられるんだけど、僕の偏見かしら？――いや、ともかくね、母さんたちがごく普通であり普通でなく極めて幸運な仲良し姉妹なのは、疑う余地のない事実だよ。そして僕は、母さんたちの事実に対して、どうも不思議な手合の懐疑心、まあ、豊饒な大地のような愛情がうんと子供じみた冒険心と好奇心に焚かれて夢想する好意的懐疑とでも言うべきかな……そういう、僕自身にもわかりかねる、けれども、確固とした思いを懐いてるんだ。——で、最近はどうなの？　ひょっとして、ようやく騙し合いや喧嘩のひとつも経験してみたくなったかい？　それとも、経験したかい？　いや、むしろ、どっちも経験するのが無難だよ。いくら仲良し姉妹とはいえ、一緒に暮らすとなれば、相性の良し悪しがあるし、生活の仕様だって違うんだからね。へえ……ふうん……そうなのか——」毎回、本心とも偽心ともつかない、おそらく、両心を取り巻く夥しい雑感みたいなもの——否！　お喋りの誇大成分であらせられる塵埃の如しこれら言霊よ！——で占められたひどく一本調子で慢性的な補足を、憚らずに付け加えるのだった。

27

「残念ながら、相変わらず騙し合いも喧嘩もないし、相性と生活仕様の問題もないよ。お前は来るたびにそのことを言うのね。お前の方こそ意外とすごくつまらないわよ。いったい何が言いたいの？」エプロン替わりの白いシャツを脱ぎながらシャブランが応戦し、

「ふふ、ランソワは一人っ子だからこうはいかないよ。さあ、どうする？」シャジョンヌが紅茶をスプーンでかき混ぜながら加勢する。

「どうしもしないさ。僕の未来は不透明だ」ランソワが他人ごとのようにつぶやく。

「さあさあ！」シャブランの錆びた小型発条のような仕切り声によって三人の意識は食べることに集結する。

「着いた早々ランソワの不透明な未来の話なんかご免よ。それより夕飯ができたから食べちゃいましょうよ。台所が片付かないからね」忽ち、飲みかけの紅茶が取り上げられ、テーブルにレンズ豆のサラダと牛の煮込みと卵

だけのオムレツと常皿が並べられる。

「ふうん、なかなか美味しそうだな。今夜は僕が来るからちゃんと作ったの？　それとも毎日ちゃんと作ってるのかい？」ランソワがシャブランに訊ねた。

「もちろん毎日作ってますとも。全部手抜き料理だけどね」

「でも美味しいわよ。シャブランの作る料理は。期限切れの缶詰や食材を上手にごまかした料理なの」とシャジョンヌ。

「そうよ。もったいないからなんでも食べちゃうの。今日のもね、卵はわりあい新鮮だけど、レンズ豆と牛の煮込みはとっくのとうに期限切れの缶詰を使ったんだから」

「あたるとしたらランソワよね。あたしたちはこれだけ毎日食べてもあたらないんだから今日のだってあたらないわよ」シャジョンヌがシャブランに言う。

「ひどいな」

「あら、この牛肉けっこう美味しいわよ、ランソワ。ほおらね、消費期限なんて当てにならないんだから。ねえ、食べてごらん」確かに牛肉は美味しかった。それにレンズ豆のサラダもなかなか美味しい。ランソワはフォークでレンズ豆を突きながら、年を取ったら毎日缶詰料理で暮らすのも悪くないな、と思う。

「ところで母さん、洋裁は？」とろとろの卵を頬張りながらランソワが続ける。

「もちろん毎日やってますとも。いい時代になって来たから楽しいわよ」

「いい時代？」

「そう。時代が一巡して、またいい時代が戻って来たのよ」シャブランが目を輝かせた。

「どんな時代だい？」

「つまり安かろう悪かろうでデザイン重視の服、新しさや奇抜さだけの服の時代は終わって、素材にこだわった服、デザインがシンプルな分、仕立てがよくて着心地のいい服の時代がまた巡ってきたんだよ」

「へえ。実際にそういう兆候でもあるのかい？」

「もちろんよ。お前はファッションのことに興味がないから、世の中の服の変化にこれっぽっちも気付きやしないんだね。つまんない人生だね。いつもパリを経由して来るんでしょう？　それなら時々はパリに寄るべきだよ。サントノレの通りを歩いてみるべきだよ。いつだってどっちもしないなんてもったいない。まぁ、いいわ。お前はお前だもの。でもこれからは時々あたしの言ったことを意識しながら歩いてごらん。そうしてみるとけっこう面白いから。で――なんだっけ？　そうそう、最近ね、あたしが洋裁するってことを人伝に聞いたって言ってね、それで是非縫ってほしいって人が何人かいたのよ」

「それで引き受けたのかい？」

「引き受けないよ。一シーズンに一着か二着しか縫わないんだから。それ以上はできないよ。それにこの年になってまで気が乗らない仕事はしたくないしね。気が乗らない仕事ってのは、質の悪い生地を持ってこられて縫い賃をねぎられるような仕事だよ。あのね、洋裁っていうのは他人が考えてるほど楽な仕事じゃないのよ。ものすごい時間と手間がかかるの。そこを理解しない人に縫う気はないよ。目も手も体力も衰えているし、残された時間はもう限られてるんだから。嫌々のやっつけ仕事をしている暇はないのよ。あたしは今後も姉さんと自分の分だけでいいの。ある生地の中から好きなのを選んでさ、時間に縛られないで好きなように縫うだけで精一杯だし、またそれが一番楽しいんだから」

「だってランソワ、シャブランがどれだけ生地を持ってるか知ってるでしょう？　あれを残して死なれたらどうする？　どうしようもないよ。なにがなんでも全部縫ってから死んでもらわなくちゃならないでしょう」シャジョンヌが言い、シャブランがハッハッハとただ豪快に笑う。

「でもほら、シャブラン、あんた、あれ、斜編みセーターの企画があるじゃないの」

「え？　あ、ああ、半端の毛糸が山ほどあるから、ちょっと思い立ってね。去年の秋から六枚仕上げたよ。今、斜編みセーター作りがあたしの流行なんだよ」

「出来上がったセーターはどうするの？」

「人にあげるのよ。ただし欲しいって言わない人にだけね」

「欲しい人にはあげないのかい？」

「そうだよ。欲しがる人にあげても、反応は知れてるからね。欲しがっちゃいないのにセーターを贈られた人の驚きようったら、ほんとに楽しいわよ。今になって、いろんな人にこんなことをするのはね、ランソワ、お前がもしあたしの年まで生きられたとして、その時代に自分がはたして何を重んじるのか、それを想像すればわかりそうなことだけど、要は、巡り巡る感謝と懐古の尽きぬ思いから生じる年相応の行いなのさ。ランソワ、人と思いというものはね、いつしか、こういう風にして巡り巡るものだよ」空いた皿を重ねながらシャブランがなみなみと語った。

「やっぱり姉妹だな。――それで伯母さんは？　今は何に凝ってるんだい？」

「タビ作りと手紙書きだよ」

「タビ？　タビってなんだっけ？」ランソワは聞き慣れない単語を繰り返した。

「日本の靴下だよ。豚の指みたいに二手に分かれていて、ひとつに親指、もうひとつに残りの四本を入れて履くの。着物を着た日本人の足元を見てごらん、必ず履いてるから。友だちが一足くれてね、試してみたらこれがなかなかの履き心地なのよ。よく見たら手縫いよ。それでこれならあたしでも縫えそうだなと思ってさ、それで本屋の店員に作り方の載ってる本を見つけてもらったの。今、五足目よ」シャジョンヌは「ああ、食べた」とつぶやいてゆっくりと立ち上がりながら続ける、

「手紙はね、読んでいた小説の中に医学的な間違いがあったから作者に教えてあげたんだよ。おせっかいでし

ょ？　でも、あたしの認識が正しけりゃ、作者の認識は間違ってるってことだからね。読者はみんなそのまま受け取っちゃうもの」

「伯母さんも変わらないな」ランソワが甘苦い微笑を添えて感想を述べる。

「二人とも変わらないのよ。人は結局そういうものだよ」とシャブランが皿を水に浸しながら結論を引き出す。

ランソワは「僕が洗うよ」とシャブランに告げ、シャブランはシャジョンヌに「じゃあ、あたしたちは向こうでお茶にしよう」と告げ、シャジョンヌはランソワに「よろしく」と告げて、姉妹は暗い廊下を壁に触りながら居間に移動した。そして手探りで居間の電気を付けると、妹の方が「ランソワ、こっちに来る時にお土産のボンボンキャンディー持ってきてよ」と台所に向かって叫んだ。「わかったよ」ランソワは何度も叫ばれないよう振り向いて答え、洗い物に取りかかる。

＊

手元が騒がしいのを嫌うランソワの食器洗いは、どちらかといえば静思に溶け込む性質の作業である。皿を洗いながら、ランソワの耳は心の趣くまま、周囲の音を寛容に神妙に迎え入れる。事実、シャブランとシャジョンヌの撚糸のような話し声が、よくみる夢の——それはファルドゥムという名前の田舎町の夢だ。国と町が同じ名をもつファルドゥム。ランソワの夢に登場するファルドゥムの一角は、夢の郷里に懐くメルヘンの余韻を忠実に手繰り、いつものどかな賑やかさと陽気な素朴な輝きに満ち満ちている。その情景を眺めるとき、ランソワの心は遠い平和に静まり眩い安らぎの光に微笑むのだ。今、現実のこの瞬間が、ファルドゥムの美しい田舎作りの街道から、いつもの、かしこに籠るような音の漂いを、ひと組の干し草色にひなびた声韻を、そっと吸いあげ、ランソワの脳裏にぼんやりと甦らせているだろう——あの追憶の世界に住む、柔らかい薄影に包まれた物音のような響きをもって聞こえてきた。そしてこの時が巡り来るたび、ランソワは、いったいどの時辺から繰り返されているのかは定かでないが、毎回おなじ事象を経て、おなじ内容の食器を洗いながら、おなじことを思い感じている自分に気づくのだった。この心裡にぼんやりと浮きあがる閃きは、使い馴らした比喩の絶えなき出没とそれらの膨大な余韻によって立体を成しているであろう人生というものの感覚、あるいは、その茫漠とした巨大な感覚をふと嗅いでいる自分自身の後ろ姿に他ならず、これと似たような感覚を、おそらくは映画や絵画や印象的な魂をもつ空から離れた直後、不可解な引力の迷路を潜り抜けて現実の表面に引き戻される瞬間、何かに惑う刹那もないまま、普段は無自覚なある香気、いつもは膨大な記憶の混沌のなかに紛れて見えない虚静と揺曳の生きた面影が、おもむろに姿を現し、ランソワの魂と心の辺界をさまようことがあった。それは、不意にどこからともなく猛烈な寂しさと温かさと懐かしさが込みあげてきて心の辺遠をやんわりと灯すような感覚、幻想なのか現実なのかはっきりしない夥多な予感と思い出に少しばかり時を止められ密封されるような感覚、そのどこか不思議な違和感のある情景の前に暫し立ち尽くす感覚、漠とした虚ろさと息苦しさの狭間で眠気の入口に充溢している快感のようなものに満たされる感覚、瞼を……そう……瞼を開いたままで夢の魔術にかかっているような感覚だ。その瞬間が連続していっときの線になる時——僕の想念は焦点を失う。ひそやかな恍惚に陥る。うっとりするような硬直を体感する。実際、今だってそうなっている。僕たちの目が、ぼんやりと惚けながら、虚ろな眼差しの宙にぶら下がりながら、理由もなく立ち尽くす時、それは心のどこかで死を直感する時だ。深遠な異様に安らかな世界から聞こえてくる幽かな声影を感思し、そこに死の気色を認め、そっと傍観する自分自身の姿が脳裏に茫然と映ろう時だ。丁度、今の僕のように。そうだ。僕は今きっと死を眺めているのだ。死か。まるで心の行方に掛かっている巧妙なトロンプルイユのようだ。初めと終わりがなく、魂だけがどこかに潜んでいる。永遠に年をとらない騙し絵のようだ。水色の無限の巨影に押し黙る決して現れない眼差しのようだ。それとも……夢と現実が皺ひとつなく融けあう小径に佇む景色のようだ。時が幸福に憩うためのオブラートを纏った静物たちの輪郭のようでもある。――ほら、聞いて。静寂に寛ぐ精霊たちがたてているおぼろな物音を。うららかに囁きあう声音だ。風音に混じる雨音のようだ。雨音が僕に迫りくる……そして……心臓ほどの滝壺に落ちていく水しぶきのような雑音になった……いや、この雑音こそは懐かしい現実の水圏を唸る圧力の音だ。今、僕の両手を濡らしている水道の音だ。ジャージャージャージャー。でもそれだけじゃない。ほら、よく聞いて。水しぶきの向こうから、死の声影とは別の……なにやら小騒めかしい、容赦ない生気と調子に漲る一筋の地声が、この僕に話しかけている。

*

「――てきてよ！」あ……ああ！　一瞬にして僕の焦点は目覚める。戻ってくる。水道のジャージャーも手の動きも鮮明な意識のもとに再稼働し始める。

「――ランソワ？　聞こえないの？」はいはい！　只今！

「聞こえないよ。なんだって？」ランソワは水道を止めてシャブランに聞き返した。

「まだかかるの？　ボンボンキャンディーを忘れないでよ」

「わかってる。もう終わるよ」ランソワは洗い物を終えると、ボンボンキャンディーを持って居間に移動した。

居間は電気を付けているにも関わらず非常に暗かった。カンテラの鈍重な明るさを連想させる実にささやかなふたつの照明が、家具や壁の刺繍やテーブルの果物などを琥珀色に浮かび上がらせ、部屋の中央の孤島のようなテーブルにシャブランとシャジョンヌが向かい合って座っていた。年季の入った壁際のサイドテーブルの上には濃いローズピンクの花びらを誇らしげに開花させた三本のバラがランソワを歓迎していた。

「お疲れさま。ま、ここにお座んなさい」シャジョンヌが上座を指して言った。

「この部屋は相変わらず幻想的だね。この照明で暗くないのかい？」

「全然。これが落ち着くよ。皺も見えないしね」とシャブランが言う。

「その代わりによく見えちゃうのが心の中だよ。本当だよ。このほの暗い照明のもとで誰かと向き合っているとお互いに誤魔化しがきかないのさ。相手に心のうちを見透かされているような気になってくるし、それにまた相手の心のうちも見えそうな気がしてくるんだから。気がするってことはそうだってことよ。つまり人は明るいところでしか堂々と嘘が付けないってことさ」とシャジョンヌ。

「僕は嘘なんかつかないよ」

「お前を嘘つきだなんて言ってないよ。でも嘘をついてみたい時ってあるじゃない？」

「なんのためにさ？」

「理由なんかないよ。ただ自分を楽しませるために」

「伯母さんはちょっぴり変わってるところがあるからな」

「おやおや、夢をデータにするんだって相当変わってると思うけどね」

「時代さ」

「それもそうだね。とにかく話して頂戴。なんでもいいからお前のことをね」

それから三人はいろんなお喋りをした。ランソワのかわり映えはしないがどうにかやっていてなんとなく平和な生活のこと、仕事のこと、ジンクスとゾンタークのこと、同じアパートの住人のこと、カフェで会う人たちのこと、夢の話、明日の予定、それらに付随するおまけ話。シャブランとシャジョンヌについても、体調のこと、病院や主治医の先生や高齢者の医療費のこと、老化に関するあれやこれや、放射能の話、流行情報、ご近所の噂話、世間話、それから切りのない昔話、ブスカの悪口、シャジョンヌの夫の思い出話、親戚のこと、クラッカーの穴の大きさと経済の関係性なんかも。話題は尽きなかった。が、ユテルトの話題は出なかった。お気に入りの話のサビが何度となくなぞられ、そこからまた無作為に違う話が蒸し返された。ランソワは、シャブランとシャジョンヌが喋っている間、ふたりの顔をじっと見つめていた。そして何を思うでもなく、夏の帰省を楽しんでいた。三人は時間を忘れて話し込んだ。ふと気がつくと、時刻は午前一時をまわっており、辺りはすっかり真夜中の気配がしていた。ランソワはカーテンの隙間から庭を眺めた。するとさっきまでうっすらと認識できた庭のおうとつは暗闇で均され、夜中じゅう鳴き続ける虫たちの棲み家である黒く艶々と光る草むらは、密やかに弾みながら、闇の表面にワニスのような光沢をふりまいていた。誰かが「そろそろ寝よう」と言った。三人は居間をあとにしてそれぞれの寝台に横たわった。

28

翌朝、ランソワは爽快な気分で目を覚ました。エビアン水を一杯飲むと、庭に出て、土や草木の青臭い息吹を含んだ新鮮な夏の空気を胸に深く吸い込んだ。それから紐つきの麦藁帽を被ってバラやひまわりや朝顔や名前の知らない花たちにたっぷり水をやり、庭隅に茫々と茂った夏草を引っこ抜き、物干し場に巣を張り巡らせようと企んでいた一匹の黄黒縞の蜘蛛を見つけたので、洗濯竿で追い払った。家に戻ると電球を換えたり、棚の補強をしたり、滑りの悪いカーテンレールの具合を見たりした。ひと仕事を終えると、シャワーを浴びて、バターと瓶底に凝固した蜂蜜をガリガリひっかいたのをこれまたたっぷり乗せたトーストを二枚とブドウジュースとコーヒーの朝食を取り、とても満ち足りた気分で二十分寝た。下や横からシャブランとシャジョンヌのやりとりがぽつんぽつんと聞こえてきて自分の寝息に重なり、幼い日の夏の様子が背景にあるようなごく短い夢になってランソワの安穏な脳裏にぼんやりと浮かんでいた。二度目の目覚めはランソワに次のやるべきことを暗示した。それはむろんヒストークに連絡を取ることだった。ランソワは黒い旧式型の電話の前に丸椅子とアドレス帳を持っていき、ヒストークと話す時はいつもそうするように気持ちをトンと整え改めてから、丁寧にダイヤルをまわした。

呼び出し音が五、六回鳴り、向こうで誰かが受話器を取った。女の声だった。

「メネットかい？」

「ランソワなの？　こっちに来てるのね」

「うん。きのう来たんだ。元気かい？　ヒストークはどうしてる？」

「今さっきアトリエに行ったわ。『夏の異物』っていう作品の真っ最中なの」

「そうか。頑張っているんだね。期限付きの展覧会に出すのかい？」

「ええ。夏がテーマの個展よ。夏庭やら狭い路地やら海岸やらのどこかに隠れてる動物たちを描いた絵なの。動物そのものじゃなくて気配だけが描かれてる絵。ヒストークの個性が感じられる作品よ。このユーモアを買ってくれる人は少ないかもしれないけど、それすらヒストークらしいでしょう？　もしもしランソワ、あたしの言いたいことわかる？」

「わかるよ。ヒストークはアトリエでキャンバスに向かっているんだね」

「呼びましょうか？」

「いや、邪魔をしたくない。今日の午後か明日に会えたらと思って電話したんだ。僕はどっちでも構わないからお昼に戻ってきたら訊いて返事をくれないかな？」

「わかった。喜ぶわ」

「ところで僕のハガキが届かなかった？」

「いいえ、まだよ。いつ出したの？」

「おとといの朝」

「それならまだ着かないわよ。あなたも変わらないわね。じゃあ、午後にね」

ランソワは笑いを堪えながら受話器を置いた。メネットが相変わらず自分の個性のようなものを見抜いたからである。シャブランとシャジョンヌはそれぞれ自分の部屋で過ごしていた。洗濯機の鈍い音だけが静かな家の中に響いていた。午後まで何をしようかな、とランソワは背伸びをして考えた。ミラボー通りの周辺をぶらつくには少し時間が足りないし、そうかといってここでただぼおっとしているのは時間がもったいないと思った。そこでとりあえずこれからの予定をたてることにした。ランソワは物干し場に行き、隅っこの白いプラスチック製のガーデンチェアに腰かけ、砂でざらざらしたテーブルの上に紙とペンを置いて、これから数日間の計画を立てることにした。まずは予定している計画を順番に並べてみることにした。最初の行に「ヒストーク」と書いた。二行目には南仏の海岸線のプランを書こうとしたが、これといって具体的なプランが浮かばなかったので、結局それでおしまいだった。それよりも庭のバラがきれいだった。老姉妹の大雑把でほどほどな手入れが、整えられ過ぎない美しさと野性的な風合を具えたバラにしていた。バラだけではなかった。ひまわりやケイトウやその他にも何種類かの花々が、それぞれの個性を咲き誇り、庭全体に夏らしい彩りを添えていた。花の咲いていないところには、草木や低木や雑草や、それから抜いた雑草や色の濃い土なんかの小さな盛り山が見えた。そして、物干し場の端っこからは庭の全体を眺めることができた。庭の彼方を、サント・ビクトワール山が、雄大な青空から湧き出でた守護神の如く横たわり、やはり誇らしげな微笑みを湛えながら、眼前の眺望が成す地上を気高くおおらかに彩っている。

＊

ランソワは、見渡す限り真夏の生命がぎっしり詰まっているこの素晴らしき前景と、その背景に広がる壮大な景色を、内なるものの全てで堪能し、自信たっぷりの宝石みたいにキラキラと輝く太陽の光を膝から下に浴びた。それはなんとも知れず自由で贅沢で心安らぐ時間だった。ここでこうして寛ぎながら考えごとをしたら、どんなに嫌な事柄も、何某に対する平凡極まりない印象も、どうってことない事柄や意外と良質な印象の何某に難なく昇格することができそうだった。そう思うと、不意にブスカのことが脳裏に浮かんだ。あの大嫌いなブスカのことが。「ブスカめ……」ランソワは愉快そうに呟いた。そして「僕は今でもあんたが死ぬほど嫌いさ」と続けた。誰もランソワのつぶやきに耳を傾ける者はいなかった。完全に独りだった。すると、ランソワの中に別のある事柄が、ブスカとは対照的な想色に導かれて浮かびあがった。それは、隠しておいた情熱の小箱から立ちのぼる煙のように熱っぽく漂いながら現れ、ある人の姿かたちをランソワの脳裏にぼんやりと存在させた。ランソワは思ったとおりの輪郭と温もりを、ほの甘い感情に昂ぶりながら、ただうっとりと眺め、それらが真夏の昼夢のなかで、煌めかしいしなやかな微風のように揺らぐ様子をよろこび慈しんだ。「ルックラック……」ランソワは、辺りに潜居しているかもしれない耳という耳が聞き逃すほどの用心深い声量で、その人の名を囁いた。そのあとに続く言葉は見当たらなかった。ただなんとなくその名を呼びたかった。

　長く息苦しい一瞬が通り過ぎると、再びランソワは自分自身と合流した。それは昨夜シャブランたちと語り合った自分自身とほぼ一致しているように思えた。どこかでセミが鳴き始めた。ランソワは両手をズボンのポケットに突っこみ、ガーデンチェアからずり落ちるようにして体を雪崩させた。すると腰のあたりまで太陽に浸った。ランソワは投げ出した自分の足を見下ろし、映画の中でずるずると地を引き摺られていく死体の、ぐったりとしてもはやこの世のどんな痛みも感じなくなった足の重量感を想像した。それ以外には何も想像しなかった。未来のことも過去のことも、すべて夏の魂の匂いがする光のさなかに逃がしてやった。それらは、想念の欠片だというのに、自由の歓喜を全身全霊で表現する蚤たちのようだった。我先と勢いよく跳躍して大気中に逃げ去り、己の時運を抜け出して一帯の金色の塵になった。ランソワは、飛散しながらコバルトブルーの宙に消えていったそれらの残影を仰ぎ見、跡形なく何もかも吸収した宙のなかに、万物を抱える光炎の源を探った。光源は、ランソワの視線を感じると、いつものように尖鋭な微晶の矢を乱射して、直視しようとする者の悪戯を固く禁じた。太陽の一撃を受けたランソワは、一瞬ぎゅうっと強く目を瞑り、それから徐々に力を抜いていき、しばらく瞼を閉じたままでいた。何も起きなかった。幸せなことも、不幸なことも、またそのどちらでもありどちらでもない多くのことも、未来や過去と同じように、金色の膨大な塵となって宙を自由に舞っているのが、ランソワにはわかった。……抜け殻……ランソワにはそう聞こえた。それはランソワ自身の心奥のつぶやき声のようだったが、違うかもしれなかった。声は、現実の岸辺の方から、騒々しい俗気を帯びて、あけすけなボリュームで繰り返された。

*

「抜け殻！　抜け殻！」しゃがれ気味で使い古した老女の声だった。ランソワはこの声が自分に向けられたものだと察して目を開いた。するとシャブランが二階の物干し場から身を乗り出して、ランソワを見下ろしながらそう叫んでいた。

「抜け殻って僕のこと？」ランソワが眩しそうにシャブランを見上げた。

「僕じゃなけりゃ誰だっていうの？　お前のことだよ、ランソワ。ねぇ、覚えてる？　セミの抜け殻のこと。お前さんは夏になると毎日よく飽きもせずにセミの抜け殻ごっこをしてたね。それであたしが抜け殻さーんって呼ぶと、抜け殻になりきってコロコロ転がりながらこっちへ来たものだよ。変な子だねぇ。普通は抜け殻じゃなくてセミになりたがるんじゃないかねぇ。ええ？」シャブランがランソワをからかって言った。

「母さんが抜け殻って呼ぶからさ。なにか用？」

「ヒストークから電話よ」ランソワは飛び起きた。小走りで暗い家の中に戻ると、目が慣れずに何も見えなかった。それで壁を伝って居間に行き、受話器を取った。

「ヒストークかい？」ランソワが滑り込むように話しかけると、

「こんにちは、ランソワ」ヒストークが陶のような声で物静かに答えた。

「やあ、ヒストーク。早速だけど、今日君に会いたいんだ」

「僕も君に会いたい。自宅にいるから、何時に来てもいいよ」

「わかった。じゃあ今から行ってもいいかな？」

「うん。待ってるよ」受話器を切ると、ランソワは、洗い立てのシャツとジーパンに着替え、シャブランに「行ってくる」とだけ声をかけた。「ヒストークによろしく言ってね。こんなに近くに住んでいても滅多に会わないんだから。時々はメネットを連れて遊びに来るようにって。これ、いつものだよ」シャブランから預かった紙袋の中には、シャブラン特製のプルーンのジャムが二瓶入っていた。これは料理が不得手なシャブランの数少ないレパートリーだった。幸い口にした誰もが珍しく美味しいと言って褒め、それが満更お世辞ではないと知ってからは、毎年大量に作っては親しいご近所さんや好感のもてる数人の知り合いに配るのがシャブランのここ数年の恒例行事になっているのだった。その好感のもてる数人の中にヒストークが入っていた。ランソワの幼なじみであるヒストークを小さい頃からよく知っているシャブランなので、ヒストークに親しみの感情を持つのは当然だろう。しかしそれだけではなく、ランソワがヒストークという人間そのものに独特な好意を寄せているように、シャブランもまた、ヒストークという彼女にとっちゃおそらく多少風変わりな純真性と感性を具えている人間自身に、不思議な好意と信頼のようなものを昔から懐いているらしかった。また、シャブランがシャジョンヌと共にエクサンプロバンスへ越してくると、あのヒストークが、自分たちよりもほんのひと足先に、歩いて四十分程の場所に暮らし始めていたことで、何かの縁を感じていることは確かだった。ランソワは「わかった。伝えるよ」と答えて家を出た。途中、バス通りに出るまでの砂利道に設置された巨大な緑のゴミ箱に、シャジョンヌから頼まれたゴミを捨ててしまうと、あとはジャムの入った紙袋をぶらさげて、のんびりと明るいエクサンプロバンスの田舎道を気ままに味わいながら歩いて行くだけだった。歩きながら次々と目に入ってくる眺めは、どの夏ともほとんど変わらなかった。三人とすれ違い、二人の顔に見覚えはなかったが、一人の顔つきにはどことなくランソワの記憶を擽るような印象が感じられた。ランソワはバス通りを適当なところで斜め下に向かって渡り、一旦平らな三叉路に出ると、今度は『セザンヌのアトリエこっち』の矢印が掲げられた山の坂道を上って行った。道に舗装されていたが、緑濃い山中をくねくねと縫うように曲がり続けていた。歩道は鬱蒼とした木々で半分くらい占領され、途中途中にあるベンチはどれも、深く腰かけてひと息つこうものなら、頭部全体がすっぽりと雑木の中に埋まる仕掛けになっていた。ヒストークの家はセザンヌのアトリエの少し手前にあった。が、表札も目印も無いため、必ず一度は通り過ぎてしまうランソワだった。今回もそうだった。雑木の旺盛な生命力に覆い隠されている窪みのような獣道を探り当てるのにたっぷり時間がかかった。化かされたような気分に憑かれながら獣道のような細長い空間を潜り抜け、広いのか狭いのかよくわからない草庭に辿り着くと、右脇から四角張った曇り空にそっくりなヒストークの家が現れた。玄関の前まで来ると、横のキッチン窓からシナモンと林檎とバターが高熱のなかで絡まり合う好い匂いがぷうんと漂ってきた。ランソワは何ひとつ心に纏わずベルを鳴らした。

29

ヒストークの家の中はランソワの実家と同様にしんまりとして暗かった。ヒストークもメネットも家具や内装に拘るタイプではなかったので、間取りこそ違うが、部屋の大まかな雰囲気はランソワの実家とさほど変わらなかった。それでランソワはヒストークの家に来ても他人の家という感じがあまりしなかった。それどころか不思議と妙に寛いだ気分になった。そんなランソワに対してメネットも余計な気を使わなかった。ランソワが来るからといって特別何をするでもなかった。アップルパイ。アップルパイを焼くことは料理好きなメネットにとってしごく日常的なことだった。週二、三度はいろんな菓子を作って楽しんだ。ランソワが来るときには必ずアップルパイを焼いた。ランソワのためのアップルパイは極力粒の細かい煮林檎を下ごしらえする必要があった。記憶という機能を持たない林檎の果肉とパイ生地は、ランソワの煮林檎事件を思い出したり笑い崩れたりすることから免れたが、メネットはどちらも免れなかった。この日のアップルパイもメネットがオーブンに指定した通りぴったり五十分で焼き上がった。

「いい匂いがする」ランソワが家に入るなり、まるで学校から帰った小学生が鞄を下ろしながら誰にというわけでもなく呟くように言った。すると毎度のことだが、いちいちヒストークが「アップルパイだよ」と陶のような声で物静かに教えてあげるのだった。自分の好きなものを意識すると、もったいぶってなのか照れなのか、決まってその固有名詞をはっきり言わないくせにまず触れたがるランソワの性格を、親友のヒストークはよく知っていたので。

「ふうん。やっぱしね」ランソワのしらばっくれを、

「いつだってそれしか焼かないじゃないの。わざとらしいんだから」メネットがいらっしゃいの代わりに指摘する。

「へへへ」とランソワ。

「だいたいランソワはちょっと偏屈なところがあるのよ。あたしは最初からそう思ったんだから。たとえばものすごく望んでいることや欲しいものの名詞を絶対に口にしない。ねえ、当たってるでしょう？」メネットは可笑しさで鼻をひくひくさせている。

「かもしれないね」

「絶対そうよ」

「それにはちょっとした理由があるんだ。でも教えないよ」ランソワはそう言ってしまってから『理由があるん

だ』と言ったことに気づいて後悔した。それじゃまるで『願いごとや欲しいものは口に出してしまったらいけない。叶わないんだよ』と明言しているようなものだ。『教えないよ』はひどく子供じみた表現かもしれないが自己防衛手段として全く嘘がなかったので後悔はなかった。むしろ自分自身の聖域を保護するためには如何なる情報も口外してはならないという鉄則を厳守するという意味では唯一無二の誇らしい表現だった。そして自分だけの秘密の約束ごとを持ち、それを維持していくには、今のこの状況のような恥ずかしい場面に数多く出くわすことをつねに覚悟しているランソワだった。ランソワは大真面目だった。自己世界の掟においては斯くも敬虔かつ潔癖なランソワだ。

「教えてもらわなくたってとっくに漏れてきちゃってるわよ。そこがランソワの楽しいところなんだけどさ」メネットが幾分図々しい情感を込めて言い渡す。ランソワはとぼけた顔をして黙っている。ヒストークは遠い目をして体温を冷やすほうに調整している爬虫類のようにひっそりとおとなしかった。台所の奥から白いケトルがシュッシュッと蒸気を上げてメネットを呼び始めた。メネットが「はい、はーい」と答えてその場から消え、ランソワはホッとして目を瞬いた。体温調節中のヒストークは瞬かなかった。ランソワはヒストークを見た。するとヒストークもランソワを見たが、その目は純粋にランソワの眼を見つめかえす目であった。

「やあ、ヒストーク」ランソワが心を正して言った。

「今年も君に会えて嬉しいよ」ヒストークが柔らかい声で言った。ランソワは絵が順調かどうか聞こうとして止まった。絵のことはヒストークが自分から話した場合にだけ話すようにしていたことをついうっかり忘れるところだった。それで「変わりないかい？」と尋ねた。

「うん。魔法にかけられたみたいに何も起きないよ」

「というと？」

「何も起きないから、僕は自分の手で何かを少しずつ壊さなくちゃならない。この作業は色彩がもつ意味に似るような試みと忍耐の繰り返しだよ。まるで終わりの見えない眠気と戦ってるような夢現のムラが状況を作るんだ」ヒストークが答えた。ランソワはヒストークの答えを理解し、自分がヒストークの理解者であることに優越感を覚えた。

「破壊し続けることが人生さ。君はそれを意識できるんだね。僕はできない。でも時間だけは無限の立体として僕なりに意識できるよ。僕は時間を意識すること自体がすでに破壊を暗示する行為なんだと思う。それらはあるがままに極めて深遠に一致しているのさ。じゃあ、時間を意識しないでいるときはどうしてるかっていうと、むろん現在という雑世界に僕自身を投影し動かすことで忙しくしてるんだ。目の前に居続ける事象の群がりに自己を投影しているときは、時間そのものの存在なんてまったく気にならないからね。僕の人生が順当に平凡に正常に稼働している証拠さ」ヒストークは続けてと言うかわりに微笑みを浮かべた。そこへメネットが大きなお盆を持って現れた。すると風が起こった。ランソワはメネットと知りあった当初から、彼女が動くと風が起こることに気づいていた。空気が動けば風が起こるのは当然なことかもしれないが、メネットが動くと決まって風が起こることに関して、ランソワは不思議に思っていた。不思議というよりあくまでも興味の点において注視すべき事象だった。なぜならこの世の人々は、どんなに素早く動いても風の起きない人と、どんなに静かに動いても風が起きる人の二種類があり、その見極めは非常に難しく、どちらの該当者も滅多に見つけられないが、たまたまヒストークを通じて後者に該当するメネットと出会い、風の現場に居合わせるたび、自分の見極めに狂いがなかったことを確認したいランソワだったからである。風は紅茶とアップルパイの素敵な匂いをランソワたちのもとに運んだ。そのため一瞬にして呆気なく時間やら自己投影云々やらの世界は打ち切りになる。

「誰もがそうじゃないわよ」飾り気のない仕草でお盆の上の皿をテーブルへ移動させながら、そぞろな間を置いて、メネットが異議を申し立てた。

「なんのこと？」ランソワは不思議そうにメネットを見上げ、それから「おや？」と疑問的抑揚をつけてつぶやく。いつの間にか、椅子に腰かけている自分を揶揄するように。

「おや？　だなんて相変わらず変なランソワだわ。あのね、巷の誰もかれもがあなた方のように感じるとは限らないと言ったのよ。どちらかと言えば、ほとんどのまともな人間がそんな風には感じないわよ」そう言ってメネットは人差し指をチュッと舐めた。

「そうかなぁ。メネットだって僕たちと同じ感覚を味わってるはずだよ。僕たちとは違う言葉や表現で代用してるのさ。無意識のうちにね。君自身がそのことに気付いていないだけだよ」

「馬鹿な。違うわよ。あたしが思うに、あなた方の魂は暇なんだわよ」ランソワはあつあつの紅茶を啜ることに集中して何も答えなかった。

「でもまあいいわ。魂が暇な人は絵を描いたり夢を記録したりするんだろうし、暇じゃない人はあたしのように外で働いた上に夫の描いた絵を売り込むんだろうし。――ああ、違うのよ、勘違いしないでね。あたしはあなた方にどこをどうしろなんて言うつもりなんかこれっぽっちもないのよ。むしろあたしの言うことは忘れてほしいの。だってあたしの言ったことがあなた方の苦悩や悩みの種になってのちのち恨まれたりしたらたまんないもん」メネットは嫌味な人間ではない。ただ思ったことは発言する主義だ。素直な性格の二人の聞き手は、口をもぐもぐと動かしながら、ふむふむという顔をして、メネットの言わんとしていることは僕たちの立場を脅かす類のものではなさそうだな、となんとなく感じはしたが、それ以外のことはなにも感じなかった。ただアップルパイと紅茶をとても美味しいと感じていた。ランソワはメネットに対して何か答えるべきだと思いながら、口の中が空になるまでに数十秒かかった。

「僕がこういう話をするのはヒストークとだけさ」

「だといいけど」

「世間話を一切しないのもヒストークとだけだ」

「それについちゃあ、ヒストークはランソワとだけじゃないもの。誰ともしないわ。話題のもとになる情報がすっかり欠けてるからできないのよ。テレビと一緒。たまにテレビ番組を眺めてることもあるようだけど、本当にただ目が機能として眺めてるだけなの。その様子がね、ヒストークの顔がね、難しい外国の言葉、そう、たとえばロシア語講座でも見てるように冴えない顔なのよ。ランソワは見たことないの？　あの顔を見なくちゃヒストークは語れないわよ。彼はね、一般世間の基準においちゃあ、真の外れ者なのよ」メネットが白ナプキンに落散するパン屑のように喋った。最後の「そうよね？」は割愛した。ヒストークは算数の問題が解けない児童と同じ複雑な表情をして片方の耳をメネットに向けていた。それはメネットに対するヒストークのささやかな抵抗のしるしのようだった。ランソワはその表情に微量の大人の表情をみた。それは迷惑というより、つまり眉間に皺を寄せるようなものではなく、もともと成熟しているために抗う術がない困惑をはらんだ瑞々しい苦手意識のようなものだった。

「それがヒストークなのさ」ランソワがたいそう満足して言った。それから三人は黙って焼き菓子とお茶をたのしんだ。三つの脳裏は、一緒に海底を潜りながらそれぞれ違う小宇宙を散策する友人同士のように、親しげにお互いの距離を保っていた。黙っていても一向に自然な雰囲気でいられるのがこの三人だった。しばらくするとメネットとランソワが喋りだした。ヒストークは二人に挟まれて黙っていた。聞いていないのかと思って、時々メネットが適当なことを言うと、すかさず訂正したり否定したり、あるいは静かに反発したりした。物の言い方は繊細で穏やかだったが、主張したことは曲げなかった。また突然自分から話しだすこともあった。時には異邦人のようなたどたどしさで、時には多彩な語彙を奔放に用いて、自分の世界観や、その周りに見え隠れする想像物たちについて話しだすのだった。ランソワはヒストークの言葉のひとつひとつを、特別な貴重な友人の世界に存在する稀有な情景を、ていねいに大事に迎え入れている自分の心を感じた。

＊

「夢のことを話してもいいかな？」ヒストークがもそもそと喋り始めた。

「もちろん。夢のどんなことだい？」ランソワが勢いよくヒストークの話に飛び乗った。

「夢は逃げださないのかな？」

「夢に人格や意志があると言いたいのかい？」ランソワは身を乗り出して聞き返す。

「記録や閲覧されることを嫌がって、夢は逃げ去るんじゃないかな？」

「逃げ去る夢、か。そんなら今までに記録された夢たちは、皆どこかへ逃げ去ったっていうことだね？」

「うん、そうさ。僕は、僕のみる夢を、僕の魂の果てしない記憶と経験の映像だと思っているのさ。睡眠中、僕の脳裏というスクリーンは、僕の魂に開放されている気がしてならないからね。だとすれば、夢は、僕自身にも明白にされるべきではない、つまり僕自身の最たる聖域に存在するものだよ。もしそれが、僕を含む人の目に曝されようものなら、もっとも秘められた世界にのみ生きる魂は、もっとも侵しがたい映像と領域の所有者である僕の魂は、自身の尊い記憶と経験を、自身の愛しい世界と居場所を固守するため、本能の行為としてたくみに逃げ去るだろう。幻の野生動物のようにね」

「君は夢ってものを場所のカテゴリーに存在する空間として考えるのか。僕はどっちかっていうと、あくまでも場所と時間が異なるカテゴリーに属するとしての話だけど、場所っていうよりも時間、いや……夢においては、場所と時間のカテゴリーが存在しないようにも思えるし……いずれにしろ、僕が想像しうる夢ってものは、結局、君が興味を示すようなものじゃないさ。——で、夢は一体どこへ逃げるんだい？」

「それを考えてるのさ」

「そうだったのか」ランソワが少年探偵のような顔をして言った。

「要するに、一回目の記録はもしかしたら真実かもしれない。でも、二回目からの記録はきっと真実じゃないのさ。真実の本物の夢はとっくに居場所を変えたんだから」

「じゃあ二回目からの、僕や閲覧者が夢だと信じている映像の正体は何なんだい？」

「多分、夢の偽物かカムフラージュだよ。それとも夢に酷似したものか蜃気楼みたいな現象かな。いや残像か潜在的なコピーみたいなものかもしれない。それが何だかはわからない。わかることは、オリジナルはひとつしかないということと、目に見えないものの実体を目で見ようとすればするほど目に見えやしないということ。もっとも、僕に感覚があるかぎり、この世はわからないことだらけさ。……神秘の翻弄と迷宮と騙し……巧妙で甘美な優しさと幻惑の魅力と憧憬的なミュトスに満ち満ちた、創世の魂をもつ天空であるようなその実体……うん……目に見えないものの実体は、いつだって僕の想念のなかを、怪しくも軽やかに親しげに輪廻し続けてるんだ……喋るのは簡単で、言葉は反復的だ……」

「君のふたつの結論には僕も賛成する。そのとおりだと思う」

「不思議な世界の話だよ。そして人間はみな不思議なものを放ってはおけないんだ」そう言ってヒストークはいたずらっぽく微笑んだ。

「好奇心さ。でも好奇心の原泉は探っちゃいけないよ。どう巡っても必ず人間の欲心に行きつくから。嫌な気分になるだけさ」ランソワは自分自身に警告する。ヒストークは肯定とも否定ともつかない霞んだ表情でランソワを見ていた。

「メネットは？」ふとランソワが訪ねた。

「庭だよ」

「僕との話はもう終わったようだね」

「やることが一杯あるんだよ」

「君は？　アトリエに戻らなくていいのかい？」

「僕もそろそろ行こうと思う。一緒に来るかい？」

「いや、遠慮しておくよ」ランソワはヒストークのアトリエに行きたがらなかった。アトリエが特別繊細な場所だからという訳ではなく、ランソワにとって他人の仕事場は、それぞれに繊細で固有の気高さと気難しい雰囲気をたくわえており、そこに足を踏み入れることは好ましくなかったためである。ヒストークは軽く相槌を打ってランソワの意志を尊重した。二人はおもむろに立ち上がった。すると、暫く止まっていた空気が再び、とてもゆるやかな気流のように動きだし、ランソワは、どこからともなく漂いくる夏の吐息のようなものを吸い込んだ。

「夏だな」ランソワのつぶやきに、答えるものはなかった。今さっきまでよく喋っていたヒストークはもうすでに自己の世界に引き揚げてしまっていた。そんな時の、心ここにあらず風のヒストークの表情を、ランソワはひそかに「助走時間」と名づけ、いつもただならぬ興味をもって見逃さないように観察した。というのも、ヒストークの意識が描画以外の心象から描画に切り替わり到達するまでの「助走時間」は奇妙に短く、強烈な恍惚をきたしており、まるで人間のうちにあるエネルギーやイデーや能力が、いとも容易く時間を飛行超越するという実証を、その顔に湛えているように思えるからだった。帰り際、メネットがプルーンジャムのお礼にとアップルパイを持たせてくれた。

「お母さんと伯母さんによろしく伝えてね」

「わかったよ」

「また一年後に会いましょうね」

「うん。ヒストークの個展がうまくいくといいね」

「そうね。だけどどうやらヒストークには個展以外にも夢があるらしいわよ」メネットがさも面白い内緒話をするように囁いた。

「なんなのさ？」ランソワも釣られてひそひそ声を出した。

「それがね、絵とは全く関係のないことらしいのよ。絵を描くことは彼の現実そのものであって夢ではないらしいの。でもその夢ってものが何なのかは絶対に言わないのよ。多分びっくりするくらい幼稚で単純なことだと思うけどね。それでね、夢は心のなかの秘密箱に鍵をかけて保管してるみたい。まさか本人がそんなこと言いやしないけど、見るからにそういうことよ。ヒストークらしいでしょう？　ヒストークの夢ってなんだと思う？　彼のことだからきっと近所の小学生が考えるような夢なんでしょうよ。だけどね、その反面、すでに与えられているこの境涯を裏切るような思い描きは断じてすべきではない、とも感じてるらしくてね――いえ、感じてるのかな？　ヒストークのその辺の感覚は、あたしにもなぞなぞみたいでよくわからない。ヒストークが絡むなぞなぞを解くのは妙に楽しいけどね。とにかく、彼には秘かな夢があって、その夢がもう叶わないことに対する彼の複雑な思いは悶悶と交錯していて、しかも、それでいて、今ある境涯には何より深い愛着を感じてるの。どう？　あなたには面白い話でしょう？」

「へえ、そうなのか。ヒストークの夢ってなんだろう。ものすごい便利品を発明して大金持ちになるとか、ものすごい金銀財宝を探り当てるとか、そういう夢かなぁ」

「どっちにしてもお金持ちになる夢じゃないの」

「それは間違いないと思うね。それにしてもヒストークは純粋で侵しがたいよ」

「おかげで傍観者は一生退屈しないわ」ランソワとメネットは笑いあいながら、空つきの洞のような獣道を伝って、窪みのような入り口から道路に出た。そしてさよならをするとランソワは歩き出した。帰りは下り道だったが、上ってきた道と同じ道とは思えない景色だった。全然違う道に見えた。「さよなら」と後ろでメネットの声がした。ランソワは振り返らずに手だけ振った。以前、振り向いて手を振っていたら、危うくバスに轢かれそうになったので。ランソワが手を下ろした後も、まだ大きく左右に揺れているメネットの手の波打つような気配がはっきりと感じられた。それはメネットの風がここまで届いているからだとランソワは思った。

30

坂道を下りきると、さっきのバス通りに出た。更に下って行き、エクス・マルセイユ大学や市庁舎の前の古い通りを過ぎ、中心街であるミラボー通りを目指した。通りの景色はどの夏とも変わらなかった。肉屋のウィンドウに付着した指紋模様のべとつき汚れや、毎度おなじ靴立てを割引商品として並べている雑貨屋の全体的な佇まいが、夢のように、時の経過を忘れさせた。ランソワは道すがら何軒かの店にふらっと入り、夏のエクサンプロバンスの小路の雰囲気を味わった。その中の一軒で、ローザと約束した乾燥ラベンダーの束を買った。ミラボー通りに出ると、パリバ銀行のATMの汚れを確かめ、その数軒先のカリソンが有名な菓子屋で、これもローザと約束したので十五個入りの一番小さい箱詰めをひとつ購入した。あとはそのままバスのロータリーに向かって真っ直ぐ歩いた。ロータリーまでがミラボー通りだった。ロータリー沿いの屋台でホットドッグとコカコーラを買い、傍のベンチに座って人を眺めながら遅いお昼にした。ミラボー通りも水色に抜け渡る空も開放的で気持ちよかった。手っ取り早く昼食を済ますと、更に真っ直ぐ歩き、在来線エクサンプロバンス駅のホームが見おろせる高架線を通り過ぎ、ミラボー通りに続いちゃいるがその華やかさとはかけ離れた、趣のないぼんやりと錆びれた雰囲気のナントカ通りを進んで行った。ランソワは、このちっとも面白くない通りだって、それはそれでなんとなく来るたびに歩いてみたくなるのであった。突き当りを右に曲がると、幾つかの中距離バスのバス停が並び、その奥に、プレハブ小屋としか表現できない安手の建物があり、そこがチケット売り場だった。窓口からこの五年の間に何度かここで見合ったと思われる女の顔が暇そうに虚ろに覗いている。女は趣味の悪い造花のような厚化粧をしていて、客と目があっても無愛想で、おまけに、ランソワの思い違いでなければ、受け答えはひどくぶっきらぼうで威圧的なはずだった。ランソワは、窓口の脇の路線地図と時刻表を手に取って、空のベンチの横に立ったまま一分間くらい考えた。もちろん、この女のほかにチケットを売ってくれる女はいないのか考えていたのである。しかし、考えるだけ無駄なことがわかると、観念して窓口に顔を近づけ、「こんにちは」と声をかけた。女は機械的に黙ったまま、のったりと不機嫌そうにランソワを見上げた。

「明日の朝六時二十二分のバスはまだ取れますか？　カンヌまで行きたいんだ」

「一人ですか？」冷酷な声で不躾に切り返しながら、女は手続きを始める。

「そう、一人」すると、二秒も経たぬうちに、女の重い尻のような視線がランソワの持分である瞬間を乱暴に奪い取り、即座の回答を鋭く要求したので、ランソワは頬肉を引き攣らせて「買います」と答え、代金を支払った。

それからまた来た道を戻った。ミラボー通りが見えるとホッとした。そこから市庁舎の広場までは、来た道と違う馴染のない道を歩いてみた。広場に着くと、端っこにあるカフェに入ってひと休みした。店内よりテラスの方がずっと広かったが、店内の窓側の一番奥に腰掛けた。いつもこの席だな、とランソワは思った。他にこれといって思うべきことが見あたらなかったのである。冷たいカフェオレで喉を潤しながら、ランソワはテラスの様子をぼんやりと眺めていた。犬を連れたお客が多かった。犬たちは皆大人しくうなだれて地面に寄りかかり、飼い主たちは皆他人に見られることを愉しみながら寛いでいた。すると、自分の顔が窓に映った。それは、これといって何も思うことが見あたらない本物の自分自身の横顔だった。ランソワは他人の顔を遠慮なく観察するように、その横顔を凝視した。目の表情は暗くてよく見えなかったが、睫毛の瞬きははっきりと見えた。窓影という閑暇の片隅にこうして潜むそれは、自由孤独な散歩者を連想させる静かな愛嬌と豊かな好奇心にともっており、ランソワの視線を横面で意識しながら、影絵のように現れたり消えたりしていた。まるで、ランソワが心の隙を見せたその瞬間に、すばやく何かを語りかけようとしているようだった。ランソワはそうはいくかとばかり、こちらもまったく同様のすばやさで身をかわし、窓に寄せていた顔を引っこめ、ランソワ自身の気配との遭遇からランソワを守った。このようにして、不意に現れる自分自身の気配が、どれほど激しく脆く自分の現在を、あるいは現在の心を、いたずらに揺るがし臆病にするか。そのことをランソワは充分に自覚していた。そして再びテラスの方を眺めながら、まだこれといって思うことが見あたらないという風をあたりに装って、カフェオレを飲み干した。もうそろそろ外のまぶしい明るさが恋しかったし、それに、ふとジルのことが思い出されたからである。

31

肉屋と魚屋と八百屋と薬屋で頼まれた食材と薬を買い、帰宅すると、シャブランとシャジョンヌはどこから引っ張り出したのか、黴臭い衣装箱の蓋を開けて、中の物を一枚ずつテーブルの上に広げながら、昔話にナフタリン臭い花を咲かせていた。ランソワが食材と薬とメネットからのアップルパイを渡すと「わあ、嬉しい」と一瞬声を揃えたが、それだけだった。この姉妹というのは、興味のあることを一旦始めたら、一気に最後までやり尽くさないと気が済まない性質に加えて、極力、時間に自我の実りを求めるタイプなのだ。

「ねえ、ランソワ、ちょっとこれを見てごらん。母さんが大昔あたしたちに作ってくれたワンピースがこんなところに入ってたのよ。縫製がすごくきれいでしょう？　穴かがりも細かい部分も全部手作業できっちり仕上げてあるの。ほら！」シャブランが玉虫色のワンピースを掴んで、ランソワの目の前に勢いよく差し出した。ランソワが見もしないで「ほんとだ」と答えると、シャブランは「見もしないくせに」とつぶやいたが、そんなことにはかまわず、嬉しい驚きを表す感嘆詞を発しながら、ワンピースをシャジョンヌに渡し、あいた手で、すぐさま次の一枚を衣装箱から取りだし、たいそう懐かしそうに持ちあげてみたり裏返してみたりするのだった。同じ作業が繰り返された。ランソワはこの姉妹の様子を部屋の隅にあった脚立に腰掛けて眺めていた。二人はテーブルを挟んで向かいあい、テーブルの上に古い洋服をピラミッドのように積み上げていた。部屋は密集した葉陰のように薄暗くて湿気があり、その中央で、老女たちの手の動きとやりとりは、ゆっくりだが止まることはなかった。まるで大きな二匹のカブトムシが和やかに協力しあって小さな山を築いているようだった。ランソワはこの光景を、八歳の自分に甦ったような気分で、暫く愉しみ味わった。昆虫の活動は大人の観察者をひとときの子供にしてくれるものだ。

「電話が鳴ってるよ」シャジャンヌが、ランソワを見もせずにポツリと言い放り、夏休みの観察に気を取られていたランソワは、我に返ってポケットを探った。ジルからだった。

「やあ!」この夏のことで頭がいっぱいの大人子供ランソワ・ボーシットが、弾け玉のような嬉し声をあげた。

「今頃君は何をしてるのかなと思ってさ」一方、ジルの声は来たる秋のことを考えて夏を過ごしている老人青年のような声だった。

「今実家にいるんだ。のんびりしてるよ」

「こっちはようやくスプリンクラーの修理が終わったところさ。今ひと休みだ」

「そうか。僕は明日の朝、バスでカンヌに行くよ」

「南仏か。地中海はいいよなぁ。あの海を眺めると心が晴れ晴れするよなぁ」

「一年に一度の魂の滋養だよ。一年分のきらめきを貯えてくるさ」

「それでまた燦々とした一年が過ごせるというわけだね。いや、実は俺もかんかんに輝く土地に行こうと思ってるんだ」

「そうなのかい? どこだい?」

「砂漠の方さ。中東のアブダビだよ」

「アブダビってあのドバイとかの周辺かい？」

「そうだ。あのアブダビさ」

「これから行くのかい？　いつ帰るんだい？　ひとりで？　どうしてアブダビなんだい？」ランソワがたたみかけるように質問する。

「まぁ落ち着けよ。まだ一回目に視察のようなものだよ。そのあと本格的に何度も足を運ぶようになるだろうけどね」

「よくわからないな」

「これには事情があってね。実家に帰ってきたら急に気持ちが固まったんだ」

「どんな事情だい？」

「俺はアブダビに行って挑戦したいことがあるんだ」

「砂漠地帯で何に挑戦する気なんだい？　変な気を起こすなよ」

「勘違いするな。暑さでどうにかなっちゃいないさ。以前から考えていたことがあって、いよいよそれを実現する気になっただけだよ。機が熟したんだ」

「いったい何を実現する気なんだい？」

「砂漠で作物を栽培するんだ」

「それで？」

「もちろん売るんだよ。作物のほかにも、むこうでいくつか商いのプランがあるんだ」

「じゃあ今の会社を辞めるってことだね？」

「そうなるね。不思議なことだが、数日前まで、つまり君のところに行った時点では、まだ単なる夢の領域でしかなかった。それが、実家に帰って来て、じっくりと考えているうちに、なんていうか、時間を突き動かすよう

な強力なエネルギーみたいなものが気持ちに沸いてきて、すうっと覚悟が決まった。決意できたんだ」ランソワは言葉に詰まり、

「会社を辞めるんだね」と繰り返すのが精一杯だった。

「俺は実現するために存在する夢の方が性に合ってるのさ。もっとはっきり言うと、もうひとつの方の夢をデータにすることにやりがいを感じなくなったんだ。最初のうちはやりがいを感じたかっていうと、それは何とも言えないよ。でも今は感じられないんだ。そして今後も感じられないだろうと思う。自信と意欲がなくなったのさ。いや、決してこの仕事の内容や概念に不信感や嫌悪感があるわけじゃない。でも、俺の望むかたちの実感が持てないんだ。この先もこの仕事をしていくとして、自分自身が納得できるのか、満足できるのかといえば疑問なんだよ。こんな気持ちがしだいに、まるで避けようのない灰汁のように、自分のなかに広がりつつあるんだ。でもランソワ、もう一度言うが、この仕事を否定するわけじゃないんだ。事実この世は、物として存在しない対象物、要は想像と架空に属するものをビジネスにする仕事で溢れてるんだから。そして、それらがいつか時代の流れと共に、確かな現実のものになりえた例だってたくさんあるんだ。とにかく、この決断は俺自身の問題なんだよ。俺は泥や汗にまみれて動き回るような仕事、肉体を用いて取り組む仕事との方が断然相性がいいのさ。スプリンクラーをいじっていてそう閃いた。この閃きは決定的だと思う。だから素直に従うまでさ」ジルは言い訳にならないように努めたが、結果的にはランソワをひどく残念な気持にした。

「——残念だ」ランソワは、たった今自分の心にあいた穴の大きさに気づく余裕がなかったので、なんとかせめてもの明るさを保つことができたが、さっきまでの陽気な賑やかさが嘘のように、負の絶望の感情で満たされた悪い宇宙に突き落とされた気分だった。それはとても複雑な迷走的な心模様だった。とてもじゃないがこの瞬間にどうこうできるようなものじゃなかった。それでとにかく、この電話を切るまではこの状況に耐えなければならなかった。

「君と俺は案外すごく仲が良いんだよな」ジルはランソワの変化を察したのか、珍しくフェミニンなものの言い方をした。

「ああ、そうだね。案外……すごく……良いんだよ」ランソワは蚊の鳴くような声で答えた。いつまでも友達でいようとジルが言わなかったことがせめてもの救いだった。

「どうやら君を驚かせてしまったようだが、アブダビに行くのは会社を辞めてからだからもう少し先のことさ」ジルが情報をつけ足す。

「わかった。僕にとっては実に残念なことだけど、君にとっては非常に進歩的なことが起こったというわけさ。でも時間がたてば、君の決断は僕にとってもきっと糧になると思うよ」ランソワは持てる力を振り絞って単語を組み立て、借り物のような声で読み上げる。

「そう言ってくれると嬉しいよ。じゃあ、君もいいバカンスを」

ジルはいつもと変わらない調子で電話を切った。ランソワの耳にジルの「君も」という声が残った。それは小さいけれども暫くは抜けない棘のようにランソワの脳裏に刺さった。最悪の後味だった。ランソワは携帯電話をポケットにしまうと、その先は手も足も出なかった。ただ亡霊のように立っていた。頭の中に様々なものが渦巻いていた。それらは言葉にならなかったし、また言葉にするべきものではなかった。虚ろな眼差したちや、得体の知れないガスで充満した密室や、みすぼらしい不協和音に似ており、ランソワの意識を朦朧とさせた。

「ランソワ！　ランソワ！」自分を呼ぶ声に気づいただけでも上出来なランソワだった。

「一体どうしたの？　何度呼ばせる気だい？」硬い靴音を響かせてランソワの前にまわり込んだシャジョンヌは、ランソワの亡霊ぶりに「おやまあ！」と感嘆の声をあげた。それからランソワの両腕を掴んで揺すりながら、からかい調子で言う。

「ランソワ、お前、魂を抜かれたんじゃない？　お前とおなじ状態の人間を古い映画で見たことがあるよ。あれは、そう、カジノで一文無しになる男の話よ。最後は今のお前みたいにおかしくなって死神に浚われるんだよ。さてはお前もとうとう運に見放されたね？　さあさあ！　しっかりしなさいよ！　ひょっとして具合でも悪いのかい？　違うようだね。そういえばカジノのある国には賭博自殺者専門の死体処理係がいるって本当かしら？　お前そういう職業はどうだい？　夢なんか記録するよりよっぽど現実的でやりがいがあると思うけどねぇ」シャジョンヌの縄が元気に軋むような声がランソワの意識に届くまで些かの時間を要した。

「――あ、ああ、そうだね。死体の処理の方が夢のよりずっとやりがいがあるだろうし、現実的だ。伯母さんまでジルみたいなことを言いだすなんてどうなってるんだ……」時差はあったが、幽かに答えが生じた。

「え？　聞こえないわよ。何かもそもそ言ってるようだけど、きっと大したことじゃないわね。だいたいランソワ、お前ったら今日は栄養が足りてないんじゃないの？　夏を甘く見たら駄目よ。さあ、そんならね、夕食はお前の食べたいものでいいんだよ。あたしたちは嫌いなものがないんだからね。お前の作る食事にありつけるなんて嬉しいわ。甥っ子の手料理が食べられるなんてね。両方が健康じゃなきゃ実現しないことだもの。そうだ、エプロンを出してきてあげましょう」そう言うとシャジョンヌは、指導者的なジェスチャーでランソワにおいでおいでをし、階段の下の最も暗い廊下にある棚から、大振りなフリルが周りに施してあるサーモンピンクのエプロンを取り出して、輪投げ遊びをするようにひょいと輪っかの部分をランソワの頭に通した。ランソワはされるままになっていた。「三人分作るんだよ。できあがったら食事の時間まで休むといいよ。呼びに行ってあげるからね」

32

ランソワは催眠術から醒めきらず憂鬱な森のなかで立ち往生している木こりのような気分だった。木こりがなぜ催眠術にかけられたのか、それは木こり自身にもよくわからなかった。しかし木こりの良心の巣に棲みついている謎の小男が、その横隔膜の辺りを怪しげに擦りながら、漠然としたテレパシーのようなものを発信して何かを洗脳しようとしている様子が、木こりのうちなる眼にぼんやりと映っていた。テレパシーのようなものは血液に溶け込みやすい特殊な気体のように思われた。謎の小男は、それを木こりの血液に喫わせて、ある効果を待とうというのだ。血液が木こりの体内を二周した。すると木こりは少し雲が晴れた空のようなわずかな明るさを瞳に取り戻した。それはあいまいな透明感を意味するように思われた。木こりは、我が身に起きた催眠的な状況についてて、とりとめのない疑問を懐き続けていたのだ。そしてどこからともなく、おそらくは全身に行き渡った血液中のテレパシーのようなものから、非常に前向きな回答のようなものを得た。それは回答というより雑音の多い多重音声のようなものだった。催眠術というものは、かけられる側が自ら望んでかけてもらうものとは限らず、また望みやしないのに何者かによってかけられるとも限らない、つまり催眠術師が存在するとは限らない、催眠術師が存在しなければ催眠術にかけられる者も存在しない、しかしながら、自分は催眠術をかけられたのではないかと疑いを懐く者の心には、容疑者と思しき人物の面影がイリュージョンのごとく存在し、結局のところ、清廉潔白なうえに誠実で愛情深くさえあった記憶がその脳裏によみがえると、疑問は魔法が解けるようにどこかに消え去ってしまい、かわりに新しい解釈が降ってくるのだ。木霊のようなテレパシーは、小男の企望どおり、木こりの突発的に硬化した魂に、じわじわと浸透してその症状を和らげ、とてもたどたどしい動きではあったが、なんとか動き出した魂の心象を経由して、体の隅々にまで行き渡った。やがて、魂の機能が無事に再開し始めると、木こりはうちなる眼を失い、謎の小男は見えなくなった。

木こりに大きな不安はなかった。森は依然として鬱蒼としていたが、意識に幼足が生えたような感覚があった。振り返ると、濃霧をさまよう精霊たちが、目にも留まらぬ速さでぐるぐると森を走りまわりながら、溶けたバターのような熱いひと続きになって、何かに生まれ変わろうとしていた。それは事態の前進なのか後退なのかわからなかったが、時間が変容する有様であることだけは確かだった。もしかしたら彼ら精霊たちは、本物のバターに自らの命を捧げ、生贄として時間の胃袋に収まるつもりなのかもしれなかった。

確信の時は仮想と同時に訪れた。木こりは精霊たちにお別れをするべきだった。それで唇をわずかに動かして、森の空気に二本の絹糸が擦れあうような表音を吹き込んだ。するとその唇の動きは、懺悔室で懺悔者と神父様のあいだで交わされるまこと密やかな動きによく似ていた。

こうして、魂との折りあいを最善の方法でつけてしまうと、木こりの気分は晴れてせいせいとしていた。木こりは自分の手足をまじまじと見つめた。手足は動きたくてうずうずしているように思えた。右手が待ちきれずに木こりの心臓にひたと貼りついた。すると、右手を伝ってどくんどくんと貪欲に稼働する心音が、木こりを更に安心させた。心臓の確認を終えると、次に右手は、木こりのすっかりぺしゃんこにへこんだ腹を擦った。ぐうと腹が鳴いた。それは腹の主が、森のどこからともなく漂ってきた香ばしい匂いに刺激されて漏らしたおねだり声だった。確かにいい匂いがした。森がバターと絡まって焦げる寸前のような匂いだった。木こりは、このバターこそ森の精霊たちの賜り物であり、彼らは森と運命を共する気なのだ、と復想するだけでは事足らぬと悟り、森のソテーにあう食材はなんだろう、と首を傾げて腰に手を当てた。木こりは急に焦り出した。食材を思いつくにはもう少し時間がかかりそうだったし、そうしている間に、森とバターはたがいの生命の源を崇めあい融合させながらどんどん焦げていくからだ。――もう限界だった。これ以上放っておけば、料理は台なしになるだろう！木こりはとにかく一旦火を止めた。そしてフライパンを火から下ろすと、冷蔵庫とその周辺の食材箱をあわてて引っ掻きまわした。まず、冷蔵庫の中から色が悪くなりかけている豚の挽肉が出てきた。消費期限のシールは年老いた女のひとりが意識的に引き裂いて捨てたらしかった。木こりはそれを取り出し、それから玉葱と人参と皿に仰向けになっていた半分のリンゴと少しずつ残っていた数種類の野菜やワインやヨーグルトなんかを無造作にかき集め、テーブルの上に並べたてた。これらを全て微塵切りにしたり摩りおろしたりして、ボールにあけた顔色の悪い挽肉と捏ねあわせ、適当な大きさの団子にして、果汁だらけの完熟柿のように味深くなるまで、鍋のなかでぐつぐつ煮込めば出来あがりだ。よし、決まった。木こりは足元に収納してあるはずの大きなボールを取り出そうとしてしゃがみこんだ。小さいボールは目の前に重ねてあったが、大きめのボールは幅を取るため、床に面した観音開きの扉の奥に収納してあったからだ。木こりは片方の扉をぐいと開き、これだと思ったものに手をかけた。そして立ちあがろうとしたその瞬間、着け慣れないエプロンのフリルの端を足先で踏んでしまい、勢いよく前につんのめってしまった。その勢いを象徴するとんでもない衝撃音とちぐはぐな刹那を縫って、ステンレス製の大ボールがどこかに転がっていき、開いた扉の中に林立するボールやら鍋やらの一角は、木こりの頭突きによってバランスを失いかけたものの、さいわい空間が少なかったので崩壊を免れた。木こりは頭を抱えながら声を殺して痛みをこらえた。どうやら彼の頭部は鍋の取っ手部分に猛突進して前部を打ち、その激しい弾みで後ろにひっくり返ると、今度はテーブルの脚で後部を強くぶつけたらしかった。ヒラヒラした布藻みたいなエプロンは下半身までズルズルとずり落ち、太腿から膝のあたりに醜く纏わりつき、裾のフリルの一部は見えない何かに引っ張られていた。大ボールが、廊下と台所の境で、クロシュのふりをしながら、木こりに見つかるのを楽しみに待っていた。木こりは四つん這いのままボールに近寄り、天辺に手を掛けたはいいが、クロシュになりきって床にへばりついている大ボールを床から引っ剥がすのにえらく苦労した。大ボールと床の隙間に人差し指をねじ込み、ようやっと縁を掴まえた。掴んだ手の肘を、そうっと持ちあげ、テーブルの角にあてがうと、木こりの顔がステンレスの丸みに映った。その顔を見て木こりは「ひゃ！」と叫び声をあげた。しかし、驚いたのは一瞬だけだった。木こりの目に映った顔は、すでに木こりの顔ではなかったが、こんなことは毎度のことで、珍しくもなんともなかったからである。

*

ランソワも、大きなボールに映った顔がランソワ自身の顔であることに特別驚きもしなかった。今までだって同じ体験を何度もしているからである。ランソワは、身近な二人の老女をまねて「よっこらしょ」とつぶやきながら、今度こそ立ちあがった。エプロンを掛け直し、乱れた鍋の塔をまっすぐに修復し、ボールを洗ってから、そこに澱んだ表情の挽肉をあけた。そして計画通り、テーブルの食材たちを適当な形に整えると、それらを片っ端からボールにぶち込んで混ぜあわせ、オリーブオイルや塩やコショウや思い立った調味料などでしごく適当に味つけし、スプーンを使って肉団子を作っていった。挽肉は古そうなので舐めてみなかった。鍋に野菜や果物を摩りおろした際に出た汁を残らず入れて火にかけ、煮立ってきたら肉団子を入れ、セージとミントがあったのでそれらと、栗の花の蜂蜜を見つけたのでそれもちょっぴり垂らしてみた。鍋に蓋をして火を細くすると、ランソワは鍋の中のものが煮えるのを、その場で、立ちん坊の姿勢を崩さず待つことにした。

鍋から珍しい樹液のような複雑な匂いがしてきた。ランソワは、鍋の中で一緒くたに炊かれているものたちの様子や量を思い描いてみる気にはならなかったが、大勢の異種なるものたちが、今、神意の手によって、ひとつの鍋のなかにおさまり、蕾の秘部にみのる神秘の灼熱がいよいよ芽吹きだすような、じゅくじゅくという音をたてて、まるでおとぎの国の謝肉祭のように、多彩な魂と肉を自然の調和と燃焼に惜しみなく委ねながら沸々と融合させ、新しい未知なるものに生まれ変わろうとしている実況を心の眼で眺めていた。それは、人の裡をうつろう目に見えない様々なものと、現の造形を有する様々な小さなものたちが、極度に小さく凝縮された丸い世界の内部で、天地を超えたうちとけあいに投合し、満ち足りて煮つまっていく情景のように思えた。そしてこの鍋のように、目に見えるものと見えないものの両方が入っている鍋だって、たまにはいいものだろう。ランソワは、そっと蓋を持ちあげて鍋のなかの様子を窺った。悪くなかった。森のソテーがビロードのように艶めく濃厚なホウレンソウの色だとすれば、肉団子の煮込みはあらゆる境涯に属する生きものたちが集結し魂ごと新生を果たした色、また、その到達を以て旧世界に告げられようとしている最も新鮮な命の満潮の色、でなきゃ、伝説の怪物や動植物が神と暮らす森の色、はたまた、その奥深い光沢を神自身が太陽の情であやなし柔らかく明るめたなんとも美しい楽園に似る色だった。スープの味をみてみると、どこにでもあるごった煮の味がした。たしか、ほやほやの虚栄心や見栄や敗北感や強がりなんかの欠片が少しずつ入っているはずだったが、それらはすべて、新鮮さを欠く挽肉から出たエキスや、それをごまかすためのハーブから出た薬草成分や、あるいは、その他の食材から出たいろんな諸々成分にすっかり掻き消されてしまっていて、口に運んだ者の味覚や嗅覚や気分をどんよりとさせるような負のエッセンスは感じられなかった。正直に言えば、複雑すぎてどのようなエッセンスも感じられない肉団子の煮込みだった。

ランソワは、鍋の火を消し、調理の際に散らかした物をきれいに片づけると、キッチンをあとにした。そしてシャジョンヌに言われたとおり、呼ばれるまで二階の部屋で休むことにした。

33

瞼の奥に夕暮れの訪れを感じながら、ランソワはまとまりのない夢をみていた。それはランソワが少年時代の眼に戻ってみているとも、今の自分の眼がみているともいえる夢だった。——遠い懐かしい雨、印象的な虚しさ、ほの甘い嫌悪と哀愁、ひたすら何かに惹きつけられる心、永遠に消えない嘘、繰り返し演じられる記憶の一章、反射的な喜び、見ている見られているという強い感覚、知っている知らない人、その人のにおい、架空のうえに実在する日常、音声と映像がずれている場面、夢自身の姿かたち、ある状況における心理的な諍い、主と述を欠く異様な雰囲気、いつまでも一致しない思いと行い、そのために書き終えることができそうもない視線綴りの手記、多重の静寂、警告じみた馬鹿笑い、鈍い抗力をもつ直感、色とりどりの溜息——等々の印象をはらむ形影や像のようなものが、ふしぎな展開と流れに乗って時を去来しながら自由に入り乱れた。次いで、臭いチョッキを着たブスカにつきまとわれたときの病的な鬱陶しさと、テーブルに轢いたナプキンを撫でつけながら喋るユテルトの姿と、同じ時代の背景をもつ数個の些事が、コマーシャルフィルムのように足早く通り過ぎた。そして、やけにものものしい一瞬ののち、ひとりの男が忽然と現れた。元シャーロックホームという感じの風貌と精彩だ。男はニューヨークに住んでおり、絵画に携わる仕事をしている。男の存在そのものがそう告白する。男の表情が唇と共に動きはじめ、外観に似つかわしい声が生じる。紳士的な軽快さと友好的な滑沢にかたどられた声だ。男は、立ち話に付き物の前置きをひと通り済ませると、ちょっとした微笑で半拍を挟んでから、今度は、これまでと微妙に違うやや丁寧ぶった調子を採用して、彼曰く、彼にとってスイートピーよりスイートなピーであるらしい姪っ子の話をしはじめた。そういった話は、ランソワにとって、無感の大気を乱し煩わす煩悩の喋々でしかないものだが、それでもできる限り寛容な心を奮い辛抱強く対応していると、男は、なかば思いつきを装うように、ぜひともこの場で君に姪っ子を紹介したいのですがいけませんか、というようなことを、ふしぎな真意が感じられる独特に潤った口調で飾りながら、そつなく整然とランソワに言い入れてきた。その瞬間、男の傍らに、まったく同じ要領で、ひとりの女の子が忽然と現れた。女の子を見たランソワは短く窒息し、やおら蘇生を果したあとは、衝撃的な驚きと強暴なときめきに煽られて、時がとまったように立ちすくんでしまった。なぜならルックラックは、いや、女の子は、たしかにスイートピーのような清らかな可憐な美しさを漂わせており、つまり彼女こそは男の姪っ子であろう。そして、奇遇なことに、ランソワが秘めて想うルックラックでもあろう。そうあるべきほかにあるべき状況はなにもないはずであろう。だがしかし、彼女の少しも濁りのない完然とした潔白感に貫通している爽やかな表情は、まったく知らない人を見るときの、すがすがしく澄みきった「はじめまして」の裡声をはきとたたえたその眼から、まっすぐにランソワの顔を見ているのだ。そのことがランソワを絶望させた。どうしても彼女の態度が理解できなかった。ランソワの記憶が神や魂やそれらの偽者かによってすり替えられていなければ、いや、率直に正しければ、彼女とは初対面であろうはずがないからである。ランソワは心のなかで「君はルックラックだろう？　違うのかい？」と遠慮がちに嘆き叫び、その答えをひたと待ちわびた。一秒も待たされたのち、男がついに彼女の名前を口にした。――マリネット。マリネット……ルックラックの名前はマリネットだという。――マリネット……ありそうでなさそうな、耳にしたことがあるようなないような、いつかどこかで何度となく儚い記憶と忘却の域を反復したかもしれないような名前だった。ランソワはその名前をゆっくりと声にしてなぞってみた。しかしその響きから思いつくような明確な事象は見当たらなかったし、なにしろこの状況に納得がいかなかった。これは夢なのかな？　それとも僕の記憶が夢なのかな？　あるいはどっちも夢かな？　どっちも夢という可能性があるなら、どっちも夢じゃない可能性だってあるぞ。でも夢じゃなかったらなんだろう？　現実だ。そいつは夢より厄介だぞ。いっそ男に尋ねてみようか？　でも何て？　あまりにも理解しがたい享受しがたい実況のただなかで、ランソワはとにかく思いつくまま自分自身に喋りかけずにはいられなかった。ランソワ自身の声は濛濛混沌とした焦りに駆られ、ランソワに出来もしない提案的な抑揚を持ちかけてきたが、実際には「よろしく」とひとこと言っただけだった。やりとりはそれで終わりだった。すると、三人を有していた光景としての全印象は、穴のあいた風船から空気が勢いよく抜けでていくように、たちまち萎んでいき、最後は鋭いひやかしの口笛のような音と共に、跡形もなく消えてなくなってしまった。

心地のようなものだけが残った。それは鮮明な感触でランソワの意識に寄り添い、なだらかな規則的曲線を描くように浮き沈みする時の呼吸にあわせて、まもなく現れるであろう温もりの気配をランソワにそれとなく暗示していた。ランソワは温もりが現れるまで起きあがるつもりはなかったが、瞼のひっつき加減や、寝すぎた時に感じる頭の重たさや、目を閉じてから数時間が経過したことを証明しているあたりの新鮮な暗さを感じ取りながら、そろそろ長い昼寝から抜け出し、思いきり伸びをしてから、明るくてひと気のある場所に出ていって、誰かと軽いお喋りがしたかった。ランソワは待った。まるで夜空の隅っこで輝きのスイッチを切っている無名の星座のように、暗がりのまんなかで息を潜めて待った。五分にも六分にも感じられる一分のようなものが、ランソワ自身の温もりとシーツの間でじっとりと汗ばみ、窮屈そうに喘いでいた。ランソワはもうとっくに眠っちゃいないのに、目を閉じたまま、この去りがたい動物的不快感にすがりついていた。そしてようやくシャジョンヌの、年齢の割には小気味いい足音が自分を目指して近づいてきたのがわかると、スローモーションで寝返りを打ち、体とシーツの間に閉じ込めておいた一分ほどの感覚を解放してやった。約一分は、長い束縛の末にやっとのことで自由を返してもらうと、飼い主と逸れた犬がわが家へ飛び狂って帰るように、全速力で本来いるべき過去へ駆けて行った。ランソワは、その素晴らしくエネルギッシュな後ろ姿がみるみるうちに遠のいていく模糊とした気色を、おぼろな眼で見届けながら、残されたほの暗い時間の溜まりをふたたび脳裏に覚えた。ランソワの脳裏が、心地よい暗室をみたすような柔らかな静寂に辿り着いた丁度その頃、温もりもこの場所に到達した。到達するやいなや温もりは、そのことをランソワに告げ知らせるため、合言葉を口にした。

*

「ランソワ」それはアンモナイト化石が二億五千年の記憶を辿るような囁きだった。

「ランソワ、ランソワ、九時過ぎたよ。そろそろ食べようよ」アンモナイト化石がランソワの肩を軽く二度突くと、ランソワはいかにもアンモナイト化石に起こされたかのように目を開き、暗がりの宙に薄ぼんやりと浮かび上がるアンモナイト化石の輪郭を見たが、よくよく見ると確かにアンモナイト化石に見えなくもないシャジョンヌであった。

「九時か」ランソワは、まだよく眠っているようなけだるい体をようやくひきずりあげると、頭痛の有無を確かめながらゆっくりと頭を前後左右に動かした。ほんの少し重かったが痛みはなかった。

「随分と寝ちゃったんだなぁ」それから体に沈殿している眠気を払いのけるために、ライオンみたいな大きな伸びと欠伸をし、涙ぐんだ目をたんねんに擦り、寝癖のついた髪の毛を頭蓋骨に撫でつけた。

「ねえ、伯母さん」ランソワの頭にまだ完全に目覚めちゃいなかったが、どうしても気がかりな事柄を先程の夢から持ち帰ったことは、はっきりと記憶していた。シャジョンヌは両側から中央にカーテンを引っ張りながら用件を待った。

「マリネットって名の女の人、知ってるかい？」

「マリネット？」

「そう、マリネット」

「あ、ああ、マリネットね。マリネットなら今朝早くに死んだよ」これを聞いてランソワは鼻面であしらうようにフンと短くあざ笑った。なぜこの家の老女たちはこうもいい加減なことを咄嗟に言えるんだろう、という心の印字をシャジョンヌに伝えるためにである。

「死んだ？　それはどこのマリネットの話？　伯母さんのいうマリネットって一体誰のことなんだい？」ランソワが眉間に皺を寄せて訊ねた。

「マリネットさんていやあ、ほら、大きな穴が開いちゃったんで騒がれてた、あの王家の末っ子のことだよ。最近話題になってたじゃないの。お前は何も知らないんだね」

「ああ、例のムーグのあれだね。いけ好かない話題だな。で、その末っ子の名前がマリネットっていうの？」

「そうだよ。昼も夜も夢ばっかり見てる人間ときたらこれだから嫌だね。あたしだって名前ぐらいは知ってるよ。マリネットナントカ。顔は多分知らないけどね。午後のニュースで今朝死んだって確かに言ったよ。それともお前の知りたいマリネットはこのマリネットじゃないのかい?」

「もちろん。そのマリネットじゃないさ」

「ふうん、そんならあたしにマリネットっていう知りあいはいないよ」

「心当たりがないならいいんだ。伯母さんが知らなくてもなんら不思議はないさ」

「さあさあ、シャブランが待ってるから下に行ってご飯にしようよ」

ランソワはこのやりとりで完全に目が覚めた。王家のマリネットは夢のマリネットとまったく無関係だとわかっていても、なんとはなしにシャジョンヌの情報が気になるランソワだった。——ルックラック。ルックラックは今頃どうしているだろう。——ルックラック、ルックラック。ランソワは階段を下りながら、改めてその名前をなぞってみた。ルックラック、ルックラック、ルックルック、ラックラック——それは大好きな詩集に挟んだ一篇のかろやかな詩歌のように、ほんのりといい香りを放ちながら、リズミカルにランソワの心の周辺を漂った。ランソワはルックラックとの約束を思い出した。そして、約束の時に向かっている時間という名の永遠不滅の魂みたいなものが、何にも脅かされず、ここまで着実に歩み進めていることを悟り、その幸運に深く感謝して瞬間を過ごした。さらに次の瞬間は、神への感謝を終えた陽気な旅人ランソワになりきって愉快に過ごした。そんなふうにして階段をおりきると、旅人ランソワの目に、ぼんぼりのように丸味のある波紋を放つ白々とした明るみが飛びこんできた。明るみは、満開に咲くひときわ大きい夕顔の色彩のようでもあったが、よく見ると、そのような風情を漂わせている食堂、旅人ランソワが求めていたキッチンつきの食堂であった。なおも見極めると、食堂は、光の大海原へと続くであろう暗く長い一筋の街道を照らす唯一の灯標であった。この街道のゴールには光の大海原があり、そこでは、未来からの複雑な神秘のメッセージが旅人ランソワを心待ちしているように思えた。ランソワは街道端で旅人ランソワに別れを告げ、自身はキッチンつきの食堂に導かれた。一台のテーブルを中心に空間全体が形成されているごく平凡なキッチンは、ウェルカムフラワーそっくりなシャブランの夜の笑顔と共にランソワを快く迎え入れた。ほどなくして、そこにシャジョンヌが加わり、ささやかな夕食の定形が整った。

*

食卓の三の皿たちは、住宅地に嵌めこまれた遊園地の乗物たちとほとんど変わらぬレイアウトで配置され、その上空を森に棲む魔法使いの食卓のような匂いが集い、三人のゲストにあらゆる表現の機会を与えていた。ゲストたちはそれぞれ好き勝手に手を伸ばして料理を銘々の皿に取り、口に運び、噛み砕きながら、表現者として自由に喋り始めた。制作者であるランソワはなにも表現しなかった。

「この肉団子はなんともいえない味がするよ」年上の表現者が言った。

「確かにするわね」年下の表現者も頷いて同調する。

「いろんな味だね」と姉。

「妙な味よ」と妹。

「どちらかといえばグロテスクな味」姉。

「グリム童話に登場する魔女のジュースみたい」妹。

「残り物の旨みがよく出てると言ったら褒め過ぎのスープ」

「でも飲めないことはない」

「こっちはシュヴァルツヴァルトの光沢があるよ」姉の表現者が今度はホウレンソウのソテーを味わいながら言う。

「昔こんな風あいのマントコートを作ったっけ」妹の表現者が思い出してつぶやく。

結局どの皿もすごく美味しくはないけれどまだ胃袋が欲するのに実行を断ち切るほどは不味くない出来栄えだった。老姉妹にとっても、懐かしさが感じられないという特徴は物珍しいという点で十分魅力になっていたようだった。空腹が満たされると、表現者たちはただの老姉妹に戻り、食後のコーヒーの香りがし始めると、つい今しがた夕食に何を食べて何を喋ったかなんてことは遠い過去になっていた。

「そうそう、母さんの知りあいにマリネットっていない?」ランソワが夢の聞き込み捜査を完了するためにシャブランに訊ねた。

「マリネット? ああ、古い友達にひとりいたわね。けどもうとっくに死んじゃったわ。珍しい病気だったの。それがどうかしたの?」

「いや、別に。それならいいんだ。――ところで僕は明日の朝六時二十二分のバスに乗ってカンヌに行くよ」

「そら来た。お決まりのコースだね」とシャジョンヌ。

「充電さ」

「気をつけて行きなさいよ。お前は時々変な具合にぼおーっとしてるんだから」

「そう見えるだけさ。実際はそんなにぼおーっとしちゃいないよ」

「お前は腑抜けだね」そうひとりごちながら、シャブランは無性におかしかった。昔のいろんなことを思い出したからである。おかしさはところどころ思い出を共有するシャジョンヌにも伝染した。みるみるうちに二人は爆発的な笑いの波に呑まれた。ランソワは、誰が何を言ったのでもない常套な無言のうちに、いきなり涙するほど笑いあうシャジョンヌとシャブランを見て、この姉妹の感性と笑い方はよく似ていると思った。

34

一台のタクシーがパリのホテルに到着し、中からひとりの男がもがくようにして地上に足を着けた。金モールの飾り紐が付いた制服に身を包んだホテルの従業員が、疲れ切った様子の男に無駄のない動きで歩み寄り「おかえりなさいませ。ムーグ博士」と丁重に声をかけると、男は力ない表情でうつむき加減に従業員の顔を一瞥しただけで、何にも関心を示さず部屋に戻って行った。エレベーターが速やかに男を七階へひきあげ、静まり返った絨毯敷きの廊下に降ろした。男は星つきのホテルに設えられた絨毯敷きの廊下の雰囲気が嫌いではなかった。お客のプライベートを保護するために、徹底した景色の統一感を採用することで、歩けば必ず迷うように設計された廊下は、いつもなら男を一分から二分近く錯覚の世界に引きずりこみ、なんとも不思議な気分にさせるからである。

しかし今日は違っていた。男は数時間前にある悲報を受けて気持が重かった。それはいかにも時間の問題であり、また想定される結末ではあったに違いないが、それにしてもマリネット王女の死はあまりに早すぎた。王室と担当の内科医から別々に連絡が入り、二重構造の情報がひとつに噛みあうと、男はマリネット王女の死を、過去に見てきた多くの死と同様、生命の消滅という悲しく厳しく重苦しい事実として理解し、死の報告がもたらす一時的な興奮状態を過ぎると、一頻りの感傷に浸り、次いでこの世を去ることの意味、死という絶対的な境界線によって隔てられる幾重もの状況的深層、そして死後の世界と夢の世界の交差部分の有様や相違点について再考し、ふたたびマリネット王女に思いがおよぶと、ほんの一時期ではあるけれども彼女の人生に関わったひとりの人間として、謹み深くお悔やみの念を捧げるのだった。連絡を受けたのは学会の小休憩の間だった。情報の照合からお悔やみの念に至るまでの自覚と認識は、その後の昼休憩や何度か与えられたわずかな息継ぎ時間を繋ぎながら断続的な形で輪転していったため、一日のうちのかなりの時間をどちらも疎かに出来ないふたつの重要事項と共に過ごした男はひどく憔悴していた。部屋に入るなり、上着と鞄をソファに放り投げ、その勢いでベッドに倒れこんだ。男はそのまま死んだように熟睡した。夢は見なかった。眠りそのものが夢のように感じられ、ただ暗々とした無限の宙に生温かくたちこめる迷宮の感覚だけが血液と一緒に体内を巡った。しばらくすると、鉛のように沈積していた疲労の重石が徐々に取り除かれ、男は夢なき深みに沈んだまま身も心も楽になってきたことを意識した。時が経った。すると睡眠だけに掛かりきりだった男の感覚は自然と解れて、視覚や臭覚や聴覚に分散された。薄いカーテン越しにキラキラときらめいているパリの夜景を瞼の裏に感じたり、鼻孔を塞いでいた糊の効いたシーツがしだいに匂ってきたり、上下左右の部屋や廊下から漏れてくる幽かな物音が耳に入ってきたりした。そしてそこにある感覚をすべて占領した瞬間、男の目はうつろに開いた。

*

ベッドの上で上半身を起こすと、何時ぞやまで鉛のように重かった体が嘘のように軽くなっていることに気づいた。男はベッドを抜け出し、窓から薄いカーテンを両脇に取り除いて、ソファに深々と腰掛けた。七階の窓から眺めるパリの夜景は素晴らしかった。エッフェル塔が喪服を飾るブローチのように光を纏い、ほかの光たちは番いを亡くした小さなピアスのように様々な色形の情緒を醸しながら瞬いていた。男はソファに埋もれて目の前に広がるパリの夜景に見惚れながら、今日一日を振り返っていた。精神的にも肉体的にも辛い一日だった。深刻なざわめかしさの余韻がまざまざと心身に残っていた。それらはもう過去でしかないのに、残像のなかには未来のインスピレーションを示唆している無相の動体のようなものがいくつかあった。男は漠然となにかを観念した。おそらく今日という日から紐解かれる全様態を。ゆっくりと息を吐きながら肩の力を抜き、茫々たる想念の流れに時を任せると、耳元で誰かが「人生は忘れたり思い出したりつけ足したり差っ引いたりの連続と連鎖だ。そうじゃないかね」と優しく囁きかけてくるのを聞いた気がした。まったく覚えのない老人の声だった。それが記憶の暗唱から漏れてくる幻聴ならば映画の見すぎかもしれないだろうが、俺は映画なんてほとんど見たことがないよ。男は知らない老男の声にそうつぶやき返して静かに微笑んだ。それからおもむろに体を乗りだし、鞄を引き寄せると、中から小さな箱を取り出した。箱紙はほのかな甘い香りを放った。艶のある鮮やかなブルーの紙で包まれており、その天辺で細い赤リボンが十字を切っていた。リボンの端をそっとつまんで引っ張ると、赤い十字は滑らかに崩れ、青い艶は立体的な角度を保ったままモルフォチョウのように舞い落ちていき、やんわりと動きをとめた内側の白い幾何学が鋏で切り取ったような暗がりの繁茂を男の足元にくっきりと浮かびあがらせた。男はさらに時覚の感触を味わう。白い模型美術館の壁に見える箱の横に手をやり、おごそかな感情が宿る手つきで高さのある蓋を持ち上げると、小さな栞型の紙片がチョコレートを覆う薄紙に貼ってあるのを発見する。そこには蝶の標本と同じ印字体で『夢と現実』と書いてあった。それがこの新作チョコレートの名前だった。薄紙を取ると、同じ大きさの円形チョコレートが三つ並んでおり、それぞれの円を構成している『夢』と『現実』のデザインはひとつひとつが異なる趣意を表現していた。男は三態の『夢と現実』を見つめ、それから今は亡きマリネット王女の面影を見つめたが、そう長くは見つめていなかった。彼女の面影に長居すれば、感情がどこに向かうのか見当がつかなかったし、他人の死に直面するたびに自分の生い立ちや半生が脳裏にありありと炙り出され、それらに抱く茫漠とした強烈な思いは、時に男の情緒を激しく熱く揺さぶったからである。それで男の目は再びチョコレートを見つめる。よく見ると、ひと粒ひと粒に『夢』と『現実』の繊細な飾り文字が掘られている。男はどれを選ぼうか迷いながら手を伸ばし、一瞬止まってから、左端の、ダークとビターのペイズリーを装って飛びかう二層のカカオの影が心鮮やかな個体に触れ、刹那、美しい石塊のような芸術品が醸している甘暗いしめやかな肌を指先で直感した。それから親指と人差し指をいつになく思慮深い蟹の鋏のように動かして、最初のひと粒を、彼らしい品格の精神と慎重さのもとに摘みあげ、特別な意味を持たせるかのように時間をかけて口に含んだ。ペイズリーの趣向をかなえた『夢と現実』は、男の舌を芳しく満たしつつ、その上で綺麗に滑らかにとろけていった。男は、適度なほろ苦さに隠されたほのかな優しい甘気が、先に広がる苦さを追うように味覚の感性を潤していくその密やかな変化を愉しんだ。そして、苦さと甘さの追い追われるようなバランスに生じた奥深い濃淡が、男の心の鈴を静かに鳴らし終えた時、はからずも彼の脳裏は、自身のための善い心掛けを見失ったばかりに、あの懐かしくも切ない日向と日影の追いかけっこの記憶を呼び起こさずにはいられなかった。結局のところ、このささやかな無用心な想起が、どうしても男の遠く長くおおよそもの悲しい時代の情景を、あるいは、そのなかに未だ生き埋もれたままでいる遥かな描写と感情をまざまざしくよみがえらせた。

35

それは半世紀前の自分の面影にほかならなかった。男はまだ何もわからない小さな孤児の男の子だった。ある日の朝、それはなんの予兆もない平凡な朝だったが、アスピリンのにおいがするお婆さんに手を引かれ、電車を乗り継ぎ、乗客の疎らなバスに乗り、辺鄙な土地でバスを降りると、果てしなく続くように思える田舎の砂利道を歩きに歩いて、踵が擦れて痛くなってきた頃、見知らぬ建物に辿り着いた。ひどくお腹が空いていたが黙っていた。すると建物のどこかで学校のような鐘が鳴りだした。鐘の音はいろんな想像をかきたてた。胸のあたりが期待と不安でドキドキした。「ほら、鐘が鳴っているよ」とお婆さんが優しい声で背中をさすった。恥ずかしいので頷かなかった。建物の中に入ると空気がひんやりとしていた。ホールだ。ホールの端に窓口があり、窓口はミルクコーヒー色をした壁の部屋と繋がっていた。人は見えなかった。「ちょっとここで待っていてね」お婆さんはそう言って手を離し、ドアを二度ノックすると部屋に消えて行った。それからお婆さんが戻って来るまで、ちぎれるような思いを全身にたぎらせたまま、目瞬きもせずに、ひたすらドアだけを見て、ほとんど動かずに立ちん坊をしていた。暫くすると、お婆さんは眼鏡をかけた女の人と一緒に出てきた。二人とも笑顔だった。これから確実に何かが起きようとしていた。怖いことなのか。楽しいことなのか。懸けのような心境だった。数分後に来るべき時が来た。お婆さんがしゃがんで頭を撫でながら「さよなら、さよなら。いい子でね。きっといいことがたくさんあるよ」と言った。それが最初であり最後だった。そのあとの膨大な時間は田舎の砂利道の何千倍も果てしなく感じた。とても規則的に朝が来て昼が来て夜が来た。目をまん丸くするような新鮮な驚きはなにもなく、周りの様々な年齢の子供たちは、毎日決まった時間に歓声をあげたり、ぐずったり、輪になったり、泣き叫んだりしていた。

ある日の朝、それはなんの予兆もない平凡な朝だったが、兎小屋の掃除をしていたら、いつもはそんな目をしない兎が、なんともいえない目でじっとこちらを見ていることに気づいた。その目は、何色ものつぶやきに彩られていたが、眼の奥には湖水色をした原石のようなものが潜んでいて、そいつはあきらかに何かを、おそらくすでに充分伝わっている言葉よりも深い何か、真理のような何かを、こちらが拒絶するまで語り続けようとしているのがわかった。――孤独。孤独の眼差しに人も動物もなく、その眼差しはあらゆる魂に宿り、ふとした瞬間、他者の心に忍び寄り、囁いたり、訴えかけたり、惹きつけたり、沈黙したりして、時間を翻弄する。孤独の眼差しに遭遇した心は、自分以外の眼差しのなかに孤独を見いだすことで、初めてその外観を知り、その正体を弄り、そして眼差しが去ったあとには、自分自身のなかの孤独を見いだす破目になる。兎小屋の掃除を終えて外に出ると、水道で手を洗い、ひと気のない廊下を全力で駆け抜け、中庭と繋がっている踊り場の端っこに膝をかかえて座りこんだ。自分自身のなかの孤独が、もうこの目で見ることのできないところまで込みあげてきており、狂おしい嗚咽の震動と共に涙がどっと溢れ出していたからだ。涙が溢れ出ている間は何も考えなかった。ただひたすら泣けばよかった。涙が止まるまで瞼を腫らせばよかった。涙という賜物。泣くという行為。これらはどうにもならない感情を解放するために、そのような心の境涯をもつ哀れな者のために、神が与えてくれた最良の手段だ。もちろん当時はそんな風に思わなかったが、今思うと、泣いてしまえば楽になるという知恵を授からない孤児はいなかったはずだ。いや、むしろ、そう信じたいのだ。というのも、涙にならない孤独こそ辛かった。入口も出口も見えない漠然とした虚しさこそ耐え難かった。しかしこの虚しさを共有してくれる者はいない。それは現在もそうだが――。それだから俺はどんな時も共に居ると感じられるものを手に入れる必要があった。それを見つけられたら俺の人生はもう少し楽しくなるだろう。しつこくつきまとう幽霊のような不気味な虚しさを遠ざけることができるだろう。でもそんなものがこの世にあるだろうか？　俺は考えた。他の子どもたちがキャーキャー叫びながらふざけあっているのを眺めながら、風の集う芝生の上に寝転んで考え続けたが、なかなかみつけられなかった。横にしてみても縦にしてみても逆さにしてみても、この殺伐とした閉ざされた箱のなかの生活からは、何にも出てきやしなかった。でも諦める気にはならなかった。諦めてしまえば俺の人生は確実にお先真っ暗だろうし、それに、それよりも、ある非常に気がかりな興味深い感得、つまり最初はこの気づきが希望的探求の進展要素になり得るか得ないかまで考え及ばなかったが、俺は、いつのまにか、孤児院の敷地内における日なたと日かげの相対としての優劣を、まるで俺自身の魂がそう望み行い知るような心的現象をもって、まるで新たな心情や意欲や精神の誕生証明であるかのような自我と形而からの感的光芒をもって把握していたのだ。

この思いがけない発見が、俺にとってどんなに大きな進歩であるか、すぐにはわからなかったが、じきに、数日後には劇的な閃きをともなってわかってきた。要するに俺は、自分自身が在籍している環境、しごく特異な閉塞感に囲われた狭小な現実の景体に囚われ過ぎていた。俺の人生にふさわしい世界はこの手で触れられるところにしか存在しないと思いこんでいた。でもそうじゃなかった。そうじゃないとは言い切れないかもしれないが、それは誰がきめることでもないと言い切る自信が俺のなかに芽生えた。こうして俺は自分が想像していた道とは違う道を経緯として思考の自由を手に入れたのだ。で――なんだっけ?……決して分離することのない真の運命共同体である日なたと日かげの日常的な推移を、刻々描写の記録法を用いて完璧にマスターした俺が――そうそう、時間とその営みだった。ある頃から――いや、日なたと日かげの優劣的な動きを熱心に根気よく観察し続けた俺は、ある頃から、それらに加えて、時間そのものとその営みについても強く意識し始めた。いつしか、それらが、日なた日かげの規則的な日日変動を所有し表現し網羅する主であり、指揮し操縦する源流であることに気づいたのだ。そしていつしか、ついに、後者は前者の不滅強靭な心臓をもつ永遠の母であろうという思想が、俺のなかに定着した時から、俺は、俺自身が真義として追求すべきものを、観察の最終的な焦点を、後者の頭上に見いだしたのだ。ところが、時間とその営みというものは、日なた日かげとはちょっと——いや、ちょっとどころか全然違っていた。日なたと日かげが、日ごと何処に何時どのように現れ留まり消え、日ごとそれらの何がどういった表情を映じながら何処に変化していくのか、という現象における私心的把握は、ある程度、一般的な理学的解釈のもとに成り立つが、じゃあこの現象を成り立たせている時間自体とその生態および営みは果たして何によって成り立っているのか、という純粋かつ謎めいた問いにおいては、その答えを導いてくれそうな情報や知識すらなく、あるとしても、安易に得られるものとは到底思えなかった。難問だった。俺は大いに悩んだ。そもそも時間というものの存在をどう捉え、どう感じればいいのか、この殺伐とした閉ざされた箱のなかの現実からは、何のヒントも手掛かりも見つけられやしなかった。わかっていることはただひとつ——時間というものだけは、俺がいつ、どこに居て、何をして、どんな気持でいようと、つねに、永遠の母のように、俺と共にいてくれる唯一無二の尊い存在であるだろうということだった。だから俺はどうにかして時間と親密になりたかった。俺の人生に希望の光を注いでくれるに違いないこの者と、深く永く関わるための絶対的な何かを見いだすことに成功し、一生ものの関係を築きたかった。

俺は引き続き大いに悩んだ。夢のなかにいても悩み続けた。夢のなかでそれは、俺の熱望を懐く心象と一緒くたになった時間は、主にも述にもならず、ひたすら海底のようにも宇宙のようにも思える無の限りの空間を意味なしながら、満たしながら、巨大な神秘の動感をもつ広い遠い帳のように美しくゆらめきながら、全能の王に具わる正確な心音を遥か彼方へ轟かせながら、あまりにも不思議な超在的な静黙の力で全周囲を制していた。想像を絶する自然現象のような世界と遭遇した俺は、もとい、俺の心的感覚と視覚と聴覚は、あの時——そうそう、しばし忘我の境地に霞み、ただ朦朧と立ち尽くしたのだ。はじめてあのような感境を、夢の情景に覚醒するような恍惚の焦点を味わったのだ。それで——はて——そうだった、あの時、神の厳かな示唆を感受するのに多少時間がかかったのだ。めくるめく膨張感と硬直感の息吹に猛威をふるわれ、一時不能となった俺の意識は、そのために何度か、神の御声を聞き逃したのだ。ややあって、神の御声を聞いた。その声は声なき声であった。その言葉は言葉なき言葉であった。むろん、言うまでもなく、この世界こそが俺の求めるべき世界、時間とその営みの世界であることを、俺に認識させるための声であり言葉であり、また厳かな示唆であった。そして俺はそのことを認識した。数日後――そうだ！――その数日後のことだ！　俺はとうとう劇的な爆発的な閃きを伴う発見をしたのだ！　発見時に経験した素晴らしいみごとな衝撃と動揺は生涯をもって俺のもっとも新しい輝かしい記憶の宝物であり続けるだろう！　俺の心奥のもっとも貴重な神々しい記念碑として末永く胸裏に保存されるであろう！　然るに、この尊きものを砕こうとは誓って思わない。粉砕して言葉に散らすつもりなど毛頭ない。が、したがって、今、この有意義な機宜を重んずれば、俺は言葉にできる範囲の事柄を語ろう。ここにこのように俺の産物として羅列するものは、神がこの時を選んで俺と俺の産物にそうさせている善いことだから、俺はぜひとも実行しよう。

＊

で――そうそう、穴の発見の動機となった疑問的事象からだっけ。そうだ。その数日後、俺は数日前に授かったえも言われぬ世界、神みずから時間とその営みであると認め示唆したまさに未知への無限な広がりそのものであろう超空間的世界が、いったいどのような形態のうえに生じていたのか、無限とはいえ、あの厳かな壮麗雄大な気流はいったいどこからきてどこへいくのか、あるいはどこからどこに繋がっていくのか、体感中は考えてみる余裕がなかったので、まったくそうしようとは思わなかったが、目覚めてから、俺独自のあらゆる尺度と感覚と観点を投じて、俺自身が許す限り好きなだけ好きなように、かの夢の情景を反芻し考察してみた。その結果が

――穴！　穴だったのだ！　閃きの瞬間に「穴！」と叫んだ俺自身の声をはっきり覚えている！　距離という有益な尺度が夢の記憶に無傷の真実をもたらしたあの瞬間を！　夢を射止まば穴ひとつ！　遠ざかって見よ！　全体を眺めよ！　してその穴を見よ！　別世界に宿る果てなき天地をかくも雄壮に貫く穴を！　穴を覆ているはずの更に果てなき起源空間さえその存在感で圧倒し密閉する穴を！　俺のうちなる世界において万象の母体であろうその穴を！　要するに、俺は穴を発見したのだ。時間こその営みが存生する神秘の超空間はその全体をなす巨大な穴の一空間であることを発見したのである！

　この発見によって、時間と、夢と、穴というものが、俺の頭の中で、ひとつの真の結び目を実らせながら繋がりはじめた。そして、穴の発見の数日後には、更に画期的な発見があった。これら三つの世界というものはおそらく、というのは、現在に至ってもその真相性かつ深層性およびその関係性において明言できることは数少ないからであるが、おそらく時間を軸に、平面的ではなく立体的に繋がっているということである。というのも、俺はそれまで時間というものを平面的に捉えていた。自分の身上と連動している放棄しがたい環境に囚われず自由な感界を持とうと意識していたはずだが、無意識のうちに、やはり眼前を占める現実というフィルター越しにしか、時間の存在を捉えられなかったのだ。時間――この世にも不可思議な存在、こいつと親しくなるには、そうならないように充分意識しているつもりでも、いつのまにか現実を全景とする視点に引き戻されてしまう意識から、理解法を色えば、重度の現実依存症でありその最たる専属鏡である視点から、いかにして抜けだし、本当に自由な感覚や発想や心の視点、いわば内なるもののすべてを持ち続けることが何にもまして重要なのだ。それが時間探究者の原点なのだ。そこが少しでも揺らいでしまえば時間を知ることはできない。知ることができないばかりでなく、かえって時間という強者に都合よく翻弄されるだろう。そして、突然そのことを悟る時、実際には何の収穫も得られぬまま、信じがたいほどの長き年月をダラダラと浪費したことに気づく時、これこそが時間の無駄であったのだと、強く激しく燃えるような自己喪失の念に駆られる破目にさえなるのだ。そういう奴は才能がないのだ。つまり時間を探る作業とは一種の特殊な才能にほかならない。そして俺はその類稀な才能に恵まれたと言えるだろう。つまり興味のある分だけ詳しいというわけだ。――底なしの興味。人生を豊かにする最強の術だ。俺は、今この瞬間もどこかの孤児院で、過去の俺とおなじ思いに苛まれているだろう孤児たちに、この最強の術こそが人生にとって極力有効な手段だということを、知ってもらいたいと思う。しかしそれより先に、俺はもっと知りたいのだ。俺自身が知りたいのだ。知られざる時間と夢と穴の世界を。これらに関する可能な限りのテーマと関わり、自分の研究に存分没頭したいのだ。俺の探究心は衰えることがない。それどころか今も加速している。なぜなら――なぜ？……何を言おうとしたんだっけ？――ま、いいか――で――そうそう、その後だ。その後、時間を立体的に捉える感覚が身についてくると、俺の中で、時間というものが飛躍的に猛進的に拡張し始めたのだ。要するに、俺は、時間という存在が、学校の授業で習った過去・現在・未来の三つの時制にとどまるという説示を疑い始めた。そしてそれ以外の時空の景色を日夜想像しては、時間が存在する空間はこれら三つの時制のみならず、俺たちが意識したり実感する領域の外には、未知の時空をまるで姿なき生物のように行き来する何か自由自在な遥かな豊かなもの、果てなき永遠の記憶と経験に満たされ彩られた時界のもつ生命のうねりのようなものが存在し、そしてまたこのような世界、いうなれば現実主義者がとことん嘲り馬鹿にしたくなるであろう世界、確かに痛く幻想めいているかもしれないが、神秘という領域的表現や心象的感覚がこの世にあるかぎりその存在価値にあたいする世界、というものが必ずや存在しているだろうという信念を固めたのだ。

――それからのことはもう喋るまい。もう思い出すまい。それからのことはすべてここにあるのだ。ほら……パリの夜景だ。心に染みいるような炎をもつ情緒だ。まるで俺を優しく見守っているふりをしている魅力的な女のようだ。この夜景を眺めながら、やけにぐんにゃりとした気持でいるのは、今この時、パリじゅうで俺だけだろうか？　そうなら嬉しいが、世間というものはそんなことすら思いどおりにならない。俺よりも遥かにぐんにゃりとした気持を患う人間が、この界隈ではわからんが、少なくともパリ市内には何人かいるだろうな。とにかく今夜の俺の姿はパリの輝きを背景にしてくすんでいる。心が妙に萎えている。面白いくらいに情けない顔をしている……さてはチョコレートが効いてきたのかな？　そういやあ、俺がチョコレートで酔うことを知っているのは、世界中でこの俺だけだよ。これは笑い話かな？　それとも泣ける話かな？　どっちにしても微笑ましい話だ。男はそう思うことにして力なく微笑んだ。ル・エデンの『夢と現実』か……夢も現実もほろ苦くて儚かった——おや、この声は、俺の魂よ、お前の声だね、深い安らかな哀れみに満ちたつぶやきの声だね——そうさ、俺は今、お前がこんなにも愛おしいのだ……この豊かな哀しみはお前のものだろうか、それとも俺自身のものだろうか……どちらにしても——ああ、俺はすっかり酔っぱらったようだ……。

＊

ムーグ・サンブルアンムーグは、空になったチョコレートの箱を捨てようとして立ちあがった瞬間、少しよろけた。どうやらすっかり酔いがまわったらしかった。数メートル先のゴミ箱まで、漁船客の不慣れな歩行みたいにゆらゆらと揺れまくる重心を辛うじて支えながら、何かにそっと寄り添いたいような心の雰囲気をぶらさげながら、夜更けの部屋をさまよい、ようやくゴミ箱とおぼしき微少な穴に辿り着くと、穴が本物のゴミ箱であることを確認し、真上からチョコレートの空箱を穴底に落とした。穴は、チョコレートの匂いが居残る立体的な暗闇を、お行儀よくすぽんと飲みこんだ。ムーグ氏はこの穴のこぢんまりとした端正な大きさと深さに魅かれたので、この穴に寄り添おうと思った気がしたはずだったが、酔っぱらいの目眩んだ気紛れに邪魔されてやっぱり止めにすると、半身をUターンさせてパリの夜景に急接近し、窓際の床に座りこんだ。膝を抱えながら、夜の帳に寄り添っていると、半世紀前の日々が故障中の走馬灯のように、変調なリズムで脳裏をかすめていった。ムーグ・サンブルアンムーグはもっとも静かな孤独な穏やかな時間の波に流されていた。波は黒く鈍く鋭い光彩を放ちながら柔らかく揺らめき、夜と闇とのあいだに魂の曖昧な足跡をつけようとしていた。ムーグ・サンブルアンムーグは神父のような仕草で彼の魂に触れ、マリネット＝ルックラック・ガストン・ド・ソレル王女に心からさようならを言った。

36

ランソワは、時間を持て余すことがないように、五時十分に目覚ましをセットし、五時十五分に目覚めた。目覚めの気分は良く、どの夏ともまったく見分けがつかない爽快な夏の早朝だった。ランソワは、去年の今日あたりも、確かこの部屋のこの場所で、同じことを考えた自分の様子を思い出していた。そしてほんの一部分か、よくても全体の半分程度しか覚えちゃいないこれまでの人生を、絶え間ない忘却のおかげで健常に成り立っている人生の仕組みを、その仕組みによって救われる精神的部分と辛くなる肉体的部分が負うそれぞれの苦楽を、人生というシステムに生じる甚だ画一的なメリットとデメリットの極限的見地にまでぐいと引っ張り、輪ゴム飛ばしを真似て一気に手離した。輪ゴムは、完全に音を消したテレビ中央で棒を振りかざしているお天気お姉さんの額に勢いよく命中し、どこかに跳ね返ってそのまま行方を晦ました。ランソワはこんな他愛もないちょっとした独り遊びが、たまにだけれども、未来の隙を忍び狙う悪運の使者みたいな刹那から即刻ブロックしてくれること、そして何時となく加護の施しのように思えるこのささやかな儀式が当座の人生を善きものにしてくれること、また、輪ゴム飛ばしのほかにも、知恵と明言し難い知恵、ランソワ自身にだけ通用する極小趣味の知恵の類を真剣に信じ、それがあるがままの意識に降り立ち触れるとき、目先の運勢を更生するための好ましい愉快な秘儀身術として不定期に嗜み親しんでいた。とはいえ、無意識に実践している回数を含めると、実践総数は相当なものかもしれず、総頻度は日夜の歯磨きにおけるそれとたいして変わらぬかもしれず、とにもかくにも、それでなんとか人生の瞬間々を生き延びていた。要するにランソワの気分は上々だった。鼻歌まじりにシャツとジーンズと腕時計を身に付け、ジンクスのようにはいかないが、丹念に顔を洗い、それからキッチンへ行き、冷蔵庫から賞味期限が一日過ぎているレモンジュースを出して飲んだ。空腹で乗り物に乗ると酔う性質なので、以前に比べて穴が五割ほど引き伸ばされたと噂のクラッカーを二枚齧った。五時四十分だった。そろそろ速やかに出発するべきだった。家の中はまだしんとしており、なんの物音もしなかった。ジャブランとシャジョンヌ姉妹は二人とも、それぞれの部屋で夢抜きの実質的睡眠のまっ最中だった。ランソワはどちらにも声掛けをしなかった。短い旅だろうが長い旅だろうが、朝が早い旅の出発時には、誰とも話さずにいるのが望ましかったからである。するとその時、二階の一方の部屋から、毛布を床に落としたような、しごく柔らかい物音の気配がした。ランソワは動じなかった。そろり足で玄関まで行き、トロリーバッグを持ちあげながら静かにドアを開け、玄関を跨いで外に出ると、また静かにドアを閉め、ドアの外の鍵掛けは、ここまで来たらもう安心と厳戒的な静寂維持の態勢を解除したので、普通にガチャガチャと回した。家から出てしまうとすっきりした。あとはドアから数メートル離れたところにある門までトロリーバッグを倒さないように持っていき、門を出たら外側からポストと繋がっている紐つきの鍵をかけて、最後はポストに家の鍵と門の紐鍵を入れておくだけだ。ランソワは難なくすべてを終わらせた。当然のことだが、難なくとは作業の難ではなくランソワ自身の気分の難である。

　門の前でランソワは三十秒ほどその場に立っていた。門をよく見れば、蝶番の左と右の高さがチグハグでガタピシャだし、真緑のペンキ塗装は至る所にデコボコした斑があってみっともなかった。ランソワはもっと早く気づいて直してやればよかったと思った。家の前に立って眺め入る早朝の景色は、去年の今朝あたりと三百六十度ほぼ変わりがなく、深呼吸は田舎の清らに澄みわたる精彩豊かな空気のにおいがした。太陽の輪郭はまだ見えなかった。砂利道もまだ適度な湿気の上で眠っていた。ランソワは歩き出した。砂利たちがランソワの歩調に合わせておとなしめにジャリジャリといい、トロリーバッグはお構いなしの引っ切りなしにガラガラいった。この二つの音のコラボレーションは、周囲の住民たちの心地よく閉じられた瞼の奥に、ご近所の誰かが早朝出発のバカンス旅行に出る光景をうっすらと描かせた。二軒隣の色褪せたラクダ色のレトリバーだけが実際に反応した。レトリバーは、砂利道側に向けた耳をピクリと動かすと、同じ側の重く被さった瞼をよいしょとこじ開け、われらの安眠をたとえちょっぴりであろうとも妨害している人物をチラリと見たが、その正体が二軒隣のランソワだとわかると、ナンダオマエカという顔をしただけで再び眠りについた。ランソワ・ボーシットは腕時計を見た。五時五十分だった。

*

バス停に着くと、六時二十二分発のバスは、予約券と乗客の数がぴったり合うのを待っていた。十名ほどの乗客がすでに乗り込み、各自の眠気と意気を各自のポーズで現しながら、各自の視界が窓越しに捉えているものをぼんやりと見ていた。ランソワは躊躇することなくバスのステップを上がり、がたいのいい運転手の男にチケットを渡すと、真ん中あたりの窓側の席に座った。バスはまもなく何のアナウンスもなしに動きだした。ランソワは大型バスが動き出していることに気づく瞬間を愉しみ、バスが動きだすと同時に動かなくなるランソワ自身の思考の習慣的仕組みを愉しみ、ここからは窓に映る景色をただひたすら眺めながら何思うでもなく時を過ごすのだという純真な期待を愉しんだ。夏休みに利用する大型バスの中でこれ以外の過ごし方をしたことはなかった。この過ごし方はランソワの強いこだわりといってよかった。つまりコートダジュールの海岸線を走る大型バスの中で、窓の外の景色から一時たりとも目を離すなんざ邪道であり、最初から読書をしたり音楽を聴くなんざこれなんかは邪道どころか罪悪であり、唯一許されることといえば、紫外線防止強化ガラスの向こうからでも容赦なく照りつける太陽光にあたりすぎて頭痛がしそうな時だけそっと目を閉じて暫く眠ることだった。要するにランソワはコートダジュールびいきの本格的おのぼりさんだった。もちろん今回だってそうだった。海岸線が見えてくるまでの山の傾斜一帯を覆う緑が実に素晴らしく、バスの中にいても咽かえるような色濃き生命の壮大な連なりは圧巻で、ランソワはその景色から片時も目を離さなかった。まるで目瞬きひとつさえ惜しんで食い入るように画面を見つめる映画おたく、そう、名作の魅力を味わい尽くそうと貪欲に鑑賞し続ける敬虔な映画愛好者のようだった。名作中の名作がノーカットで上映され、その余韻が確かな想念になりかける頃合と同じくらいの時間が経過すると、いよいよ紺碧の海岸線がその姿を現すのだが、この気配がしてから実際に見えてくるまでの何とも言えない胸の高鳴りとさざ波のような待ち焦がれの歯痒さが、ランソワにとってはこれまた堪らない至福の時だった。その感動的な頂点の瞬間はどんなに注意して見ていても不意を突いてやってきた。もうあとひとつかふたつ先のカーブを曲がり終えたところで、来る来る、さあ来るぞ、と集中して身構えようも、必ず予想だにしない方角から予想だにしない妖術を用いて現れた。もちろん今回だってそうだった。棕櫚の並木をまだかなり遠い前方にチラリと見た気がした途端、もうランソワは今か今かとそわそわし始めた。そして紺碧と名のつく海岸の登場を、今度こそ自分の視界の中に見いだす焦心たる希望を抱きながら、その劇的瞬間を待ち構えていた。が、やっぱり今回も紺碧海岸はランソワの期待を裏切り、視界と視野のあいだのどことといえないただもっともさりげないところから、遠いのか近いのかよくわからないどこにも見あたらない地平線の右端を走りゆくギザギザした曲線の瞬点みたいなところから、その姿を現した。「――ああ、見えてきたぞ――」とランソワは心の中でつぶやいた。最初はシャブランの端切れ箱に丸めて押しこまれている残布の一片にしか見えなかったアジュールが、みるみるうちに、ぐんぐんと、大きく広く膨らんでいき、慈しい麗しい魂をもつアジュールになっていく。ランソワは息を凝らし、待ち焦がれた輝かしいアジュールブルーの世界が自身の視界と視野を鮮やかに雄快にまっとうしつつある有様を、滑らかに移りゆくその美しい豊かな流景がランソワ自身の瞬間瞬間をとっくりと魅了する有様を、幼年時代のランソワ自身に堅く実った真心の眼で眺め崇めていた。

そろそろ十一時になろうとしていた。どこからともなくため息やあくびや「――う、ううん」という背伸びの声なんかが聞こえてきた。気の早い乗客は、ほとんどの乗客が気早かったが、シートベルトを外して荷物を整理したり、携帯電話を弄って誰かと連絡を取りあったり、身なりを整えて化粧を直したり、ポケットを叩いて所持品を確認したり、初めて自分以外の搭乗者とささやかな会話を交わしたりしていた。バスは、どこまでも続く棕櫚たちに先導されながら、彼らの華やかな垢抜けた装飾と風気によってかぐわしく整い保たれている目抜き通りを、街の中心部に向かって迷いなく進んでいった。一メートル進むごとに、目抜き通りの海側じゃない方の景色は、アジュールブルーの精神と美徳を充分に象徴しひきたてるための白、つまり白を基調とするカフェやブティック等の連繋的外観に即していき、海側の歩道は、何メートル進もうと、どこだってランソワのようなコートダジュールびいきのおのぼりさんたちでそぞろ賑わっていた。まもなくバスは何のアナウンスもなくカンヌに到着した。乗客たちは一人ずつ、順番に各自の気取りと足取りを体現しながらステップを降り、両の踵が地上に着すると、坦懐な歩調で各自のバカンスが待つ方角へ散っていった。

37

バスを降りるとクロワゼット通り特有の香りが漂っていた。ランソワにとってはこの香りがカンヌの香りだった。香りがどこから漂ってくるのかというと、むろん道ゆく人々の体や体に纏っている色とりどりな布きれからだと思われたが、人々が皆おなじ香水やコロンをつけているわけではないのに、どうしてもあるひとつの香りが、通り全体をほんのりと包み漂っているように思えてならないランソワだった。それで三年前の夏、カフェ・クロワゼットで隣に居あわせた婦人に、この香気の名称と由縁を訊ねてみた。するとカフェの常連らしき中年女性は、思いがけない質問に大変満足しているという意志を表明するアメリカ大統領のように、ゆっくりと威儀深く首を縦に一往復させてから「教えてあげましょう。この香りはニナリッチのシニョリッチよ」と自信たっぷりに香りの名称だけを語った。由縁を無視した簡潔完璧な答えだった。ランソワは吹きださなかった。吹きだす理由がなかったからである。同日の夕方、アンティーブ通りの香水店に立ち寄り、ニナリッチのシニョリッチを嗅いでみたところ、なるほど、それはランソワがクロワゼット通りの嗅覚的象徴として留意している香りとほぼ一致し、また、婦人がこの件に関して偽りなき由縁を知る者であろうという万が一の未来的憶測とも一致した。さらに、店の硝子ケースに置かれていた『香水の世界』を手に取ってみたところ、そのプロフィール――シニョリッチは地中海を感じさせる鮮やかでオーソドックスな調香であり、セニョールとニナリッチの造語であるシニョリッチはミスター・リッチの偶像を意味するものであり、そもそもニナリッチは創業者であるマダム・ニナリッチと息子のロバート・ニナリッチが創築したパリモード発最高峰ブランドであり、香水分野においては、優雅の古典『レール・デュ・タン』が大ヒットし、この成功から、香水デザイナーとしても世界に認められたニナリッチである――は、ランソワのさりげない好奇心を満たすべきものと一致し、かくして、結果的に、淡く漂うほどのシニョリッチならばランソワが魅力を感じる匂いと一致し、また、かような嗜好感覚をもつランソワにとって、クロワゼット通りを象徴するほのかな微香がシニョリッチのそれと一致することは、彼自身のあるような無いような世俗的願望を満たすべきもののごく一部とほぼ一致しているように思われた。

ところで、この件を想起しているうちに、ランソワの鳥籠みたいな脳裏を「クロワゼットはシニョリッチ」というフレーズが、陽気なオウムの言遊びみたいな調子で反復しはじめた。いや、気づいた時には、ランソワの脳裏みたいな鳥籠のなかを、このなんとなく楽しい語呂のリズムが、ヒラヒラクルクルと、軽快な曲調に乗りながら、カーニバルの沿道を舞う散羽みたいに回旋していたのだ。意識して聴いてみると、フレーズと曲調は全然あっておらず、けれども曲調に嬉しい懐かしい親しみを覚えたので、なお、ひと通り聴いてみると、それは――そう！　あの『サンバドーロ』だった！　正確にいうと、セルジオ・メンデスの、ジャラジャラいうたくさんの首飾りみたいに賑やかしい『サンバドーロ』だった！　曲はえんえんと繰り返された。まるで深く長い傷溝に嵌った音源事故みたいに終わりそうもなかった。ランソワは秘密の歓びをもって秘密のカーニバルを味わった。愛に満ちた遠い夢が奏でる陽気な反響を、軽快な祭典を、豊かな音楽の恵みを、ランソワ自身のうちなる耳と心で慈しみ共有した。そしてこの心地よい愉しい高揚を秘め抱きながら、大きな水色の空の眼下へ踏み出し、意気揚々とクロワゼット通りの華やかな生気に身を預けた。

二百メートルほど進むと、ランソワは右側の角にいつものブロマイド屋を見つけ、その同じ瞬間、ランソワ・ボーシットは自分自身がカンヌのクロワゼット通りで右側の角にいつものブロマイド屋を見つけた瞬間を見た。ランソワの高揚した心が弾けるように膨張して、普段のランソワ自身から飛び出してしまったため、ランソワ・ボーシットの目に映ったのである。ランソワはランソワ・ボーシットの視線に気づき、ふと自分自身が見える瞬間が点なのか線なのか、すなわち瞬間的に見えるだけなのか、あるいはそのまま暫く見え続けるのか、感じ取ってみようとしたが、過去の統計的感触にならって、つまり圧倒的に点の方が印象強く神秘的な出来事であろうという思いこみに邪魔されてできなかった。現在の実況的感触はといえば、ブロマイド屋の角をひんやりとした日影の脇道に曲がったあとも、背後にランソワ・ボーシットの視線を感じていた。自分自身の視線を感じている時、彼は、ここにある一瞬や数瞬間が彼という肉体を共有し認識しあうふたつの密な人格的視界として存在していることを感じ取り、そして角度を違えた両者の視線が、なんらかの外的気流によって擬人化された主観性と客観的の対比的な視線ではなく、紛れのない内的気流によって生じた自分自身同士の同等なふたつの視線であることを感じ取っていた。彼にはこれらの視線たち、すなわちランソワとランソワ・ボーシットの視線が、両者のあいだに定められた暗黙のルールに則って、ひとときのランデ・ヴーを興じているように思えた。ランデ・ヴーという単語が刹那的に彼の人生を明るく単純な真実にした。そこから芋蔓式に引きだされそうな言葉や文字や声は何ひとつ感じられず、ただ太陽という無二の輝きのなかで無邪気にはしゃぎあう光たちの精気だけが、黄金色のオーラのように彼の意識をぐるりと取り巻いていたからである。彼は、光たちがあやなす生に湧く煌めきの気配を満喫しながら、時間が絶えず産み落としていく部分的でも連続的でもある現実のみずみずしい形容を心と体の両方で感じ取り、また一方では、心躍る夏が実りの秋を経てきびしい冬に変貌するような形影、事実なのか夢なのか見分けのつかない極度に物寂しげで多情な数々の場面が、いつしか、こうしている間も、わずかな記憶と経験をもつ自分自身の現のうえに、虚しく朽ち細りゆく影を落としながら、重々しく堆積していく形情のようなものをも感じ取っていた。彼は胸騒ぎに似た騒めかしさを覚えた。精力的な真夏の大きな気体が、彼の不可視な世界の何もかもをそのなかに閉じこめ、余勢で、彼の心壊に真冬の墓場そっくりな冷たい落とし穴を掘りはじめていた。時は透色に暈けた光波の途上を滑らかに進んでいた。その間、少なくとも数十秒以上、彼の意識は自由を極めていた。無意識に盲巡する小蝿のようにランソワとランソワ・ボーシットの間をいたずらにさまよい続け、やがて戻るべき場所を悟ると、ランソワの意識はおとなしくランソワ自身を取り戻した。

*

かくしてランソワは、クロワゼット通りでいくつかの妄想的情景にとらわれ、インターコンチネンタルホテルの裏道では、それらの情景が今のこの瞬間に引き寄せようと思えばできなくもないほど近い未来にもたらそうとしている出来事から漂ってくるミステリアスな残り香を嗅いだ。シニョリッチではなかった。癖のあるトロピカルフルーツのような扇情的でべとつくにおいだった。ランソワは鼻孔をピクピク動かして前方の景色を探ってみる。すると、太陽の日差しとまじわったことのない寡黙な痩せっぽちな青白い壁に、一輪の花が咲いているのが見えた。花は小さくなかった。小さいどころかたいそう大きく、少なくとも十四、五歳の少女くらい、いやもっと、十七、八歳の女くらいあって、花というより人間の女に見えた。実際、それは花ではなく女であるらしかった。ハイビスカスの花弁をイメージして大量に生産されたであろうフレアスカートから、小麦色に焼けた夏用の脚がにょきにょきと地面に向かって生えており、それらの先端は白い紐サンダルと絡まっている。そして壁に軽くもたれかかりながら、なんとなくこちらを見ているのだ。ランソワは、自分の体が女の真横に到達するまでの間、およそ二十秒たらずだったが、もっとも自然なまじわり方で女の視線をかわすことだけを考え、そう考えているうちに、女の真横に到達した。到達点でランソワと女の視線は、見知らぬ者同士のエチケット程度にまじわった。ランソワは、自分の前方に女が見えなくなってからも、南国の果実に似た甘ったるい濃密なにおいが、一滴のなまぬるい水の残響を運ぶような風に乗って、背中をかすめ撫でるのを感じた。それはなんらかの感触だった。直感的で肉感的で神秘的で架空的で懐裡的で、夢の余韻のようであり序章のようであり、現実の告知のようであり省察のようでもあり、はたまた一種の妖気のようでもあった。この感触が霊感というものなら、ランソワは生まれて初めて霊感がもたらした明瞭な希代な印象を、強いアピール性のある情報として味わった。当然のことながら、霊感がもたらした情報は、理性で肉づけされた言葉ではなく、理性に媚びることを覚えない言葉の原形が猥雑に群がる夢想でしかなかったので、ランソワはそれを意識の腹に抱いてあたため、言葉に孵化させて、単なる過去の景色のなかに飛びたたせてやらなければならなかった。そこでさっそく夢想を腹の下に押しこみ、言葉をひねりだそうと試みたものの、言葉らしきものが生まれそうな気配は微塵も感じられなかった。だからどうだということはなにもなかった。印象的な過去の一コマが思い通りに完了しないからといって、そんなことは記憶の対象になり得やしないんだし、それに音にならない音楽が音になる音楽よりも多くの可能性を秘めているように、言葉にならない想念、それが視線のまじわりによって生じたものなら尚のこと、その深遠でほとんど生理的といっていいような存在感というものは、言葉になる想念と比較にならないほどの浸透力と影響力を以て、しばしランソワの脳裏を魅了したからである。とはいえ、視線というものが残す靄のような雰囲気、そのどことなく神妙な意向を持ちあわせているように思える言葉の前身を言葉にする作業は、少なくとも数十秒か数百秒の間、ランソワの心を完全に独占し、言葉らしきものの気配が微塵も感じられないところにたどりつくと、そこでようやくこの作業が自分にとって極めて難しい作業であり、一度だって言葉にできた例をもたないという記憶の片鱗が、数メートル先の景色のうえにぼんやりとよみがえってくるのだった。そしてこれがゴールだった。実際、今、ランソワの目には、太陽に尻をむけて自分の棲界に浸りたがっている猫の目の色――そう、あの猫の目の色彩こそは巡礼宿を満たす薄墨がかった自然光の分身に違いないが――その聖なる翳りを我がもの顔で身に据えたホテルのエントランスが映りはじめていた。エントランスは半分眠っているような巨眼の鰐に、ホテル全体はそれらの棲家として半分生きているような巨躯の水槽に見えた。それらの出現はランソワの脳裏を直にほどよく揺動し、現実のレールに引き戻した。現実はいつだって出入りの激しいランソワにただいまの挨拶を要求しやしなかったが、ここ数年前からその代償を無数に払わされているような気がしてならないランソワは、そのことを意識した時だけ、つまり今回は自分から、今しがたの出来事は夏休みの出来事として好ましかったように思う、とひどく大雑把ではあるが出来立てほやほやの過去をただいまの挨拶にかえて報告する。そして、何もなかったように、目指すホテルのドアを回転させ、歩み入り、永遠の時に表情を擬している牡鹿の真下で、この瞬間によき笑みを投じている身綺麗な老女と対面する。「こんにちは。予約はしてないけれども部屋はありますか？　できれば海側で浴槽付きの部屋がいいんだけど――」

＊

ふくよかな鶏ガラといった感じの長首をサフラン色の鬣風フリルで美しく飾りたてた女支配人は、微かに震える老声を張って「もちろんですとも。ばっちり海側で浴槽つきの部屋が今すぐにご用意できますわ。前のお客様がチェックアウトされてから一日以上経つから人のぬくもりひとつ残っちゃいませんよ」と答え、完璧な微笑でランソワの反応を見た。老女はひとつ前の夏のことなどまったく記憶にないようだった。ランソワは、ねえマダム、僕のこと憶えてやしませんか、一年前にもお邪魔してここ、そうだ、この牡鹿の剥製の真下であなたと同じやりとりをしたんですよ、と老女に言うべきか言わずにおくべきか迷ったが、結局、「ありますか。そりゃよかった。なによりだ。じゃあサインを」と素直な安堵を示すだけにとどめ、右手でペンを動かすジェスチャーをして用紙とボールペンを催促しただけだった。ランソワは、シャブラン姉妹と同世代の現役女支配人に社会的敬意の念を懐きつつ、チェックインを済ませ、部屋の場所はだいたいわかるから自分で行きますよ、と体よく申し出て部屋の鍵をもらうと、荷物を片手でひょいと持ちあげ、トントントンと弾むような足取りで中央の螺旋階段を上っていった。若い男の後ろ姿をうっとりとした眼で見送った女支配人は、老女以外の何者でもない老女の顔で、というのは若い人に見惚れると決まって支配人のお面が外れちゃうからだが、要するに、ただの老女である女支配人は「若いからできることだわ」と無意識に若き日のジャンヌ・モローを意識して密やかな危うい低音でささやく。ランソワは三次元曲線のカーブに沿って縦の空間を三周し終えると、階段の手摺りからぐいと身を乗り出して底辺の状況を見おろした。すると、すでに息絶えてはいるが、今この瞬間の温気をまだ充分に残している過ぎ去りし時間の亡骸が、すぐ上の未来から誤って落ちてくるかもしれない生贄を待っているのが見えた。あんぐりと開いた口の天井は、白と黒の真偽カードで巧みに構成されたチェッカーフラッグによってテラテラと冷たく薄暗く光り、隙あらばランソワを時空の逆流に引きずり込もうと怪しく手招きしていた。と同時に、過去たちの餓えた欲望と渇きの果ては呆気なく虚しかった。なぜならランソワの心は今、年に一度の素晴らしいひとときを思うだけの念頭で充実しており、その思いは過去たちの欲望と渇きよりもいっそう怪しく餓えていたからである。よってランソワは、それらを独自の幼稚な優越性に感う自我の眼で見おろし、なんだかすごく面倒な奴と出くわした気分になった。と同時にまた、誰をというわけではないが自身よりもいっそう要領のいい青年を装って、ひどく高圧的な言葉を下界に吐き捨てたような錯覚、そう、短い悪の錯覚に陥り、重複して目覚めた刹那、手摺りから乗り出している自身の体を引き戻し、いつしかの角度に正した。そして、何もなかったように、静まりかえった移動空間を今度は平面に沿ってまっすぐ進んだ。突きあたりまで。突きあたりのドアまで。ドアは「卵殻色のドア」という表現がふさわしいドアで、絵のないタロットカードのような印象をランソワにあたえた。ランソワは、ドアの手前に広がる世界の最南端で立ち止まり、部屋と鍵の番号が一致することを確認しながら、この行為が一枚の板で隔てられたふたつの時間を照合する作業であることに不思議な魅力を感じたが、その間、ランソワの思考を牛耳る奥深い部分は、どちらの時間にも通用する百分の一秒を数えていた。照合を終えると、その十倍の時間をかけて卵殻色のドアを押し開け、交わろうか交わるまいか迷っているふたつの時間を引き裂くように、未知のあわいから部屋の中へ青いトロリーバッグを運び入れた。ドアがおもむろに閉まり、まじりけのないひとつの時間がランソワを丁重に迎え入れた。時間は空間とぴったり一致しており、空間を満たしている静寂のボリュームはランソワの好みにあっていた。ランソワは、自分自身に安堵の沈黙を示したが、それだけでは物足りない気がしたので、ありのままの言葉を得ながら同者に話しかけた。

——ねえ、この世の出来事のすべては、そう感じられるすべてが、僕のその感覚の対象物だけが、僕の所有する現実という世界であると、僕は信じて疑わない。この現実こそが「有限」の、また、それ以外のものに感じられるすべてが「無限」の、それぞれがそれぞれの「起」であり「源」であると、僕は信じて疑わない。実のところ、僕の感覚は、僕自身に棲む魂の欲するまま、その術が導くまま、共に、いや、僕自身は永久に僕ひとりである夢想者のように、ふたつの、後者は幽玄と繁茂する秘密の森に思えてならないふたつの世界を、それらの知られざる境界線すらただの一度も知ることなく、絶えずうつろい歩きまわっている。そうしながら、僕はこの真実を、このようにくまなく知り覚り、そうすることは、僕のもっとも有益な興味深い愉しみ、幸福の悦ばしい自為であり、そして、そうするには、僕が僕自身に棲む魂のありのままを何より固く信じ、慈しみ、その意志と意欲のすべてを受け入れ、全瞬間の情景と感覚にこの身を委ねさえすればいいんだ。そう、今この瞬間の僕のようにね――

38

マリネット＝ルックラック・ガストン・ド・ソレルは、ここに着いてしばらくの間、体内に染みついた送り花の匂いが原因で、ひどい頭痛に悩まされた。ここ。というのは、ここが天国かどうかわからなかったし、確かめようがなかったからである。ただ死後に辿り着いた居心地のいい場所というのが適切な表現だった。唯一、誰に確かめなくてもわかっていることは、現実という認識で慣れ親しんできた二十五年と五か月の生涯が終わり、終わってみたら、とこしえの眠りではなく、とっぷり眠ったあとは自然と目が覚め、いったいここがどこなのか見当もつかないが、どう考えてみても、これまでの現実世界とは一線を画している世界に自分が存在しているということだった。「この世界を見よ。そして見いだせよ」とルックラックの心がつぶやき、心の指示にその目と眼が従う。まず、見渡すかぎりひとつの空間が続いており、空間全体を浄め充たしているどことなく妙に澄みきった気体の鮮度は、ここが未知の世界であることを十分に物語っている。また、距離感がまったく計れないが彼方といっていい距離の上方に伸び広がる美しく色づいた一帯、それはルックラックが死の直前に見惚れていた夜明けの空の色彩に他ならず、これに関しては、わたしの一番好きだった生前の景色がこの場所に生かされているってわけね、ふうん、なかなか気の利いたアイデアだわ、と勝手に解釈したが、この妙理をもつようなしごく現象的な眺望だって、この場所が現実世界で言うところの天国だという事実、もとい、天国であろうという濃厚な心証をルックラックの判断にもたらす一種の事実として十分だった。

自分が今いる場所についてそれ以上詮索する気はさらさらなかった。どうやらここが、まるで自由のサンクチュアリみたいなこの空間世界が、自分の死後の居場所であることに違いなさそうだし、どのような類の自由であれ、とにかく自由であるうえに、情感と思考の機能に関しては、どうやら生きていた時分の活動となんら変わりがなさそうに思えたからである。が、自由すぎて死ぬほど退屈だった。ルックラックは『死ぬほど』という語彙、生前はまったく使わなかったこの副詞を、死後である今、あたかも散々使ってきた親しい言葉のように、ごく自然に用いている自分が思わず可笑しかった。そしてひどくつまらないのにくすりと笑い、笑いかける人がいないってつまらない、と宙にささやきかけながら、メルヘンチックな湿気と弾力を具えた羊色の寝台に身を投げ出し、あおむけになって、新しいのか古いのか考えてみたくなるような趣がどことなく鬱陶しい空の大地を、なぜかどうしても心に薄曇るような風合がしっくりこない乳白色の海原を、ぼんやりと眺めた。おなじ色の静寂が、真空酵母のように、神殿遺跡のように世界を浸し、完全無欠な公共施設のようにルックラックの意識をどこからともなく透視していた。——ああ！　この静寂ときたら！　静寂の集大成のようなこの静寂ときたら！　わたしにとってはのっぺらぼうな黙でしかないこの静寂ときたら！　ああ！　これが天国ならば、天国なんかもうこりごり！　やりきれない！　ルックラックは羊色のシーツの上で、いろんな星座のかたちに肢体をのさばらせながら、いろんなことをとりとめもなく回想しはじめた。

＊

回想の風景は、さまざまな大きさの場面たちでひしめきあい、場面たちは皆、今のルックラックの情感と思考、いや、今じゃそれらのみであるルックラックのそれらだが、それらの綾が丹念に巧妙に編みこまれている美しいヴェールを装っていた。どの場面も、快い風と戯れる水面のように、表情豊かなみずみずしい揺らめきで醸されており、ルックラックの脳裏を優雅に回転していた。——それは悟りにくい光冠を宿すメリーゴーランドだった。ルックラックの回想の輪舞を形成している場面の数がメリーゴーランドの飾り馬の数と一致することは、なぜメリーゴーランドがその前に立つ者の目をひきつけるのか、その真理をやんわりと暗示していた。ルックラックは、選ばれた十四の場面が軽やかなアップダウンの曲線を描きながら、目前を何度も何度も通過していくのを見送った。十四番目の場面が通りすがる度にルックラックの気をひいた。場面は、ルックラックの人生の終末期に生じた場面、いくつかの非常に好ましい印象をもつ場面たちからなる場面であり、これらは『人生がもう少し長ければ』というタイトルの魅惑的な主題曲つき恋愛自由詩のように、ルックラックの想念を執拗に占領しているのだった。要するに、ルックラックの人生がもう少し長ければ、出会ったばかりのランソワ・ボーシットと恋愛を前提とした再会を果たしたに違いなく、そうなれば二人の関係性はなんかしらの恋愛的発展を遂げ、更に、恋愛的欲情に則したなんかしらの行為に及んだかもしれなかった。が、結局は果たせず、遂げられず、及ばなかった。ルックラックは自らの黙で回想を終わらせ、メリーゴーランドのスイッチを切った。すると脳裏にランソワの面影だけが残った。微笑んじゃいないが彼自身の中でしっかりと何かを愉しんでいるような表情と、とぼけちゃいないが彼自身の中で恍惚的に何かと何かの辻褄をあわせようとしているような表情が、恋愛的夢想につきもののふわふわした幸福感、なんともいえない喜びと憂いにさきだつ幸福感を伴いながら、ルックラックの脳裏を満たしていた。事実、ランソワの面影に浸っている時、決まってルックラックが感じる気分、春の陽気に漂うような甘さと切なさで彩られた二色使いの気分は、とりわけ相性のいいふたつの心的雰囲気が共存するという点において、本当の幸福感と言えるものだった。ルックラックは色違いのワンピースを着た双子の姉妹のような甘さと切なさに、それぞれ正確な説明を添えることができた。すなわち、肉体という自分自身を亡くしたルックラックが今も健やかな肉体を保つ異性に強く心惹かれる甘い気持ちと、肉体というものが存在した過去の自分自身に懐く濃厚なノスタルジーから生じる激しい切なさである。この自己分析はルックラックにとって特別意味のある行為だった。というのも、ランソワの面影と自己分析の連係作業を繰り返しているうちに、ルックラックの生ける魂には迸るような光を湛えながら力強く波打つ動体らしきものが芽生え、それが旅立ちの日を今か今かと待ちわびる完成間近い模型飛行機の心眼のように、今も一途な表情でルックラックの魂魄の視線を窺っているからである。ルックラックはこの視線を感じると、理由なく、本能的に、そこが自分自身のしばし感じ入るべき時間であろうと悟り、要は、段階的な驚きを見いだした。まず理由なく本能的に驚き、次いでこの現象をもたらしている状況の総てに驚き、更に波打つ動体の真実を再認して驚き、最後は死んで間もないというのにもう肉体に対する愛おしさと未練に目覚めた自分自身に改めて驚いた。そしてその思いが魂のなかを、いや、肉体を離れた今もなおこうして鮮明に息づいている不滅の魂のなかを、熱っぽい陶酔に湧く炎が駆け巡るたび、思いと魂の間に焼べられる強勢な摩擦が、生きたまばゆい渦となって同じ魂を覆い尽くし、それら何もかもが一体となって興奮しているのを自覚した。ルックラックは、今にも現実の世界へ飛び出して行きそうなこの一体を欲望と名づけ、欲望という名の一体に、いや、マグマのような欲望に、そう、熱い未知の威力をみなぎらせながら蠢いていている自分自身の欲望に、じっと耳を澄ました。すると、ほど遠いところから、教会の鐘の音が聞こえた気がしたが、欲望の猛りにさえぎられて、最初の章のような短いまとまりは、麗しい耳鳴りにしか感じられなかった。ルックラックはさらに耳を澄ました。すると、鐘の音は、乳白色の空間の中で柔らかなたおやかな跳躍を繰り返したのち、艶やかな一本の直線を空に描き切って、ルックラックの耳窓に滑りこみ、人の声となった。穏やかな遠い温もりに香る女の声となり、ルックラックの魂をやさしく愛でるように触りすり抜けた。その瞬間、声は、眼下の喧騒をものとしない聡明な敬虔な尊い響きに潤い、忘れ難い恒久の鐘声となった。それは、ある時から世界を違えたルックラックの耳に、そのような命の響音として届く唯一の声だった。なぜ唯一だと思えるのかはわからなかった。ルックラックは「咲いていればどんなに可憐な美しい花だったでしょう」と静かにものす声の主が、蕾のまま枯れ果てた花のさだめにそっと寄り添い囁きかけるわが母であろうことの真意を見いだす余裕がなかった。ただ、それが膨大な記憶の宙からひと筋の幽かな流れ星のごとく降り、おごそかな無上の静寂を連れてくると、あれほどはしゃぎ騒いでいた魂は、急に疲れておとなしくなり、その内側を、透明で清らな温情の一滴が、寝入り端の赤ん坊の頬をつたう涎のように、すうっと音もなく見知らぬ深みへ去っていくのを感じていた。

39

ルックラックはそのまま深い眠りに落ちた。それは豊かな重力に誘われて何にも臆さず海底に沈んでいく落下物のような感覚だった。オペラ座の絞り緞帳みたいにどっしりと垂れた瞼の奥のほんの片隅にルックラックのための場所がありそうだった。そしてどうやら魂はその場所に向かおうとしているらしかった。ルックラックはそのことに気づくと、何かに心煽られるような感じがして子供のように走りだした。ハアハアという息づかいにあわせて体全体が揺れ、額には夏の汗が滲み、弾力的な二拍子のリズムで吸いこむ熱い気体のなかに自分のにおいがたっぷりと混じっているのが感じられた。ルックラックは女性ランナーが皆そうであるように、極細金のネックレスを鎖骨に打ちつけながら、自分の左右の太腿が、地球上の生き物の中でもっとも不格好に走る人間の官能的な魅力を文句なく具えたうえで、規則正しく交互に前進していく美しさを想像しては感悟の喜びに浸った。三十度以上はありそうな夏の昼だった。正確な時刻はわからなかった。時間というものと無縁になった今、ルックラックはすべての感覚を試す意味で時刻を知りたいと思ったが、それを示す精密機械はどこにも見当たらなかった。光が裏返った。覚えのあるような無いような日陰の道に人の気配はなく、真夏の太陽を遮っている家々や建物の向こう側にはこの素晴らしき日陰の世界そのものである大きな日向の世界が際限なく広がっていることを証明するかのように、どこからでも直接的な太陽光線の温もりを感じ取ることができた。

＊

どれくらい走ったのか見当がつかなかった。もう相当な距離を走り続けているように思えた。その距離は数十キロないしは数百キロを超える気さえした。走り出してすぐに味わった肉感的自意識による感悟の喜びは、雨季の濁流と共に消え去り、次に訪れた肥沃な季節もまた、自然の周期的法則に従って消え去ろうとしていた。おかげでルックラックは大陸を渡る動物のように本能を迸らせ巡らせることができた。本能はどんなに足の速い動物も追いつけやしない勢いで大地を駆け回り、麝香の群れとそれらを取り巻く土煙や見渡す限り若草色に戦ぐ草原地帯や血なまぐさい唾液の浸み込んだ樹木のぐるりや地割れした干ばつ地帯や生卵の卵白のにおいのする種蒔き風なんかをいとも簡単に追い越した。

*

勢いは衰えなかった。みるみるうちに季節は変遷し、歪曲する巨大な時空の中を更に蛇行していったが、本能はその壮大で優雅な追懐の舞いを、嗅覚よりも鋭く視覚よりも速く聴力よりも鮮明な力でいとも簡単に貫通した。そして粉砕し続ける交響曲のように煌びやかで猛々しい飛沫をあげながら、何かに憑りつかれたように疾走した。魂は満足げな様子で黙っていた。ルックラックはおかっぱ髪だった自分が国旗掲揚時に抱いたバーナーの青い焔のような志操的な気持ちを思い出して微かに国歌を口ずさんでいた。このように三者は一体にして三体の感性に司られ、めくるめく季節の変遷の中を凄まじい勢いで駆け巡った。裸体の我欲は外部から意志と知恵を得る機会と能力を持たず、ただ己の欲するものを求めて、幾重もの時空を彗星の如く走り抜け、その超常的能力と威力にはあらゆる精霊を真実へ導く底知れない引力のような運命的心地が宿っていた。

＊

勢いは衰えなかった。衰えるどころか、ルックラックが何か所にもおよぶ歌詞の欠落に思いのほか手こずった国歌をようやく終わらせ、もう二度と国歌は口ずさむまいと心に誓っている間に、勢い余って凄まじい風になった。大陸を猛進する烈火のような情熱と狂おしさが炎上する眩暈のような夢幻に渦巻く風だった。ルックラックは全身の力が一気に抜けていくのを感じて目を瞑った。それでも開いたままの瞳孔は宙の眼差しを追い求め、ルックラックの瞼裏に情景を弄った。そこには蕩けるような風の感触があった。砕け散った交響曲が時を超えて再び美しい旋律に甦ったことを告げるオーロラのような感触だった。オーロラは天高く誇らしげに揺らめきながら荘厳な皺襞を描き、皺襞は宙を自由に泳ぎながら複雑な流線の群生を描いていた。ルックラックにはそれが何かの残像に見えた。しかし何の残像なのか見極めようとすると、流線の群生は逃げ去る幻影を追いかけるようなシャンパン色の無数の気泡に、そして無数の気泡は瞬間をさらに圧縮しながら何かの熟成を遂げると、独立したひとつひとつの音に姿を変えて宙を舞っていった。旋律から解放されて自由の身に新しく生まれた音たちは、過去に授かった歓喜の反響と余韻を余すことなく味わいながら少しでも天高く昇っていこうとしていた。その様子はまるで好奇心旺盛なシャボン玉たちがいちゃつきながら昇天していくようだった。そっとくっついたり気まぐれに離れたりを繰り返し、時には恋人たちの接吻のように長い長い尾を引きながら、風の大きなうねりに溶けこんで身をくねらせたり、小さなうねりの裾をつかまえて蜜のように絡まったりしていた。そのせいで風はほの甘く香りたつ七色の潤沢に透け、秘境を生き尽くす命の樹から滴る粘液と同じとろみがついていた。

＊

ルックラックは溶けてなくなりつつある意識のなかで「感じられるもの」と「なにもかも」の区別がつかなくなった自分自身と遭遇した気がしたが、それが本当に自分自身なのかどうかはわからなかった。わからない感じだけが朦朧とした意識の片隅にはっきりと居座っていた。旋律は、口あたりのいいリキュールが醸す醇味なまろやかな不協和音を巧妙に散りばめながら、暗がりを這う鼈甲色の糸のような音色を奏でていた。秘枢な芳甘な調べだった。ルックラックにはそれが愛を招き入れようとしている指の動きにも首筋をくすぐるような熱い吐息にも思えた。思いは非常に鮮明だった。ぬくもりのある指はささくれやごつごつがどこにもなく白アスパラガスみたいにすうっと伸びていたし、象牙色をした並びの悪い前歯たちを隠している唇は穏やかに火照りながらルックラックの見えないところで無防備に開かれていた。ルックラックはそのしなやかな指に自分の指を絡ませ、そのゆるやかな起伏の唇から洩れる薄い湯気のような息に自分の息を重ね、そのすべすべとした頬に自分の頬をすり寄せ、そしてそのなんとも愛おしい名に自分の声を捧げた。ランソワ。するとランソワはいかにもランソワらしく、つまりどんな状況であろうと自分の名前が呼ばれたら即座に声の主を見極め次の言葉を待つ習慣ができている賢犬のように、お互いの鼻先が触りそうな距離からルックラックの視線を俊敏にとらえ、今の今自分に何かを伝達しようとしたルックラックの眼をまじまじと見つめたまま、言葉を待ってしばらく動かなかった。ルックラックはランソワのそういうランソワらしさ、つまりどんな状況であろうと誰にもお構いなしに突然自分の世界に入っていく自由の煌めきで満ち満ちたその眼差しのすべてを、なにひとつも逃さぬよう心して受けとめ、そこにそんなランソワがたまらなく好きだという告白文を添えてランソワの眼を見つめ返した。

ランソワの眼はよく磨かれたガラスのようにルックラックの眼を細密に奥深くまで映していた。それでルックラックはその眼に色形も大きさも異なるふたつの虹彩が淡く物静かな光の層を吸収しながら交わる光景をはっきりと見ることができた。それは丸い結晶に潜むなんとも神秘的な色彩模様を見るようであり、遥かな時を超えてようやく辿り着いた愛の棲家を見るようであり、そして自分自身という運命のふたつとない終末を見るようでもあった。いずれも美しく透ける嘘偽りのない真実の光景だった。これらの光景はルックラックに迫りくるものの確かな気配を感じさせた。ルックラックは迫りくるものが何であるのかという自問をせずとも、それは死であるという回答を持っている自分自身がランソワの次に愛おしく思えた。そのことを許してくれているように、いくばくもない時間はランソワ・ボーシットの虹彩に宿る尊い真実の光景から動こうとはしなかった。

＊

最後の長い瞬間だった。ルックラックはこの瞬間に愛情と呼べるものを残らず使い果たそうとしている自分自身の胸に手を当てるため、ランソワのぬくもりをほんの少し剥がなければならなかった。それはとてもささやかな愛撫に違いなかったが、ルックラックの指先はその先端であらんかぎりの愛情を印し、心はその末端で愛情が産み落としたあらゆる感情の膨大な昂りを必死に押し殺そうとしていた。

＊

長い瞬間の最期が迫っていた。――ランソワ。ルックラックの唇は確かにそう動いた。しかし季節の終わりを告げる潮風の切れ端と紛うような音が熱っぽい愛の隙間を無事に渡りきったかどうかはわからなかった。ルックラックは自分自身の胸に手を当てていた。そしてその手は青白い紫陽花のように柔らかい肌の上から深遠な海の妖気を探り当てていた。

＊

海の中は恐ろしく広かった。ところどころ濁っている海底には、戦争のたびに犠牲となった無数の命や、誰にも知られずに絶たれた数多くの命が眠っているようだった。それらには墓標がなかった。ただ海底のあちらこちらに見られる様々な痕跡が過去に現存した命を物語り、その表面に纏わりついた一重の砂を通りすがりの生きた魚たちが撒き散らしていった。魚たちはどこからともなくやって来てどこへともなく消えていった。どこから来てどこへ消えるのかはまったく見当がつかなかった。かれらにも墓標がなかった。ただどこにも見当たらない魚たちの痕跡は命の行方と海の果てしなさの接点を物語り、その神秘に纏わりついた幾重もの沈黙を通りすがりの千切れた漂流物が再生していった。重くのしかかるような生暖かい流れが海全体を彷徨っていた。流れは、春の宵が運んでくるなまめかしい動線に似た風をゆらりゆらりとはためかせ、始まりも終わりもないこの世界の永遠に自らをたやすく埋没させようとしている時の塵を容赦なく舞いあげながら、遥か海上にさざめく波の遠い影を恋しそうに見あげていた。ルックラックは天から降ってくるその影の中に夥しい量の光を見ていた。

光は絶え間なく蠢いていた。時の塵が舞う様子に魅せられた大量の微生物やプランクトンやそれらと同じ大きさに砕かれた命の装飾物が、恍惚の表情で光の溜まりを漂いながら生と死の調和を見事に織りなしていた。――ランソワ。ルックラックの唇は確かにそう動こうとしていた。しかし、命の終わりを告げた潮風の残骸と紛うような音はすでにルックラックの唇を去り、声なき声の聖地へ向けて旅立ってしまっていた。死が完成するまでの間、海のように厚い涙の壁に遮られて見えなくなったランソワ・ボーシットの虹彩とその向こうに繋がっている温もりの形象がルックラックの心を何度もよぎったが、戻ってくることはなかった。

＊

瞬間はついに死の完成を迎えた。その刹那、ランソワの頬のにおいが鼻先をかすめた気がしたルックラックは、死の完成と同時に、澱みのない明るい光線のような幸福感を授かった。それが新しい光線であるのか古い幸福感であるのかはわからなかった。どちらでもよかった。幸せの光明は、本物の聖母マリアのように寛容的でやさしい微笑を浮かべながら、瞬く間にその神々しい波紋を浸透させた。極めて陽性な光の広がりは、深淵を埋める海ほども嵩んだ涙を奇跡的に乾かし、心を照らし、魂を酔わせ、その先にある三三〇〇ムーグ以上のたいそう大きな穴にはもっと大きな光輪を齎し、最後はルックラックの秘めたる声の園に帰ってきた。声の園の風穴からはみだしっ子のような一行足らずの声が、突然鳴りだすオルゴールのようによみがえった。それは確かにルックラックの声なき声で「わたしの感情のすべてが愛情と呼べるものになった」と囁き、続く「それなのに愛情の残量が気になったりして……わたしったら馬鹿みたい」という部分はあっけなく切り捨てられてしまった。

*

死の完成と同時に沈黙を更新した魂は、麗しき光輪の波紋を浴びて上機嫌な吟遊詩人のように寛いでいた。死の完成をほとんど気にとめずひたすら疾走を続けていた本能は、いよいよ大陸横断を終えようとしている動物のように野太く逞しい表情でまだ見ぬものにじっと思いを馳せていた。事実、長くも短くもない時空の旅が終わろうとしていた。本能がその堂々たる風貌と尊厳を誇示しながら徐々に速度を落とし始めると、魂は非常に満足げな様子で身を乗り出した。ルックラックはまだ深い眠りから覚めていなかった。深い眠りの中でちっぽけな浅い夢をみていた。

40

それぞれのプライドに則ってこの旅をしてきた魂と本能は、目指す場所に辿り着こうという今、到着のための態勢を各自のやり方で整えていた。限られた空間と意識の中でまじめに調整を行っていた両者は、ふとした瞬間、初めてまともに顔をあわせた。両者がルックラックの生きている間に一度も顔をあわさなかったことは、不思議でも何でもなく、むしろ一般的なことだった。現代社会に置かれた世界を生きる大多数の人々がそうであるように、ルックラックの人生が概ね一貫して理性的に営まれたものである限り、その人格を共有する魂と本能が存命中に交流を持つことは常況としてほぼありえないからである。両者の間にコミュニケーションが生じた。それは同じプロジェクトに参加しながら話したことのない者同士が意味のあるタイミングで稀有な遭遇を果たす類のものだった。両者はそれぞれのプライドに則ってもっともらしい態度で相手に接するつもりだった。ところがいざそうなってみるとそうじゃなかった。ふたつの気高い自尊心は、目があった瞬間から強い連帯感を分かちあう喜びによって解きほぐされ、和やかというよりは思いのほか気軽で親密な雰囲気のもとにコミュニケーションが図られたからである。どちらかというと本能の方が些か出しゃばりでせっかちだった。それに比べて魂は多少控えめでのんびりしていた。そのため両者のやりとりにはどことなくアシンメトリー調の音楽的趣があった。韻律は全体的に幅が狭くなだらかな感じだった。しかしまったく特徴がないかといえばそうでもなく、たびたび本能から噴出するあけっぴろげで高らかな音調が、アンサンブルの抑揚にどことなく陽気な性格のニュアンスを施していた。要するにコミュニケーションは円滑だった。

＊

両者にはだらだらと話している時間がなかった。しかしそのことが反って対面を有意義なものにした。時間に制限があるおかげで、両者は互いにしたくもない話をして場を繋ぐ必要がなかったからである。実際、ルックラックという人格から一歩も外に出ることなく二十五年と五か月を一種のパートナーとして過ごしてきた両者が、相手に話したい事柄はぴったりと一致していた。話は、最初にタイプの異なる感嘆詞が音を連ねるだけの極めて実質的なスタイルで始まりいきなり本題に入った。存命中はもちろん、失命後に至ってもペアを組んだ魂と本能が顔をあわせた例はあまり聞かないこと。だからきっと自分たちはごく稀なケースだろうということ。でも実のところ、ほんとに稀かどうかは到底わからないこと。なぜならよくよく考えてみたら自分たちには自分たち以外の魂や本能から話を聞く機会がないということ。確かに、自分たちは共有している人格を通して得た情報と自分自身の情報をごっちゃにする嫌いが多分にあるということ。でもそれは人格そのものとして存在する自分たちが持つ習癖であって致し方がないということ。そもそも魂と本能は常にほとんどぴったり重なるぐらいの関係で居ながら直に接触することはなく自分の経験だけが情報であること。その経験からいうと、存命中に魂と本能が交わることは人格が理性を失わない限りまずありえないけれど、失命後はありえるかもしれないということ。状況としてはふたつ考えられるってこと。ひとつは、失命後に何事も起きない通常の場合、魂と本能が人格を去る時機については特に決まりがなく、あくまでも個々の判断によって移動の時機が計られるため、万が一両者が同時に人格を去るならば、偶発的に顔をあわせる可能性が生じること。もうひとつは、失命した人格が心に何か特別な思念を抱えている場合、命が跡絶えてもなお思念は心と共に生き続け、死によって理性という箍から解放された巨大な欲望の上に跨り、獲物を追ってまっしぐらに疾走する野生動物のごとく、己の一途な思いを遂げるため、遥かな時空を駆け廻ることになるので、そうすると、今の自分たちのように、旅の終わりの調整をしながら偶発的に顔をあわせる可能性が生じること。それにしても、ルックラックがそうなるとはまったく予想外であったこと。いやしかし、人というのは案外そんなもので死んでみなけりゃわからないってこと。もっとも、人生の最後の出来事がしごく強烈な印象として死後も心を離れないという事例は決して珍しくないだろうということ。——ルックラック、そう、ルックラックのように！　そのルックラックがカフェ『あなた次第』でランソワ・ボーシットと出会ったのはまさしく死の直前であったこと。あの日、そう、三日前、カフェを出たルックラックの心は、すでにランソワの印象というほのかな桜色の気体で膨らみ、ムーグ博士の診察に向かうバスの中では、焼きあがったスフレのように芳ばしく膨張した気体が、確実な好意へと進化していく過程をきめ細かく存分に味わっていたこと。翌日、同じカフェでランソワと再会したルックラックの心は、明らかに恋愛の高鳴りをともなった感情で満たされつつあったこと。そのランソワと二人きりで過ごしたひととき、カフェ『あなた次第』から広場までの思い出こそは、ルックラックにとって未知の展開を残した人生最後の出来事であり、愛情というものがかかわった未完成の事象であり、具体化された恋愛的悲劇であり、失命した人格が人生を回想するたびにその心を襲ってやまない激しい未練の因であり、どうしても忘れられない肉体と精神の象徴であったこと。これらの思念は、死ぬほど退屈な天国で最短の時間のうちに、完璧なポタージュのごとく煮詰まり、ある刹那、とろけそうな眠りの深淵へ落ちていきながら、いきなりこの旅を始めたので、自分たちはいつものように通常のタイミングでルックラックの人格から去るわけにはいかなくなったこと。この種の航法をしたことがない自分たちにとって今回の旅は新鮮かつ貴重な経験であること。時空のうねりをものすごいスピードで走り抜けながら味わった光や風や音たちのスペクタクルな錯綜的気色、またそれらがもたらした底なしの情愛に宿る幻想的な感触、めくるめくうつろいの快感、絶え間なくつきまとうそこはかとない熱っぽさ、それからそうそう！　穴！　穴のこと！　これについちゃあ、極度に珍稀な現象だとは思うが、どう見てもただの大きな穴だろうということ。「三三〇〇〇ムーグあるんだって？　ほう！　へえだね！　ムーグか……しかしよくわからんね、こっちの専門じゃないもの」「だけど心に開く穴とくれば魂と本能であるわれわれは無関心じゃいられないでしょう？　むろん関心事ですよ。婚約者のイベールが死んで穴があきだした時の驚きは過去に例のないものでしたし、その穴が覗くたびに巨大化していったのには正直ぶったまげましたから。肉体と呼べないところにあいた穴が原因でまさか死に至るとは思いませんでしたから。でもその反面、あれほど大きな穴が人の生気を司る部分にドーンとあいていながら生きていられるとも思えませんでした。しかし心に穴があいた人格だけがこのような旅をするんでしょうか？」「さあ、どうだかねえ……心に穴があくことと死後の旅に出ることの関係性ねえ……少なくとも実際に体験している我等は今のところ特別なにも感じちゃいないし、ムーグ博士の研究もまだそこまでは辿り着いちゃいないようだしねえ、ワッハッハ！」「そういえば博士がルックラックにした説明を憶えてますか？　あれはなかなかいい線行ってました。穴の正体は時間のうねりでありその向かう次元は夢の次元だと説いてましたね。これについてはだいたいのところ当たってますからね、すると彼はまんざら偽物でもないのかな？」「いやあ、それはなんともねえ……誰でもその程度のことなら言えるでしょうから。ま、彼が偽物か本物かはすべて世論が決めることです。世論が絶対的に証明できない絵空事のような事柄にどこまで興味を示すのか、そこは人格や心よりも時空や夢の世界に近しい存在である魂と本能、われとわれにとって興味深いところじゃないですか？」ええ！　おっしゃる通りです！　ランソワの仕事もそうですよ！　そしてもし夢の記録が世間に受け入れられるのなら、夢と密接な関係にある時空の世界だって受け入れられないとは限りません、ということ。どっちにしろ自分たちの活動に直接的な影響はなかろうということ。話にルックラックの穴に戻るが、死んでからたった一日しか経っちゃいないというのに、もう穴の輪郭は相当ぼやけてきており、今じゃ穴の名残とわかる暗々とした大気が巨大な影のように漂うだけで、その先にある夢の次元との違和感がほとんどないってこと。その一帯は大量のセンチメンタルとメンタルから生じたいきれでむんむんしている巨大な藪のようなもので、もしこの穴があいてなければルックラックの旅はもっと単純でわかりやすいものになっていただろうということ。ともかく旅はまだ終わっちゃいないということ。そういえば自分たちにはだらだらと話している時間などないはずだから、もうそろそろ各自の居場所に戻った方がよさそうだということ。お互いいい気分転換になったこと。またどこかで出会う可能性だってなき――いや、それは、ありえますよ！　ワッハッハッハ！　では！　失礼します。

＊

話は最後にタイプの異なる挨拶が音を重ねるだけの極めて実質的なスタイルで終わった。思いのほかざっくばらんな雰囲気のもとでコミュニケーションを交わした両者は、別れを告げると、再びそれぞれのプライドに則りもっともらしい態度で自分自身に接した。ふたつの気高い自尊心は速やかに個を取り戻し、なだらかな韻律は軽妙な休符と共に溶暗していった。要するに、魂と本能の円滑なコミュニケーションは無事に終了した。

41

ルックラックは浅い夢の中から去っていった韻律の気配を意識の端っこでなんとなく感じていた。この幽かな意識の疼きはしばし完全に失われていたルックラックの意識全体に拡大していき、瞼の裏側まで来ると静かに動きを止めた。瞼裏でいったん止まった意識は本体よりも先に集合場所へ到着した影のように細長く薄っぺらだった。心が少し遅れて意識に追いつくと、意識と心はまるで一致した影と本体のように太く短く厚みのある実体を帯びて狂いなく重なり、「せーの」でルックラックの瞼を押し上げた。瞼はオペラ座の絞り緞帳が上がるように開かれていった。するとそこに見えてきたのはまったく見覚えのない女の顔だった。まったく見覚えがないという点が不安だったが、それ以上に言いようのない興奮と緊張でルックラックの気持ちは昂っていた。

＊

ルックラックは五感のアンテナの限りを張りつめてじっと女の顔を見た。自分がこの女に辿り着いたことの運命的な意志を確認し真実として受け入れるためである。鏡台の鏡に映る女の年齢は二十歳前後と思われた。女は身をぐいと乗り出して鏡の中の自分の顔に見入っていた。その表情は自分にちょっとばかし自信のある女の子が鏡と向き合う暫時に抱くような、自分自身の可能性に対する漠然とした期待で潤んでいた。女はルックラックの存在に全く気づかないまま、鏡の前に腰掛けてからずっと心の中でお気に入りの曲を口ずさんでおり、曲の中でも特にお気に入りの部分に差し掛かると、ついつい音は心からはみ出して実在するそぞろな散り散りな音となった。ルックラックはそのどことなくうわついた感じのする音の戯れが、柳のように腰まで枝垂れた赤茶のウェーブを揺さぶるたび、甘ったるい南国の果実を連想させる扇情的でべたつくにおいを嗅いだ。ルックラックはこの手合の香水をつけた女が出てくる映画を何本か見たことがあった。女たちに共通する特徴はけばけばしい化粧と奔放な不敵な性格だったが、どちらの要素も自分にないと感じたルックラックはいつだって圧倒的にヒロインよりも脇役である女たちの方に好感を抱いたものだった。映画か……もし映画の画面が音と映像だけじゃなく匂いも伝えるならば、きっと映画で見たどの女たちもこの子とおんなじ匂いがしたに違いないわ。そして決まって女たちの季節は真夏なのよ。今が夏の盛りであるようにね……。

ルックラックは鏡に映る女の背景に目をやった。部屋はきちんと整頓されており、女の斜めうしろには幾分年季の入ったカバーで覆われたベッドが、衣服やサンダルやポーチやフィガロの付録のカンヌ徹底ガイドブックや321と書かれたルームキーなんかの溜まり場になっていた。ベッドの後方に横づけされたショッキングレッドのスーツケースは中身を抜かれた状態でぱっくりと開かれているため、もし女がそのことをすっかり忘れて椅子から立ち上がり何も考えずに後進すれば、二歩目で硬い仕切りに躓いたり、三歩目で足場の悪い長方形の窪みに嵌ったりする不慮的な可能性が用意されているようだった。

*

要するにここはカンヌのとあるホテルの一室であり、321号室に宿泊しているひとりの女にルックラックは潜在しているのだった。女に潜在している限り、それ以上の情報は今のところ何も得られなかった。もちろん、女から抜け出してしまえば、好きなように周囲の状況を窺い知ることができたし、どうやら、いや、もしや、おそらくこのホテルに宿泊しているかもしれないランソワ・ボーシットの部屋を突きとめ、思う存分見つめることだって、いっそランソワ自身に入り込むことだってできたが、ルックラックは敢えてそういった手段を取りたくなかった。なぜなら、ランソワから見えないのをいいことに、彼のプライバシーをこっそり覗き見ることや、ランソワ自身を感じるには最適な手段だが、そうしてしまえば当然ながら再会の断念と失意を余儀なくされる彼自身への侵入は、ルックラックの恙ない道徳心と信念に背く行為としての手段、一度きりしか実現しない無類無垢の欲望を遂げようとする者にそぐわない軽率な卑俗な行為としての手段、はたまた、この由々しき真実を浅はかな蔑みの知恵で汚すひどく無能な行為としての手段に思えたからである。つまり、ルックラックが固守する手段的道徳心とは、ランソワ・ボーシットに対してのみ懐かれるものであり、もはや女のなかに侵入していることについては、これっぽっちの罪悪も卑しさも感じていないルックラックだった。それどころか、ランソワとごく自然な再会を果たすためのもっとも有効な手段のように思えた。結局――とルックラックはつぶやく。――わたしはまだ完全に死にきれてないいんだわ。もうわたしの肉体はどこにも存在しないというのに、思いは今も肉体の感触が忘れられないでいるのよ。だけどそれだけかしら。いいえ、それだけじゃない。わたしがランソワを求める思いは、たとえ世界を違えても人格が人格を愛おしがる純粋な気持ちから生じたものよ。胸を張ってそう言えるわ。

＊

ルックラックはそう言い切ってしまうと急に気が楽になった。すると冒険を楽しむことを思い出した少女が再び目を輝かせるように、ルックラックの気持は潤いだし、まるで軽妙な神意が関わっているようなときめきがよみがえった。ルックラックは秘密の冒険を楽しもうとしている少女がいろんな想像をしてほんのりと頬を赤らめるように、女の肉体を借りた自分がいつどのようにしてランソワと再会するのか想像したり、再会を果たした時の感動を思い描いたりして密やかに微笑んだ。それからもう一度、冒険を素敵な思い出にするため、慌てて今すべきことをおさらいする少女のように、ランソワとの再会から時間を現在に引き戻して、今のうちに少しばかり女の人格に馴染んでおかなくちゃと思いついた。ルックラックはこの思いつきを人知れずスリリングな気分、つまり今から透明人間ごっこに興じようとする大人が懐くドリーミングな気分で膨らませた。ルックラックは好奇心で頭が冴えてくるのを感じた。そこには運命の漂着を信じることの楽しさが加味されており、心地よい音楽に身を任せるような感覚が流れていた。

*

実際、音楽はクレッシェンドで近づいてきた。それは最初の数小節にたっぷり間を持たせたヨハン・シュトラウス二世の『美しく青きドナウ』だった。ルックラックはこの曲がかくも不思議な状況に置かれている自分自身の中を流れようとは思いもしなかった。美しい魅惑のメロディーが定着すると、ルックラックはふとこの曲が一時的に脳裏を回り続けた二か月間の最終日のことを思い出した。

それは真冬のように冷え冷えとした早春の出来事でルックラックは十九だった。ウィーンのデビュタントを取り入れようという文化貢献的試みによって開催された公式舞踏会。会場はこの日のために誂えられた二百着の白いドレスと黒い燕尾服のうじゃうじゃとした群がりでざわめいていた。その異様な熱気と瞼裏の最奥にある安息の小部屋にまで押し寄せてきそうな華々しく眩しい喧騒が、ルックラックを重暗い粘土のような気分にしていた。ルックラックは決して不真面目な性格ではなかったが、社交界の派手な雰囲気とドレスに関しては全然自分らしくないという理由からどうしても積極的になれなかった。それで舞踏会当日の朝から頭痛がしていた。頭痛は次第にひどくなり、いよいよ整列して静寂を破る澄んだ一音が会場に響き渡った瞬間、ルックラックのこめかみのあたりでは、ワルツとは似ても似つかぬリズム、もっと速くて原始的で松明を囲むジャワ風とでも言うべき力強いリズムの痛覚が勇ましいステップを踏んでいた。ルックラックは懸命に痛みを堪えてパートナーに微笑みかけ、自分なりにできるだけのことをしているつもりだった。しかし猛烈なジャワ風のリズムに湧くこめかみの痛みは、優雅なワルツのところどころを完全に掻き消してしまったので、ルックラックはその都度ステップがジャワ風にならないよう勘を働かせて踊らなければならなかった。ジャワのリズムに集られながらヨハン・シュトラウスのステップを踏むことは易しくなかった。それはどう考えても滑稽で馬鹿馬鹿しくて苦々しいことだった。ルックラックは辛うじて皆とおなじ動きをしているつもりだったが、自信があるわけではなく、絶えず自分の様子が観客の目にどう映っているのか想像せずにはいられなかった。危うげな部分をなんとか乗り切りホッとしていると、次の瞬間には自分を目で追う観客の笑い声が聞こえてくるようだった。それでもルックラックの手足は動き続けた。なんとしてもこの状況を切り抜けなければならないという面目と必死の思いが、いっそこれまでより機敏に惑いなくそれらを動かしていた。幸いなことに、ヨハン・シュトラウス二世の類稀なる才能は、どんな風に切り取られようともルックラックの琴線に留まり、堂々たる風格の美麗な三拍子に跨りながら、危機点滅するその哀れな意識を支え続けた。悪魔のような異例的苦痛と公式的災難の長いただなかを耐え忍ぶルックラックの目には、途中から意識の点と点を透明のリボンで繋いでいく天使の姿が見えていた。天使はふたりいた。ふたりともまだちいさくてあどけなくてオムツをしていたが、いとも器用に調子よく、まるでジェリーマウスのようにワルツを踊りながら見えないリボンを結っていくのだった。天使たちが消えると、眼前には厳めしい十字架——と思ったら、愛らしい魔法から見離されたカウベルのようにただ何となく力任せに左へ右へと揺れている十字、もっとよく見れば——パートナーの分厚くて高さのある頬骨筋と針金のように薄く尖った鼻骨が形作っている独特な構造の立体物だったが、そのでかでかとした骨肉の十文字が現れ、ルックラックの視界の全域を怪しく塞いだ。最後のほうの記憶は『美しく青きドナウ』の終尾部分と同様ひどく曖昧でぼやけていた。

あの時——とルックラックはつぶやく。わたしは結局最後まであの苦痛と動揺を誰にも知られることなくデビュタントを終えたんだわ。終わりの瞬間とその前後の状況はまったく憶えてないけど……。だけど考えてみれば、憶えている時間というものは自分自身でその実在を確信することができるけど、憶えていない時間というものの実在を自分自身で確信することはできやしないんだわ。だって憶えてないんだもの。じゃあ、記憶にない時間が実在のものだと証明してくれるものっていったいなにかしら。そんなものないわ。でもいいの。わたしたちはとうの昔から自分自身の記憶にあるものだけを記憶と呼び、それを人生と呼んできたんだから。つまり人生って独りよがりなものだわ。わたしがわたしの人生だと思い込んでいるものだけが実際にわたしの人生だなんて。――そうよ、人生って鏡に映る自分自身の顔のようなものだわ。ああ、人生なんて独りよがりね。人生なんて独りよがりね。――あら？　ルックラックは、人生と独りよがりのセットを数回繰り返したところで、いつの間にか、自分のつぶやきが女の聴いている曲の歌詞とすり替わっていることに気づいたが、今しがた『美しく青きドナウ』が未完成のまま消え去ったことには少しも気づかなかった。

＊

ルックラックは再び自分自身を現状のただなかに見いだす。すると人生が独りよがりであることを歌った曲はまだ終わっていなかった。――人生は独りよがりね。愛がお互いの心に馴染んだ頃そのことを知るの。言葉にしなくてもあなたはわかっているはずよ。わたしたちはそれぞれ別の夢をみていたの。だけどもうそろそろ夢から覚めなくちゃ。辛い別れのあとには真実の微笑みが待っている。ねえ、言葉にしなくてもあなたはわかっているはずよ。人生は独りよがり。人生は独りよがり――。女性の歌声は力強く繊細でハスキーだった。女はといえば、いつの間にかラジオから流れるこの曲を聴きながら、化粧を始めていた。時間の帳尻を合わせた言い方をすると、ルックラックが『美しく青きドナウ』にまつわる追憶と思いがけない再会を果たしている間に、女はラジオのスイッチを入れ、好きでも嫌いでもないけれどシーンとしているよりはましに思える曲をBGMにして、ベッドの上から金色のニット製ポーチを拾いあげ、マスカラを塗っていた。そして右の睫毛を黒く濃く長くし終わったところで、ラジオを消し、左の睫毛に取りかかった。

ルックラックはようやく静寂の中でじっくりと女を眺めることができた。化粧という装飾行為を引き算したところで、女はお世辞にも可憐で美しい一輪の花に喩えられるべき品格を具えてはいなかったが、アメリカンコーヒー色の瞳とコオロギの後足のような細眉、中長で嫌味のない鼻、中肉で影のない頬、スープ皿の底に残ったふたかけらのベーコンのような唇、チョコレートの食べ過ぎが祟っているに違いない幾つもの赤ニキビ、それからコーヒー豆そっくりな肩面、熱帯魚のヒラヒラそっくりなフリルがついたパパイヤ色のブラウス、飛び切り大きいハイビスカスの花びらでこしらえたようなフラミンゴ色のスカート、そのスカートから鏡台の奥の暗がりに向かって投げ出されている小麦色の脚、はっきりと見えはしないが白いサンダルの先の洞にも感じられる色の気配、そして最後に、使い終えたマスカラを容器の中にねじ込もうとしている女の手の動きの先端で取れたてのルビートマトのような光色を放っている短めの爪たち——これらの要素は女自身の特性、あるいは女の内と外が持つ顕著な趣向みたいなものを表しており、それは確かにルックラックの知らない花に喩えるべきかもしれず、つけ加えれば、容姿の雰囲気にはコーヒー豆やサッカーやカーニバルといった象徴物で修飾される国の血がいくらか混じっていそうだった。ルックラックはこのあたりでひと息入れることにした。女の内側から女の外側を観察するという新規の慣れない作業に疲れてきたし、それに観察で得られそうな情報も今の時点ではせいぜいこれくらいしかなさそうだったからである。

*

ルックラックは長い目瞬きをして、細い釣り糸のような溜め息をついた。すると、生ぬるい水のような気体が意識のなかに入ってきた。気体はルックラックのいささか冴えすぎた頭をふやかし、ついには体じゅうをふやかした。そのため、慣れない環境のせいで複雑な固結びの目に遭っていたルックラックの神経の帯は、開花する水中花のように自らをとき解し自由になった。気体は、透きとおる暇クラゲたちの夢遊泳、傍観者の好奇な心には無制限の暇潰しとしか映らないユニークで自適な動き、あれそっくりにゆらゆらと動きながら、領域の可能性を探っていた。あたりを見渡してみると、気体全体が巨大な宇宙を誘う小さな空間だった。ルックラックはその末端か片隅かそんなような狭い場所で、暇クラゲたちやその周囲の気体を浮遊するものたち、いわゆるここの居住者である五感の断片や第六感や直感などの粒子に気づかれないよう、極度にじっとしていた。女の中に潜入した時からずっと同じ場所に留まっていたが、苦痛や失望や不都合はなかった。それどころか快適で有望で都合がよかった。なぜなら、巨大宇宙を誘う小空間はついさっきまでルックラックが巡っていた景色の余韻とよく似た風合と雰囲気をもっていたし、外見的な情報の収集という段階を経た今、はじめて女の内側を意識したルックラックにはまだ、暇クラゲたちや五感のおこぼれや第六感や直感なんかの粒子に存する女の心理と融合する気がなかったからである。女の外見的情報収集という作業を経たことでその内側を意識できたように、女の内側を意識するという作業にあたってから、その心理と融合する行為に及ばなければならない。すなわち、どのような場合でも着実に事を進めるための繋ぎ作業が重要かつ不可欠であり、この場合の繋ぎ作業とは、女に関するもっと多くの情報を得ること、また、ほんのちょっぴりでも親しみや愛着のようなものを女に対して懐くこと、いや、懐こうという意欲と興味をもって一種の歩み寄りに快く興じることであろう。ルックラックはもう一度、今度は更にいっそう長い目瞬きをして、上瞼と下瞼がくっついている間に現状の把握をするつもりが、ついつい来たるべき瞬間へのオマージュで溢れんばかりの感慨に浸ってしまった。それは見損ねた夢のように儚い短い最たる想像の産物だった。——なるように、ルックラックはつぶやく。——なるわ。なるようにしかならないのではなく。そして、まだ垂らして間もない細いため息のような釣糸にきっと間もなく夢のような理想の魚が掛かるのを待つこと、確実に起こり得るであろう何かを待つこと、ここにある状況がいよいよ奇跡の焦点に向かって変化しだすのを待つこと、これら待機の案がたったひとつの有用な策であろうという結論を引き出した。その瞬間である。プルルル、プルルル、と通知音が鳴ったのは。魚が餌に食いついたことを知らせるその連音に、釣り人は一瞬ぴくりとしたが、ほぼ素早く釣糸の先端に目をやり、釣った魚を引き揚げる前に、手元のリール表示でその名前を確認した。つまり、通知音を鳴らした魚が最も身近で安全で馴染のある魚だとわかると、直情的な表情で釣糸を引き揚げ、慣例的な手法で魚を手におさめ、弛緩的な声でその名を呼んだ。「――ママ」

*

ルックラックは女の声に驚いてしまった。ルックラック自身はいっさい声を出しちゃいないのに、女の声にはルックラックの声と断定できる反響と音量と震動が迷い込んでいるように思え、それがルックラック自身の中を我が物顔で流れていったからである。この感覚、自他の境界線が甚だしく不明瞭になる感覚のおかげで、ルックラックの認識は一瞬奇妙に混乱し、何が魚で誰が釣り人なのか、いや、誰が釣り人で何が魚なのか、さっぱりわからなくなってしまった。女とママのやりとりが続いていた。圧倒的にママの方が喋っていた。女はママに見えない場所で訊かれたことだけを答えているという感じだった。二人の声はよく似ていた。砂埃のようにザラザラしていて摩擦のような力があった。とりわけママの笑い声は英語のパワフルという単語に似つかわしく、壁と箪笥の隙間に嵌って動けなくなった飼い犬の鼻面を窓から入ってきた蜂が刺したがその直後その蜂もその壁に激突してその場で即死した、という最初の話題を女に提供したあとの激しい撹拌的なひとしきりの笑いは、ルックラックを襲ったはずの認識的混乱を一掃し、危うく絶対に手放しちゃならないものまでもろとも吹き飛ばされるところだった。ママは女のことをブランカ、カンヌに住んでいるブランカの姉のことをアマレーロと呼び、今日はこれからどうやって過ごすのか、ゆうべはちゃんと眠ったのか、夕食はアマレーロと一緒じゃないのか、ホテルとアマレーロの家はどれくらい離れているのか、本当に今夜はアマレーロと連絡を取らないのか、その他にも思いついたことを思いついたまま片っ端から訊ね、ブランカが、今日は海岸と美術館に行くつもり、ふつうに眠った、夜はひとりでピザ食べる、わかんないよ一キロか二キロぐらいなんじゃないの、ママしつこいよ、とそれぞれの問いに答えたところで、あら、あらあら、誰か来たみたい、とママが言い出し、電話でのやりとりは終わった。さて、この会話から得た情報こそは間違いなく女に関する貴重な情報であり、ヒラメやエビやホウボウに相当する大きな収穫だった。女の名前はブランカ、女の姉の名前はアマレーロ、ブランカはきのうからこのホテルに一人で宿泊している、きのうまではホテルから一、二キロ離れたところにあるかもしれないアマレーロの家に泊まっていた、今日はこれから海岸と美術館をぶらついて、夕食はアマレーロ抜きのひとりでピザ。ルックラックはこれらの情報のどこにも魅力を感じないことに満足していた。そして、出かける準備を整えたブランカが、ラグビーボール型の白いポシェットの位置を微調整しながら部屋の鍵を持ってドアの方へ歩き出し、と思いきや、一瞬、神妙な不可視な静止に憑りつかれて佇み、その状態のままでおもむろに引き返し、訝しげな思惑気味な顔つきでベッドに腰をおろすと、さっきから自分自身の中に何かの存在を感じるでもないが、かといって何も感じないでもなく、そのあるかなきかほどの幽かな気配なようなもの、それが何であるのかを探ろうとしている様子を、興味津々で窺っていた。——もしかしたら、ルックラックはつぶやく。しかし、つぶやきは実況の感受という最優先の作業によって美しく遮られ、そこで跡絶えてしまった。

42

ブランカは、目に見えないものを探索しようと試みる人がそうであるように、抜け殻のような目つきをしていた。その視線は自己の内部に、焦点は心とその界隈に奪われていたからである。室内に憩う真夏の静寂が、好奇心一杯の寡黙な小石のように、時を伏せてブランカの試みに宿っていた。ブランカはいつになく静寂というものを意識した。ふと、この静寂が何かを知っているような気がしたのだ。――何か。何かとは何なのか。この疑問は言葉にならなかった。すでにこの疑問を解くための実行がなされ始めていたからだ。ブランカは自分自身の知られざる部分を弄っていた。もちろん勘に頼るしかない。察するところ胸の最奥のあたりだ。そして気配の発信者に悟られぬよう、息を殺して思うあたりに踏み込み、眼界を凝らし、聞耳を立ててみたが、内視鏡や超音波探知機のようにはいかず、その幽かな気配が何なのか、自分自身のものなのか、自分自身のものじゃないのか、自分自身のものじゃないとすればいったい誰のものなのか、それらの疑問を解く手がかりになるようなものを感じ取ることはできなかった。もっと時間をかければ何かしらの手がかりを感じ取れたかもしれなかったが、ブランカはこの試みに一分以上の時間をかけるつもりはなく、実際きっかり一分しか時間をかけなかった。十一時三十分にはクロワゼット通りの通行人になっていたかったからである。この一分、もしかしたら自分じゃない誰かの気配が潜んでいないとも限らない自分自身の中の知られざる領域に留まっていた一分というものは、ブランカにとって決して楽しい愉快な時間ではなかった。薄気味悪いとまではいかないが、どうも変な気持ちがしていた。誰かにこっそり見られているような気がしなくもなかったので、積極的に気配の正体を突き止めるというよりは、できるだけ気配を刺激しないよう、心とその界隈のひとところからひとまず感じ取れるものだけを感じ取るにとどめておいた。試みを終え、視線と焦点を明瞭で確かな領域に引き戻したあとも、変な気持ちは続いていた。それは、誰かに小さな謎や大きな魔法をかけられているような違和なちぐはぐな珍異な感覚であり、また、おなじ誰かの計略によって、今しばらくの言葉を見えない薄布で包み隠されるようなもやもやとしたおぼつかない沈黙であった。

＊

ブランカはちょっとの間このもやもやした沈黙に浸り、ぼんやりと自分自身の存在を眺めていた。真夏時間のだんまりとした温もりは、ブランカのがらんとした脳裏に、言葉よりも深くて虚ろで未発達な印象のようなものを浮かびあがらせた。印象は心の奥の方から送られてくる何層もの立体的な空気としかいいようがなかったが、正しくは印象に満たない模糊とした印象の原形のようなもので、その色合いや形状を思い描くことはできなかった。ブランカはこの印象未満でつかみどころのない心の浮遊物がいったい何を意味するのかわからなかった。これまで何も感じず考えずただ通り過ぎてきた現象にいきなり意味を見いだすことは難しかった。しかしながら今、遠くぼやけた夢のようにぼおっと浮かびあがっては消えていく印象の原形らしきものは、いつになく感情に根ざしたある気色を帯びているように思われた。ブランカはこれらのことを理屈で感じはしなかったが、今まで感じたことのない新味の感情というものの漂いをはっきりと感じていた。それだけじゃなかった。感情は純粋に自分自身の感情ではなく、自分自身じゃない誰かの感情が奇妙に不思議な具合に入り混じっている自分自身の感情と言っていいもののようだった。感じられるものはそこまでだった。ブランカはそのことを悟ると、来た道を引き返すようにもっとも記憶に新しい光の輪郭を顧みた。そして止まっているのか動いているのかわからない雲の動静を確かめるように時の歩みに目をやった。時計は今が十一時十六分であることを告げていた。この情報を得たブランカは、――あ、というアルファベット最初の文字声であり、エクスクラメーションの意を表明する単体の胸声であり、あるいはただその形にポカンと口を開けた幼い水たまりの漏声であり、むろん自分自身の生の証しでもあるその短音を発声したが、物質的な空気には触れず、光の現物となってブランカの内に木霊した。その光をもっとも記憶に新しい光だと確信するのに千分の六百秒かかったブランカは、次の千分の九百秒でうたた寝から目覚めたように慌てて周囲の様子を感取し、更に次の千分の二百秒でもやもやした沈黙を脱ぎ捨てると、同じ時間をかけて、もっとも記憶に新しい実用的な分明な安泰な沈黙を引き寄せ、再び手足を通した。総計的な言い方をすると、いつもの着心地がする沈黙は、現時を示す六ケタの数字と二秒かからないでヨリを戻し、両者は二秒あまりの隔たりをまったく感じさせない密接な相関性を復しながら、おぼろげに滞っていたブランカの意識と感覚と思考を、もっとも記憶に新しい状態と酷似しているもっとも新しい状態に調和させた。ブランカは改めて時刻を確認する。すると時計は今が十一時十七分であることを告げており、過去一分間の記録が、レジに打ち込まれたレシートのように瞭然とした内訳を以て、新たな記憶に刻まれたことと、それに続いている今この瞬間というものを、ほぼ同時に実感することができた。ブランカは、もっとも記憶に新しい状態ともっとも新しい状態の違いを、それらがひどく紛らわしく混沌と込み入り、容易に判別できないほど似通ってはいるけれど、明らかに前後する連繫的なそれぞれの状態、もしくは有様であることを、はっきりと意識している自分に気づいたが、だからといって何をどう思うわけではなかった。ほんの数分前まで感じられた自分自身のなかの誰かの気配も、その状況に対する強烈な違和感も、今ではただの過去であり、過去である以上、それらがいかに神秘的な実体なき現象であろうと、時の営みは容赦なくそれらを奇跡よりも正確に完璧にまったく同じ大きさの細切れにちぎり、影も形も二度と遭遇することもない途切れのない卵白で満たされた透色の宇宙みたいな場所へ、切れ端ひとつ残さず全部きれいにばら撒いてしまったからである。ブランカは、これらのことを理屈で感じはしなかったが、今感じられる平たくて明るくて輪郭のはっきりした時間の歩みこそが、現実の象徴的な感触であり安堵の常況であり唯一過去でも未来でもない測り難い空間であると感じていた。時計は今が十一時二十分であることを告げていた。ブランカはクロワゼット通りの上で燦々と輝く真夏の太陽を想像した。――まぶしすぎる太陽。その背景にある果てしない広がり。それは見えるところまでしか見えず、長々と続く昼間のうちは白い金属かガラスの欠片のように輝き、日没後はママの引き出しにしまってある一張羅のエルメスのスカーフかミルカやキャドバリーチョコレートの包装紙の色に染まる。ああ！　こんなところに住めるなんてお姉ちゃんは幸せ！　あたしもいつかいい結婚をして地中海に面した場所に佇んでみたい。もちろん誰かの紹介とかじゃなくて、お姉ちゃんみたいに自分で知り合った誰かと十三か月くらい恋愛してから結婚したい。それが理想だ。理想を実現する現実的な方法を知ってる。理想をできるだけ具体的に思い描いてそこから時間と行動するべきことの項目を逆算していく方法だ。この方法はひたすら神様に祈るだけよりもやってみる価値があると思う。ただぼーっとして何にもしないでいたんじゃママみたいな人生になっちゃうと思う。それだけは嫌だ。その点、お姉ちゃんは計画的に努力したと思う。計画的に実行したって言うべきかな。どっちにしろ、好きな人と結婚して念願のコートダジュールに落ち着くなんてさすが蟹座の女だ。計画と努力と実行か……この続きは海岸で考えよう。喉が渇いたしお腹も空いた。海を見ながら飲んだり食べたりするって素敵。長くいられる店に入ってこの件についてもっとよく考えてみよう。そういう時間は楽しい。お姉ちゃんや友達とお喋りするのも楽しいけど、ひとりでそんな風に過ごすのも楽しい――。

　ブランカの体はウキウキとした気分にふんわりと持ちあげられて手足の隅々まで軽かった。ここコートダジュールの夏空のようにどこにも翳りのない何か壮観たる意志と意欲のようなものが、希望と期待のようなものが、気力と体力のようなものが、魂と本能のようなものが、ブランカの頭をリズムカルな調子で左右に揺らし、ココヤシのような体をベッドのクッションの弾みで数回上下に揺らした。それら陽性の体現的運動を助走にして勢いよく立ち上がったブランカは、十一時三十分のクロワゼット通りに存在する自分を目指し、すみやかに部屋を出てホテルをあとにした。

43

ホテルを一歩踏み出すと、日陰道のこんもりとした空気がブランカにまとわりついた。それはこの道の主である猫のアンテナを刺激する直感のようなものを含んでいた。主の姿はなかった。だがしかし、自然光の分身のような、あるいは聖なる翳りを宿しているような、薄墨がかった色の目と毛色を持つ猫の姿がブランカの目に映らないからといって、猫たるものの存在が間近にないという証拠はなかった。というのも、この裏通りそのものが薄墨猫と同じ翳りを我が物顔で身にまとっているからだった。ブランカは、本能の意のままに動くしなやかな肉体で翳り一帯の気配を感受しようとする猫のように、どことなく用心深い足取りで数メートル進むと、密やかに足をとめ、南国果実の濃厚な甘さに近しい自分自身のにおいを確認することで、前方からこちらに接近しているらしい自分自身以外のにおいを感知した。においは単独なもので特に嫌な特徴はなかった。この季節には誰からもしてくる真夏の汗ばんだ皮膚のにおい、それに加えて、長距離バスの車内にたちこめるあの車酔いの原因になるようなにおいがほんの少し混じっているかもしれなかった。ブランカはニャアと鳴いてみこそしなかったが、突然猫になったような錯覚、そう、それはあくまでも錯覚に違いないけれど、それにしてもそんな錯覚を起こしているような気がしながら、次第に大きくなるガラガラいう音の分析に取りかかった。つまりにおいだけじゃなく音だって、耳の中の複雑に入り組んだ壁を取っ払ったみたいによく聞こえた。ガラガラいっているのはトロリーバッグの音だろう。そのガラガラに妨げられてはいるが、自分以外のにおいの持ち主からしてくるのんびりして穏やかな足音は、猫の舌先のように滑らかなざらつきがあるこの通りの気取らない静寂をらくらくと押しのけ、際立ったボリュームでブランカの耳に入ってきた。まだ姿は見えなかった。が、突き当りの表通りの喧騒とこの裏通りの静寂を切り離す遊具のような短いカーブを曲がりきるのに数秒とかからないだろう。——ブランカはなぜかドキドキしていた。なぜかその姿が視界に入ってくる瞬間が待ち遠しかった。なぜドキドキしたり待ち遠しいのかはわからなかった。ただそうするほかに自分が自分でいる方法はなかった。それよりもなによりも、急に始まったくすぐったいようなざわめきが、猫の本能を体験してるような錯覚の感受、そう、まるで何かを強く欲するがゆえに研ぎ澄まされた動物的感覚のようなものと相まりながら、いつだかの恋の予感のようにブランカの心の周囲をぐるりと取り巻き、ざわざわと鮮やかな懐かしい音を立てて時を待ち望んでいた。ブランカは、通りの翳りに己の存在を忍ばせようとしている薄墨猫さながらの直感的判断を働かせ、どうしようか迷いつつ、片足を前に浮かしてはみたものの、やはり慎重に引っこめ、そこでピタッと立ち止まった。そして太陽の日差しと交わったことのない寡黙で痩せっぽちな壁に軽く凭れかかると、何の予兆もなく不意に訪れた恋の予感らしき心のざわめきをこそばゆく感じながら、その恋の対象というのがどうも間もなくこの場所ですれ違うおそらくは見知らぬ人物であることに、いわれのない確信と期待と快味のようなものを懐いた。——見知らぬ人にもつ恋のような気持ち。それが恋といえるのかいえないのかといえば、事実上まだ恋とはいえないのかもしれない。むろんそうかもしれないが、実際に恋の対象者が現れる前からその人物の醸し出すなんらかの気配や雰囲気に気づき魅かれるという例があるとすればどうだろう。そのような例がないとは言い切れない。つまり、ブランカに降って湧いた恋のような胸の高鳴り、ブランカ自身が恋のように感じる心のざわめき、これが恋じゃないとすればいったい何だろう。この息吹と気色こそが、恋というものを鮮烈に裏づける決定的な実感と呼ぶべきものではなかろうか。事実、ブランカは、降って湧いたとしかいいようがないこの恋のときめきを、否定することも疑うこともしなかった。それどころか、いとも素直に自分自身の恋の実感として受け入れ、積極的に真剣に興じようとしていた。

＊

かくしてブランカは、壁にやんわりと凭れかかってその人物が視界に入ってくる瞬間を待っていた。日かげに咲いた一輪の南国花のごとくひっそりとたたずみ、一体の秘密の思いのうちにこもる一双の沈黙を懐いていた。沈黙の触手のような長い手足が、おなじ二層の精霊をもつ熱帯植物から伸びる蔦と根のように絡まったりしなったりしながら、沈黙の密やかな生息を引き立て、そのふくよかに重なりあうスポンジのような息のうえで、沈黙はいささかのんきに、そう、まるで想望の時を忘れたかのように、ブランカの脳裏を一瞬たりの朦朧で覆い無為な停滞に漂っていた。沈黙が本当に時を忘れているのかどうかは定かではなかった。しかし、たとえそうだとしても、つまり時が動いているのか止まっているのかに無関心でいた寸秒足らずが存在したとしても、なんら不思議はなかった。なぜなら、実のところ時は寸秒足らずのあいだ、ルックラックのおもわくによってほとんど止まっていたのだから。厳密に言えば、ブランカの中に存在するルックラックが、この寸秒足らずという時間の中に、ブランカの脳裏と意識をちょいとばかり長く引きとめたのだ。悪戯や意地悪からそうしたのではない。劇的な瞬間を寸前にして、ブランカ自身とそこに潜在する自分自身との存在的な時空的なへだたりを埋めること、すなわち、異なるふたつの個が有する心思をできるだけ融和させ、それぞれに生きる感情のつじつまを極力合わせることが、お互いの見えにくい不安や疑念のようなものを少しでも取り除くだろうし、とりわけブランカの想望にとっては、この恋の雰囲気を、ブランカ自身の感覚が弄りだした心豊かな経験として、やがては愛おしい印象的なひとときの記憶として、確実に成就させるためのよき施術になるだろうと考えたからである。

ルックラックのおもわくどおり、ブランカは風船のように膨らんだ寸秒足らずの沈黙の中に自分自身の言葉を浮きあがらせる。——恋ってものはね。今までの経験やいろんな情報から恋ってものはね。だいたいがこんな風にいきなりやってくるものなの。エルやマリ・クレールの星占いの恋愛のところにだってそう書いてあるのを何十回も見たんだから間違いない。あたしは星占いってものを信じてる。誰にも言ってないけどね。だからいつもそのページだけは何度も読み返して現実と照らしあわせてみる。恋。恋に関してはすごく納得できて信じられるようなものがいくつかあった。誰の占いだったかな？　ちゃんと思い出せる記事はこれといってないけど、なんとなくおおよその要点とかフィーリングをちゃんと覚えてる。恋というものに筋書きや常識や理屈や冗談は通用しません、だから毎回が奇跡っぽいことの連続でとても新鮮です。ちょっと違う感じがするけど、だいたいはそんな感じのこと。違うとしても、まあまあ、なるほどだわ。――思い出した！　これはね、天秤座の恋についてじゃなくて、恋と十二星座の関わりについての最初の部分に書いてあったことだと思う。なぜこの文章が今浮かんだのかはわからない。それよりね、あたしって学校のテキストはどんなに簡単でも全然覚えられないのよ、それが星占いの読み物はどんなに難しいこんがらがった表現でもすごく自然に覚えられて、それに読解力っていうか、星座が告げる人の運勢について書かれたものなら、進んでその意味をじっくりと考えてみることができるの。もちろん恋の性格や傾向についての読み物だって、そういうのを今までどれくらい読んだかわからないけど、そうとう読んでるけど、たくさん読んだからその数だけ、つまりそうとうたくさん考えてきたつもりよ。それだからあたしの恋の性格と傾向は充分に心得てる。とにかくいきなり始まるってこと。十八か月前の恋も断然いきなりだった。けど今回ほどじゃない。十八か月ぶりの恋か……なぜかいつも以上にときめく。なぜかいつも以上にドキドキする。なぜかいつも以上にいきなりのこの恋は――！

何にも代えがたい昂揚感がブランカの心を魅了していた。沈黙は、ブランカの脳裏の口金からチュルチュルと絞り出された糸状の甘い生クリームでお腹を満たし、いささか鈍感になっていたため、寸秒足らずの時間がほとんど止まっていたことに気づかなかったのと同様、再び動き出したことにも気づかなかった。その鈍さが幸いして、ブランカは妙なぎこちなさを一切感じることなく、しごく自然に、現実の然るべきただなか、かくも劇的な瞬間を更なる寸秒後に控えた今この瞬間と、再会し合流することができた。要するに、ルックラックは己の施した時空的細工にちょっとの満悦すら感じる暇がなかった。

44

最初の瞬間、ブランカの目には一体のサントン人形に見えた。白っぽい男のサントン人形に。しかしよく見ると、いや、よく見るなんてことはしなくても、サントン人形はみるみるうちにたいそう大きくなり、三秒も経つと人間の男に見えた。実際それはサントン人形ではなく男だった。翳りの中にくっきりと浮かびあがっているオフホワイトの綿シャツと、翳りの中に溶けかかっているような色味のジーンズ、その飾り気のないこざっぱりとした一体の縦の動線は、ほとんど上下にも左右にもぶれないで、限られた光と時間のトンネルをそつなく通り抜けようとしているかのように、こちらへ向かってまっすぐ平行移動してきていた。全体の印象から、二十三、四、いや、二十七、八の男に見えた。ブランカはまばたきを惜しんで男を見つめていた。顔がはっきりしてくると、決して格好良くはないが、とりたててどこにも嫌味のないその造作や雰囲気から、百分の一秒たりとも目を離さなかった。男の目を弄る時間はなかった。気づいた時にはもう男の顔が、その目の放つ瞬間的な意気意向さえ感じられるほどの距離にまで接近しており、つまりもっとも自然な交わり方でブランカの視線をかわそうとしている男の視線と、ただただ自分の愛おしい人を見つめたい一心で男に張りついているブランカの視線は、ほんの一瞬、見知らぬ者同士のエチケット程度に交わった。ブランカは、一瞬の視線の交わりが一瞬にして終わったことへの言いようのない物足りなさと、待ち焦がれた人にようやく出会えた実感と合致する言いようのない喜びを噛みしめながら、男の後ろ姿を見えなくなるまでじっと見つめていた。見えなくなるまでの時間が数秒にも数十秒にも感じられたのは、男に対する思いが強すぎて時間の感覚がお留守になったためであったが、男が消え去った数メートル先のほの暗い建物が今しがたブランカの出てきたホテルであることも、同じ理由から生じた事象であるのかどうかはわからなかった。しかし、今この時までに味わった奇妙な心的触感、現実でありながら現実に満たない領域を震源とする幽かな昼夢のような感得の連なり、いつしか未知の恋愛感情を一途に想い欲していた胸奥的な記憶の連繫が、あるひとつの神秘に息づく立体の影を醸しながら、それらの現象を経てこの瞬間に至り、そう遠くない未来のうちに、辿り着くべき事象へ辿り着こうとしていること、また、それらの現象と共に宿り始めたあるひとつの気配、確かなテレパシーのようなある一人の存在と意志の気配は、あるひとつの神秘の主に他ならず、要するに、神秘と気配の主であろう確かなある一人の存在と意志が、ためらいなく自分自身の経験として、同時進行し続けている現実のすべてに関与していることを、ブランカがまったく感じなかったかといえばそうではなかった。正確に表現すれば、男との遭遇を果たした今、そう感じつつあるブランカであった。男が視界の外に吸収されたあとも、ブランカはしばらく翳りの中に残っている男の余韻を味わっていた。洒落っ気のない服装、直線的で清々飄々とした歩き方、この翳りに馴染まなくもないどことなく大人しげな雰囲気とやや細身の体つき、長すぎない太すぎない首と小さすぎない頭、指で梳いた形跡のない煤色の髪、そして正面から見ることのできなかった顔だが、いたって平凡な顔立ち、その印象にはどこか不思議な柔らかさがあり、それは人柄や性格というよりも、持って生まれた趣やちょっとした魅力の片鱗のように思えた。とりわけ目の表情が印象的だった。たった一瞬の交わりではあったが、その眼差しには、自由のきらめきを映すような潤沢と、ありのままの心の動きを示すようなすばしこい微光の温もりが感じられた。ブランカは、自分の言葉では表現しきれないそれらの面影を、ひとつひとつ手に取って観賞するように思い浮かべ、もっと豊かな的確な手応えを得るために、星占いの言いまわしが読者にもたらす未来的な詩情と推測をそれぞれの描写にあてがってみる。すると描写たちは、くまなく繰り返し再生されながら、未来に漂う言葉をまとってうるうるとその輪郭を炙り出し始め、じきに訪れるであろう事象の青写真をブランカの脳裏に浮かびあがらせようとしているように思えた。しかしそこまでだっ

で広い空のむこうに消え失せてしまった。

45

ブランカは、恋の予兆を暗示する運命線を探るように、うっすらと残された一筋の雲を追いかけ、おそらく未来の情景へと向かった飛行機の行方を手繰ってみる。飛行機が目的地に着いていようがいまいが、そこには今日とまったく同じ真夏の空が、その下には一日のうちのもっとも熱くもっとも長い時間帯を漂うなまぬるい真夏の海が広がっているだろう。――海岸線に沿った手すりや遊歩道に人が群がっている。たくさんの喋り声が聞こえてくる。ほとんどのやりとりは遠慮も気取りもないあけっぴろげな調子だ。気心知れた大勢のかれらはお互いが知りあってからの時間を計算するのに片手か両手を必要とするだろう。もちろん海岸線にはそういった間柄ではない人々も存在する。アイスクリームとコカコーラの屋台や溢れそうなゴミ箱や回転が速すぎる小規模なメリーゴーランドなんかの裏手にある意外に静かで清潔な空間からは、どことなくぎくしゃくとした喋り声も聞こえてくる。喋り声は、自転車に跨った飼い主に連れられて通り過ぎる比較的大きな犬がブンブン振り回している尻尾と、健康状態が良く上機嫌なことを証明しているタッタッタッタッという快調な走音によって、容易に掻き消されてしまうほどの、たいそう畏まったやりとりである。男女は出会ったばかりだ。一組の、というべきだろう。一組の男女は、知りあってからまだ数分しか経たないように見える。そう。ふたりは知りあってから数百秒しか経たないので会話がぎこちなく噛みあわない。そこに居あわせた時間さえいささか戸惑っている感じがする。この男女が将来、ほんの短い時間にせよ、恋仲になるかどうか、その判断の材料になりそうなものはなにも見当らない。未来のことは教えられないといった態度を顕にしながら、やりにくそうに時間が駒を進めているだけだ。

つまり、女の恋の告白が男に受け入れられるかどうかは、この世の万事が万事そうであるように、その瞬間を迎えてみなければわからない。たとえ世を違えた者の切なる思いがそこに深く介入しているとしても、時の数字が担っている現実の有様と形相を欺くことはできない。なおかつ、現実というものは例外なく確かに存在し続けるのだ。ブランカは、この男女がやがて疑いの余地なきひとつの結論に達するということと、その背景に存する時間的形態との、一見まったく無関係にみえる不条理な相関関係の端末を、ほんのちょっぴり理解しかけた感じがする。そしてそれらが、全体のない巧妙なモザイクのようないくつもの偶然と偶然が、たまたま重なり合い組みあわさる瞬間の感触を想像してみたけれどうまくいかなかった。一瞬、みずみずしいダメージのようにしっとりとして虚ろな流気が、ブランカを日なたのじりじりした熱さから遠ざけた。遠ざけたといってもわずか数メートルの距離だった。海岸線の方からは相変わらず砂浜に吸収され損なった心地よいざわめきが聞こえていた。すると、数秒も経たないうちに、今度は、逆流する気体がブランカをもとの場所へ連れ戻し、誰かの意志によって、ブランカの視界は、そこがぴったりもとの場所であることを認識するために、澱みなく開かれる。意志が内容の確認を求めた。アイスの屋台やゴミ箱やメリーゴーランド、それからその裏手には静かで清潔な空間が、数秒前と変わらない状態でそこにあった。しかし一組の男女の姿はもうなかった。ブランカは残された風景を眺めやった。空は依然としてもっとも熱く長い時間の盛りにしぶとく留まり、海岸線に沿った遊歩道はそぞろ歩く観光客や犬連れの地元住民やサイクリングの愛好者なんかで賑わっていた。

*

遊歩道の雑多な賑わいを縫ってひとりの女が走っていた。女の額にはじっとりと汗がにじみ、鎖骨の上を跳ねまわっている細いネックレスが、歓びの早鐘を打つような女の息づかいに合わせて、太陽よりも眩しく鋭い破片型の光を撒き散らしていた。そのどことなく艶めかしさのある煌めきが、ブランカの好奇心を直に刺激した。そこでブランカは、女に近づき、種々様々な熱気の中から女のにおいを嗅ぎとった。それは不快なにおいではなかった。むしろ妙な親しみを覚えるという点では快いにおいだった。その他にも何か、感じたりつぶやいたりしたのかもしれないが、何を感じて何をつぶやいたのか、ブランカ自身にも届かなかった。すると、もう一度、女の印象が、今度はブランカ自身のはっきりした意識を伝って届けられた。――ひとりの女が、遊歩道を走りながら、歓びの感情に浸っている。その瞳は金色の豊かな溶媒で満たされ、その表情は魂の鼓動に湧くような強い輝きを放ち、輝きの奥には美しく揺らめく炎のような熱の潤いが感じられる――。ブランカは、その他にも何かを感じているような気がして、それが何だか自分自身に問うてみたが、女の印象というよりも、印象がもつ印象のようなものに覚えがあるような感じがしただけで、その先にありそうなもっとはっきりした何かを感じることはできなかった。というのも、これから何かがはっきりと感じられそうだった。その期待が、ブランカの好奇心をさらに刺激し、女をじっくりと見てみたいという直の欲求に駆られた。そこでブランカは、女の温気がかかる距離にまで視線を伸ばすと、女の顔を間近から眺めてみた。

＊

分け目のないショートカットの髪が、卵型をした顔の輪郭と、ほどよい角度をもつ控え目な耳の形状を強調していた。女の目鼻立ちは特別に整っているというわけではなかったが、さほど高くはないのに鼻筋がまっすぐ通った鼻は、小さな公園の中央に設けられた滑り台のように周囲の起伏をほどよく集約し、両側の豊かな盛り土のような頬骨に大らかな性格的魅力を与えていた。目は上瞼の端にどこか孤高な佇みの影を従えた薄羽のような切れ長で、瞳全体が精気の火炎のように勢いよく美しくほとばしっている。火炎の勢いは熱く激しい。思うがままに森を駆けめぐった果ては、すべてを燃やし尽くす運命にあるのかもしれない。ブランカはこの情景を食い入るように見つめながら、女の眼をすごくドラマチックだと思う。そして「この人は恋をしてる。あたしと同じようにね……」と自分自身に囁きかけると、急になんだか慈悲深い気持になり、女に背を向けぬよう二、三歩遠ざかった。あたしと同じように、と囁いたが、どうしたって女の恋のほうが自分よりずっとずっと運命的に思えたからである。ブランカは、恋の大見栄を張ってみたり、すぐそのことに気づいて謙虚になったりする自分自身の子供っぽさを嘲笑しながら、女の眼差しについてもう少し言葉を並べてみたい気持になる。運命的という言葉で片づけてしまうには全然事足りない、何か自分自身にだけ用意されたような特別の神秘がそこに感じられることを肯定し証明したかったからである。それは、ブランカの考える恋の領域を超越した力のようなものや、そこに宿るしごく自由な一個の魂と思しき物影や、強い磁気を帯びたように逸る心の真相と事情、といったものから、目に見えない境界線で隔てられているふたつの世界、それらの間をさまよい続ける者たちの終わりなき旅、月からの透色の伝言、星々の膨大な四方山話、さらに、誰の口からも明かされることのない捉え難い瞬間の秘密、といったものにまでおよび、一気に並べ立てたこれらのイメージの、どこまでが自分自身のもので、どこからが占星術師たちによる記述的表現の受け売りなのかは、ブランカ自身にもはっきりしなかった。本当に自分自身が思い感じることを言葉にできるなんて、そんなことは滅多になく、常に自分自身が発する言葉の何割かは、たまたま脳裏に居合わせただけの限定的な常用的ないつもの決まりきった語彙たちが、意識の有無をピンボールのようにかすりながら、適当に組み合わさって生じたものに過ぎないということを、ブランカは自分自身の性質に自覚できる希少な真実として認識し、この真実に関してだけは、曖昧さも虚偽もないまっとうな自分自身の言葉を用いて、満点の方程式が書けそうなほど完璧に理解し実感していた。それにしても、並べ立てたイメージの最初のいくつかまでは、むろん本当にブランカ自身が感じたことでもあった。そう思った途端、ブランカは、またその最前に新たな言葉をつけ加えそうになり、せっかく消えかけているまじめ腐った自己認識の瞬間を再びほじくり返すなんて真っ平御免という理由から、慌てて口を噤む。そして言葉になりかけていたものをぐいと懐の奥に押し込めてしまうと、言葉に封じられていた言葉以外のものたちを開け放ち、改めてこの場に存在しだす何かを感じるために、腰まである髪を両手で力一杯かきあげ、ぎゅっとひとつに束ね、鳩の出し物でフィナーレを飾る手品師のように、鮮やかなジェスチャーでパアッ！　と手を離した。これはブランカが気分に鮮度を吹きこみたい時、よく採用する習慣的な行為だ。すると、女が現れるまで見ていた実写的な景色、海岸沿いの遊歩道やその背景に広がる銀灰色の海が、ブランカの目の前にありありとよみがえり、当時ブランカの正面にあったはずの有限的な遠点とその周辺に点在していた複数の事物は、女の走行距離だけ、つまりほんの僅か後方に移動したことがわかった。

＊

ブランカは、今まで女の顔にばかり感けていて、自分が海岸沿いのどこいら辺にいるのか意識し忘れていたが、数メートルほど先に遊歩道から海岸へ下りる階段を、そして階段脇のベンチにいつものおじいさんが腰かけているのを見つけたことで、今いる場所を正確に把握することができた。何キロもありそうなこの遊歩道には無数のベンチが設けられており、その大概のベンチにおじいさんと呼べる年齢層の男が腰かけているので、よほど目立つ特徴がない限りそれが特定のおじいさんだと判別するのは難しいが、このおじいさんを判別するのは容易かった。頭に乗せている形の悪いピーマンそっくりにひん曲がった五色使いのチューリップ帽は一度見たら忘れられないし、帽子の中にはミミという名のブラウンシュガーフェレットが潜んでいて、そのミミとやらがガサガサゴソゴソと動きまわるたびに、おじいさんの帽子が怪しくずれたり浮いたりする様子は、好むと好まざるとにかかわらず、ブランカの記憶にカラフルな目印として鮮明だったからである。ブランカは居場所の地理的な検算をするため、縮尺の比率を変えて周囲の景色に目をやった。そうしてみると、二、三十メートル前方には、カールトンホテル専用のサンデッキになっている桟橋と、桟橋の行き止りに掲げられているホテルの白い看板が、そして逆方角には、シュケの丘の上に建つノートルダム・ド・レスペランス教会が、思った通りの大きさに見えた。

46

女はカールトンホテルの方に向かって走っていた。ブランカはまだ女から離れる気になれなかった。女に魅かれる理由は自分にもわからなかった。三十度以上はありそうな真夏の大気と、額から流れ落ちる汗を拭おうともせずに走り続ける女の知られざる熱気が、なぜこの女に魅かれるのかわからないのをいいことに、またしても軌道を外れて自分自身の散策に耽ろうとしているかのようなブランカの刹那をとらえ、今という状況のただなかに封じ込めたので、ブランカ自身はなんにも感じないまま、好奇心が指定したこの女に密着し、理由なき冒険から課せられた感覚的作業にまあまあ集中していた。それはまんざら嘘でもなかった。ブランカは今、女の歩幅がだいたい六十センチ前後であること、女の顔立ちには長い年月を経過してこのような形がなされたというべき由緒正しさや品格みたいなものが感じられるということ、それから女が車道の方を気にし始めたことも感じ取っていた。一番の目玉であろう三番目の発見は、天秤座の豊かな観察力が発揮された、という狭義的解釈においてブランカを満足させた。このちょっとした自惚れが過剰に慢心的かつ自発的な余裕を生んだので、つまり余った観察力は温熱の気塊に隠れて私的な産物維持の運用に、いうなれば想像的描写に使い込んでしまった。すると、観察の余白が、教育的な囁きをブランカの耳穴に忍ばせた。――くれぐれも温熱の気塊にばれぬよう……。この警告をブランカがありったけの傲慢無礼な沈黙を用いて無視したところ、観察の余白は、見事に豹変し、低い荒々しい息声をブランカの耳裾で破裂させた。――ふん！　勝手にしろ！　ブランカはこれが、この一息一言が、なぜか猛烈に擽ったくて無性に可笑しかった。危うくブッ！　と吹き出して保つべき心格を喪失するところだった。吹き出すのだけはどうにかこうにか逃れたが、明確な理由がないのにひょっと現れた笑いは、同様に、明確な理由なしに大層しぶとく、発作のように打ち寄せる痙攣的な笑いの波は思いのほか高く厚く長かった。ブランカは、滑稽な動機で急に全身の力が抜けた馬上の牧童のように、歯を食いしばって無き馬の背中にしがみつき、自分自身の尻に鞭を打とうとした。しかし思うように力が入らないし、第一、想像上の出来事とはいえ体勢に無理があったので、あえてそれにはおよばなかった。

＊

ようやく発作が治まりかけた頃、まだ油断ならないことを示唆するような大きな揺さぶりがブランカを襲った。ブランカはてっきり振り落とされたと思った。不意に視界全体が鉛直的に回転したからである。その際、ビュン！　という音を立てて車が目前をかすめていき、それでようやく状況の真相に気づいた。女が方向転換をして、クロワゼット通りの車道を横切り始めているのだ。ブランカはとっさに女の顔を覗きこんだ。すると女の表情はいっそう煌めき、本物の小さな太陽の顔であるように輝いていた。輝き全体に夕陽のような火光の情景が滲んでいた。それは来たる瞬間に思いを馳せる女の強い気持といえようものを映しており、美しい影絵といえようあるひとつの愛情物語を潜ませていた。ブランカは今度こそ本気で恋にひた走る女の表情を凝視してうっとりする。釘づけになる。もう目が離せない。そしてこの衝撃的な自己の変革が、ブランカの記憶を形成している無数のガラスのカードみたいなものたちの、少なくとも最前列から――そう、多分数万枚に、新品同様の素晴らしい鮮度をよみがえらせた。鮮度の魔法にあぶれた最前列かその次あたりに、いつぞやのあれら卑しきものたち、そうと直感するだけで無性に苛立たしい一群のシルエットが図々しくもまだ居座っていた。それらは、車がビュン！　と唸った瞬間、クロワゼット通りにきれいさっぱり全部投げ捨てた気がする、いや、そうしたはずなのに、実際は捨て切れておらず、あつかましくも残留に成功した、極度にくだらない旧想像物たちの群れだった。つまり、現時においては何の意味もなさないひどく幼稚で忌々しい描写の亡骸の数々だ。ブランカは、警笛を鳴らしながらダメダメダメ！　と叫び、それら卑しき一群の太い首根っこを乱暴に掴みあげ、絶対に捨て残しがないよう、意識の目と手をくだして一気に投げ捨てた。それらは、塵となって彼方に散りゆきながら、それでもまだ、残像にしては甚だ生々しいシルエットを保ち、最後の最後までブランカの記憶の貯蔵庫に未練がましくつきまとうため、命がけのアプローチを決行していた。ブランカはこのアプローチが許せない。直情のまま、この鈍足な図太いくせものたちの存在を憎み、その不愉快きわまるシルエットを、ああ！　煩わしいったらありゃしない！と思叫ぶ。あんまり煩わしく嫌なものたちなので、別の言い方をすれば、いっそ悪しきものの最期を見届けようとして、あるいは単に嫌なもの見たさから、ブランカは、持すべき意識配分の均衡を失わない程度に、遠ざかっていく屑物をまこと冷ややかに見降ろした。ブランカの目にそのシルエットが映った。シルエットは、記憶の有無を隔す境界線の最古の頂にたなびいている星の王子様とお揃いの程長いスカーフの末端に、一本のほつれ糸を装って執拗にしがみついており、なんと！　あろうことか！　こちらに向かって白いハンカチを振っていた。その心なしか親愛の情感をこめているようなたっぷりの振り方がブランカをますます苛立たせた。苛立ちはグラグラと沸騰してたちまち怒りに変わり、怒りは怒りの本能と我欲を曝けだしてただもうがむしゃらに怒りまくった。珍しく感情の主役に大抜擢されたことを猛り喜び、その期待に見事な怒りを以て応えようと、なおいっそう勇み奮起したので、現状は更にエスカレートした。ブランカはもう我慢ならない。このような醜悪な屑物は一刻も早く無感の領域に、完璧な忘却の領域に葬られるべきだ。それで止めを刺すことにした。ブランカは、意識配分の約束を守りながら、希望の微塵たりとも敵に分け与えないよう十分用心したうえで、女が撒き散らした光の破片をひとかけら拝借すると、それを鋏代わりに、スカーフの末端から疎ましいほつれ糸をちょんと切り離した。すると葬られたシルエットはハンカチをぎゅっと握りしめたまま終末的な滑落を見せた。歴史なき世界に猛スピードで吸い込まれていく卑俗なシルエットの様子は、三流のサイエンスフィクションといってよかった。シルエットの消滅はブランカに何の感動も授けはしなかった。そのおかげでブランカは速やかに現場を立ち退くことができた。

*

忌まわしきシルエットを手際よく処分したブランカを中堅の沈黙が迎え入れた。ブランカ自身の言葉は従順的な物腰でこの沈黙を意識していた。沈黙が寡黙な性格をしていたからである。それは言葉の少ない指導者から得たわずかな単語を並べ替えて咀嚼するあの白い合間とよく似ていた。ブランカは、ぱらぱらと沈黙の表面に降ったごく少量の単語をかき集めた。そして何を考えるべきか考えあぐねつつ、とにかく、今ここでそれらを何かの形にすべきだという状況の意向に従って、触れたものから順不同にくっつけていくと、ひとまず、何もないよりはましかもしれないひと塊の鎖状の嵩ができあがったが、どうにも隙間だらけで安定性がなく、卓上に転がった未完成のオブジェクトみたいだった。沈黙がじっとブランカの咀嚼を待っていた。ブランカはこの沈黙が明けるまでに単語を正しく連鎖させる自信がなかった。それでその旨を相手に伝えるため、大丁寧な微笑みを浮かべてみた。すると沈黙は、――別に今じゃなくてもいいですよ。そのうちにね、と水菓のような声に自身の言葉をぐらせながらひっそりとうつむいた。傍らでいびつな嵩を張っている単語たちの様子に進歩的な変化は見られなかった。「今はまだできあがっていない」という表題を誰にともなく与えられた彼らは、その表題がえらく気に入ったので、その表題を有する展示物にすんとなりすまし、どことなく自慢げな静寂を総身に纏って沈黙の場内にじっとおさまっていた。ブランカはこの展示物が完成する時期とその完成形を想像してみた。どちらの想像も貧弱で乏しく、焼いても膨らまない二個のパン種のようになす術がなかった。それだから三個目のパン種が焼いてもいないのに膨らみはじめたのにはたいそう驚いた。三個目のパンはブランカが驚きから覚めないうちに完成した。焼きたてのパンはこうばしい熱に包まれ、上部の円い表面についた丸くこんがりとした焼き色は聖職者が被るカロッタのようであった。ブランカは薄小麦色のカロッタを被っている聖職者の言葉を待った。待ち時間は三個目のパンが焼けるまでの時間よりもずっと長く感じられ、今こうして沈黙がブランカの言葉を待ってくれている数えようのない時間よりもずっと短くて些細なものに違いなかった。まもなく言葉がブランカの脳裏に灯った。言葉の主が三個目のパンでもカロッタを被った聖職者でもなかったことは、複雑に重複しあう数多の沈黙の一番手前の縺れを解消したが、言葉の主が現れた瞬間、それがスーツ姿の四番目の賢者に見えたことは、少なからずとも解消したばかりの重複的沈黙に新たな一瞬の縺れを生じさせた。つまり言葉の主はビジネスマン風の第四賢者でもなかった。言葉は色素や体格をいっさい持たない純粋な言葉そのものであり、もしそこに声という生きた道具が存在するとすれば、それは秀逸な本を心の内で音読するときに聞くあの声、慎重な速さと真摯な重みを伴う自分自身の声であった。ブランカは、それらのことが真実であるよう祈りながら、セレンゲティ国立公園の沼椐で硬直したようにひた止まっている単独ヌーに劣らない鋭敏な感性の瞬間をむかえた。最初のうち言葉は、粗熱の取れた一点物の陶磁器のように繊細でありながらどっしりと落ち着いていて、重複しがちな形態とは明らかに異なる独立した一個の威厳に満ちていたが、次第に何やら怪しく鬱陶しくなった。それから、時間が気になって仕方がない牧師の説教とまったく同じ調子を巡ったのち、ブランカを退屈させるぎりぎりのところで終わった。ブランカは、その内容を素直に受け入れ理解しようと努めることが、自分の気持の源泉らしきものを有意義な実績と優越の境地へ高めてくれるだろうと思った。意外にも、ブランカは四割五分程度の理解を介して内容を受け入れることができた。その証拠に、説教じみてはいるが密封保存しておけば今後の安心材料になりそうなこの内容を、いつ何時取り出しても即馴染めるよう全文をできるだけ平易な表現に改め、それでもまだいくぶん余裕があったので、もう一度やり直した。ブランカは、本来の言葉よりも文字数は減ったのに反ってまわりくどい感じがする完成文と向かい合う。試読するために。完成文は、えーと、で始まり、こんな風に続いていた。

＊

ある実践が繰り返されることによって築かれる言葉を意識するべきです。それはたまたま脳裏に居合わせた雰囲気が適当に組みあわさって生じる自分自身の言葉とは全く違う過程を経て生み出される後天的な言葉であり、実践のひとつひとつが丹念に時間をかけて鎖状に繋がっていきながら少しずつ編まれていく中継的な自然現象のようなものです。さあ！　ブランカ・エストよ！　わたしはあなたにもうひとつの言葉の存在性を示しました。これであなたの言葉の選択肢はぐんと広がったと言えましょう。わたしの言わんとしていることがおわかりですか。ああ、わかっちゃいませんね。ならば率直に申しあげるべきでしょう。いくらなんでもあなたはわたしを待たせすぎですから。ブランカ・エストよ！　耳をかっぽじって聞きなさい！　あなたは早急に言葉を探しださなければなりませんよ。いいですか。あなたが理想の言葉を見つけられるまで、今もこうして引き止めている時間が、いったいどれだけの時間に相当するのか考えてごらんなさい。誤解しないでくださいよ。わたしはあなたを責めてはいませんよ。ただあなたがあまりにも頻繁に、厳密に言えばこの数十秒で数十回も、とにかくやたらと立ち止まっては好き放題に時間の細胞を拡張してまわっているせいで、細胞の羅列は不揃いな実をつけたジャガイモの茎のようにひどく不格好な外観を強いられ、稀にその状態のまま、というのはこの一帯、厳密に言えば数分前から今に至ってですが、突然異常な粘着力で細胞同士が密接に交わり始めたことの表われでしょう、それにしてもですよ、つまり時間の細胞はかくもだらしなく間延びし、稀にその状態のまま、あなたが理想の言葉を探し当てるまで、空虚な待ちぼうけを食わされているのです。もう一度言っておきますが、わたしはなにもあなたを強く咎めちゃいません。ただね、あなたがいつまでたってもまともな言葉を探せずにいるこの非能力的行為というのは間違いなく時間の進行に対する妨害です。ところで、時間というものが何を意味しているかわかりますか？　あなたが理解できそうな単語を選びましょう……人生です。あなたの人生という意味ですよ。え？　回転率の話なんかしてませんよ！——ああ！　嘆かわしき我がブランカ・エストよ！　心して！　心を集中してわたしの言葉に耳を傾けなさい！　あなたはいつも愚かです。しかしわたしはいつだってあなたの味方です。なぜならわたしはあなたに見いだされることで存在するからです。もうわたしが誰だかおわかりですね。え？　なんと？　全然？　わからない？——けっこうです。ならば敢えてはっきりさせるのはよしましょう。お互いのためにね。さあ！　ブランカ・エストよ！　これ以上もたついている時間はありません。今すぐに言葉を探りなさい。さもなければ、あなたが何よりも親しんでいたいと望む世界の感情はこれをきっかけにあなたを離れていくでしょう。自分自身の言葉を持たない食わせ者なんかに食わせる世界はないってことですよ。そんなことになれば、あなたの人生はところどころでことごとく行き詰まり、新月や満月の願いごとすら薄ら寒くてむなしいものになりますよ。さあさあ！　愚かなるブランカ・エストよ！　幸いなことに針や数字によって実態を醸し出している時間は、待つ感覚も待たされる感覚も持ち合わせていません。——ブランカ！　ブランカ！　人の話を聞く時は露骨につまらなそうな顔をするものではないよ！　わたしはいたって真剣なのです。ではいいですか？　あなたがすべきことはたったひとつです。今すぐ待ったなしで少しでも真に近い言葉を捻りだすことです。そして辿り着くべき場所に辿り着くまで、もう二度と、断じて馬鹿馬鹿しい寄り道をしないことです。難しく考えることはありません。言葉はすでにあなたの意識の扉に片手をかけようとしています。ほら！　よく耳を澄ましてごらん！　この機会を決して逃さぬように！　最初に聞こえた言葉が必ずやあなたを実の未来の入口に導いてくれるでしょう。では、さようなら。

＊

完成文はわれながら素晴らしい出来だった。——さて。ブランカは言われた通りによく耳を澄ましてみる。すると、少しばかり錆びついた鉄製の意識の扉が、厳かにギイという音を立てて開いたかと思いきや……それは「あれなんかどう？」という嗄れた肉声であり、どうやらこの女の声こそが、待ったなしでブランカの上に舞い降りてきた最初の言葉らしかった。ブランカは、どんなにぼんやりしていても自分の声と他人の声を聞き違えはしないという絶対の自信があったので、これをまともな言葉とみなすかどうか一瞬迷ったが、大至急という要望に逸早く応えたことを高く評価するべきだと思い、直ちに採用することに決めた。女の難問に「どうだかね」と生乾きの靴下を被せられたみたいな痩せ型の男声がそっけなく答えた。それらは申し分なくまともな言葉だった。その後にがやがやという喧喋的な周波数で括られよう何人かの男女の声が続いたが、それらも正真正銘まともな音圧の域に飛び交う言葉の本体だった。言葉たちは、たくさんの資格を持つ現役盛りの意欲的な人物のように、明瞭な周波数と音圧とその他にも現実的構成を網羅している要素の諸々を具えており、針や数字によって実態を醸し出している時間の情景と薄紙一枚の隔たりもなく一致していた。ブランカはこの情景が懐かしかった。どれくらいぶりなのかはわからなかった。実態を醸す数字に換算すると二十二かそこらだと推定されたが、それを時間に換算すると何分になるのかは推定できなかった。いや、時間に換算すると二十数秒か二十数分かそのどちらかもしれない気がしたが、どちらにしろ、それらが一体どれくらいの何に相当するのかは、記憶や意識やその他目に見えない夢想的空間を網羅している毛細血管のような感覚的余韻をくまなく顧みる必要があり、すなわち皆目見当がつかなかった。情景は、ブランカと同名の世界がいつのまにかやたらと着重ねた何枚もの薄紙を残さず剥ぎ取り路上に投げ捨てた。ブランカは何を思うでもなかった。ただ女の睫毛に次々と汗の滴が絡まっていく様子をじっと見ていた。さいわい時間的問題はなにも起こっていなかった。その証拠にクロワゼット通りはすでに見えない。丁度今過ぎ去ろうとしているところだ。

＊

女はクロワゼット通りを渡り切り、斜め前方にある扉なき入口を見る。入口は脇道という総称にふさわしい細い物陰の風情に満ちている。ブランカはこの物陰に覚えがある。女と入口の隔たりを切れ間なく旅行者が行き来している。彼らはコートダジュールの強烈な日射しのせいで洗練と洗脳やいい香りと悪臭の違いが若干わからなくなっている。それがお喋りに表われている。そして誰もが皆楽しそうな顔をしている。女は旅行者たちを縫って物陰の入口を求め、旅行者たちはお互いを縫って手頃な土産物を求めている。ブランカは旅行者たちが遠目から眺めると非常に微笑ましいのに、間近で見ると微笑ましくもなんともないことに気づく。だがそれだけだ。物陰の入口には扉がない。

光が裏返った。その途端ブランカは女を見失い、途方もない勢いで針穴に吸い込まれるような感覚を瞬いた。ブランカの意識は、渦巻く感覚のなかで、凄まじい疾走と見えない情景を味わいながら激しく攪拌された。やがて感覚はにわかに静止をむかえ、意識は終わりの瞬間と始まりの瞬間を同時にたどり、脳裏は不思議な想起で満たされた。ブランカはまだ何も思わなかった。ただ、ここが、過去でも未来でもなく、当然ながらまたとない現在でありえる場所、最初の刹那では意識感覚の漂着地と感覚意識しがたい場所、つまりたった今待ち焦がれた人とすれ違ったばかりの場所、日陰道ピトレスク通りにひっそりと佇むホテルピトレスクからほんの数メートル光寄りの場所であることを知覚し、その密やかな結論、あるいは、一脈のおぼろげな記憶から生じた直感的甦生として、時間の本体がものの一瞬もかけないで針穴を通り抜けたことにぼんやりと目醒めただけだった。

47

部屋に荷物を運び入れると、ランソワは海側の窓を開け放し、午前中に集積した心身のざわめきを一旦きれいに拭い去るため、ベッドの端に深く腰掛けた。女主人が言ったとおり、部屋には人の温もりひとつ残っておらず、ランソワ好みの、しばし熟睡していたような薄影たちの寝起きのにおいがした。ランソワは太陽がどの位置にあっても日射しの直撃を避けられそうなこの部屋の向きに好感を懐いた。窓の外側にはジンクスの舌の形をした小さなバルコニーがついており、そこに立てば、どの時間も眩しさに遮られることなく好きなだけコートダジュールの海を堪能できそうだった。ランソワは早速立ちあがって実践してみる。すると丁度いい距離をおいて日射しの世界が広がっていた。光と影の境界線を正確に探ることはできなかった。それはリアス式海岸を模る鋸歯のようなギザギザよりもよほど複雑に入り組んでおり、折れ曲がったり伸びたり縮んだり隠れたり、隠れたかと思えばまた全然繋がらないところからひょっこり出てきたりしていた。むろん最終地点がどこなのかはわからなかった。しかしあらゆる種類の線が点で始まり点で終わることを疑わなければ、光と影の境界線が誰の意識にも留まらない点と点を結んでいることだけは確かだった。ただし「誰の意識にも留まらない」という部分はランソワの勝手な思い込みによって取りつけられた点の概念的設定で、「あらゆる種類の線が点で始まり点で終わる」のかどうかを証明してくれるものは何も思い当たらなかった。ほんとに何も。それでランソワはほっとする。なぜなら、そんなことよりも、ほら！　この眺めだ！

眺めは素晴らしかった。視界の隅から隅まで美しかった。一年前と何も変わっていなかった。変わったことといえば——と、ランソワの想念はここでピタッと止まってしまった。急に何か熱っぽい空気のようなものがランソワの心に込みあげてきて息苦しくなったからである。ランソワはドキドキした。その理由を明確にする勇気はなかった。それで敢えて明確にはしなかったが、結局のところ、その姿形や動きや声を思い浮かべずに済ますことはできなかった。姿形や動きや声はひとつの愛おしい立体的な印象となってルックラックその人の面影に宿っていた。ランソワは愛おしさからその面影が三日前のものであることに時間的な意味を与えざるを得なかった。それは三日前に中央広場でルックラックと別れた瞬間から今以て続いているそれぞれの時間を意識することであり、またその瞬間までにルックラックと過ごしたわずかな時間を回想してみることだった。まずそれぞれの一番目のそれ、つまり自分自身のこの三日間という時間を振り返ってみることはそれほど難しくなかった。けれども二番目のそれ、つまりルックラックのこの三日間を想像してみることはできなかった。手掛かりになるような情報は何もなかった。交わした会話の中にカフェや就職という単語が出てきたが、それらがルックラックの三日間の人生を示唆しているとは考え難かった。三番目にランソワはルックラックと共有した時間を正確に計算してみようとしたが、それもできなかった。どこからが共有した時間なのかを明らかにするには、ルックラックの回顧的証言がぜひ必要だったからである。とはいえ、ルックラックに訊ねなくとも四番目の、いや、四日前のカフェ『あなた次第』でルックラックの「おりこうな犬ですね」から始まったあれらのやりとりは、ここで考察すべき共有の仲間に含まれないことが明らかだった。ランソワは、一瞬脳裏を過ぎった傲り高き推測を顧みて思わず顔を赤らめた。このやり場のない恥ずかしさをごまかすために何か言わなければならなかった。それで苦しまぎれにベッティ・ウィネス！　と言った。これにはランソワ自身の内なる声も、おお！　ベッティ・ウィネス！　と思わず叫んだ。「へえ、そうか、あのベッティ・ウィネスがね……」ランソワは実際にそう呟きながら、彼をいきなり現実のカテゴリーの中へ割り込ませ、ぐいと招き入れる。さあ！　どうぞ！　どうぞ！　ベッティ・ウィネスさん！　いいところに現れてくれました！　大歓迎です！　ベッティ・ウィネスさん、僕はあなたが今開催中のロジャースカップで勝ち残っていることを今朝方知ったんです。エクサンプロバンスから乗ったバスの中でテニスラケットを持った学生達がそう話しているのを聞いたんです。彼らも僕も心からあなたを応援しています。

余談ですが、僕はあなたが僕と同じ国で生まれ育ったことに親しみを覚えています。だからあなたのことはいつも気にかけていました。でも、今までのあなたはなかなか勝てず、テニスのために国籍をフランスへ移してから数年が経つけれど、一度だって今回のように勝ち抜いたことはありませんでした。次の試合に勝てば決勝戦進出ですよね。もしこの大会で優勝すれば、あなたの実力が多くの人に見直され、ランキングは一気に上がるでしょう。そこはカナダのモントリオール？　トロント？　よくわからないけど、とにかく全力を尽くして頑張ってください。きっと必ず優勝してください。先に言っておきます。優勝！　おめでとう！　ランソワは以上のような言葉でベッティ・ウィネスを激励した。

　ベッティ・ウィネスの登場によって、ルックラックの面影は頗るいい状態で再び小箱の中に仕舞いこまれた。すると本来の落ち着きがランソワに戻って来た。ランソワは本来の落ち着きを取り戻す。そして今一度、目の前の素晴らしい眺めと向きあう。眺めは隅から隅まで美しかった。一分前と何も変わらなかった。その不変の様子はこの一分間に目まぐるしく変化したランソワの想念を強調していた。当時の眺めはいつしかルックラックを巡る想像的私語にすり替わり、ルックラックへの想いがもたらしたのっぴきならない恥ずかしさはベッティ・ウィネスにすり替わり、奇跡的に勝ち進んでいるテニスプレイヤーのベッティ・ウィネスは今また静かにランソワの想念の中に吸収されて、一巡したかのように思えるそれらの先端は、忘れ難い現実的な時間の軌道に乗ろうとしていた。ランソワは普遍的な時の歩調を耳にした。それは、これから自分が立てる足音のように、おとなしい希望と期待のリズムの連なりであり、また紺碧海岸が自分へ投げかけようとしているモールス符号のように、理解できやしないがどことなく愉快で楽しいに違いない永続的交信手段であった。ランソワはバルコニーをあとにすると窓を閉めた。それから、部屋を出る前にやるべきことがあるかどうか探りながら、ショルダーバッグに最低限の持ち物を収め、特別なにもなさそうなので、テレビとエアコンのリモコンが正常に動くかどうかだけ試行確認し、部屋を出た。時計を見ると十一時五十二分だった。

＊

ホテルピトレスクの巨大な水槽のようなエントランスを抜けて、日陰の温もりが心地いいピトレスク通りを表通りに向かって歩いている間、ランソワの脳裏にたくさんの事柄が浮かんだ。まず、お昼はどこで何を食べようか、という事柄が大きなわた雲のように。次いでその周りを、小さなすじ雲たちが入れ代わり立ち代わり現れるように、多様な事柄が次々と浮かび始めたのである。——海岸近辺の通りの賑わい、ジンクスやゾンタークのにおい、ジルの感情を簡素な飴細工のように覆っている彼の棘のない鉄柵のような声、シャジョンヌとシャブランの老いた動線の絡み、いつも自分自身のどこかに存在している不思議な心安い虚無感、ヒストークの絵画に描かれる何層ものトロプラモー、メネットの起風現象、くだらないが謎々のように明るい沈黙、同じ檻の中で過ごす猿たちのようにがしゃがしゃと共存している世界の日常と情報、きのうも今日もニュースを見ていないこと、往生際の悪いタバコの煙のようにしつこく残留している疎ましい光景と思念の気配、人生が狂い出す瞬間の異様な輝き、やかましい不死身な言葉の羅列、ランソワ・ボーシットという温気、マリネットという無菌の気がかり、ブスカとユテルトの肉体と仕草の残影、ルックラックの今この瞬間と四日後の面影、野生動物たちの眼、彼らという真実、水平線あるいは意識によって違えられるとらえ難い幾多もの領域、ムーグ・サンブルアンムーグ、ひと気のない教会に眠る洞窟のような空気、永遠の鬱陶しさ、よき魂を魂にもつ魂のまなざし、影の肖像、焦点のない錯覚と余韻、もっとも珍しい種類に属する一本の大きな木、変遷し続ける事象、石ころのように転がっている見知らぬ人々の視線、様々な物に敷かれている湿った土のような個々の沈黙、去りゆく記憶と去らない記憶の接点に隠れているもの、死を予感する幸福的状況、屈託のない笑顔、愛の表情、偽りようのない陽気なお喋り、夢から漏れた薄黄色の息、同じ色をした甘酸っぱさ、オシロイバナの蜜の後味、冷たいレモネード、鼻の穴を塞ぐような夏の熱気――そう、鼻の穴を塞ぐような熱気が、真夏の表通りに充満していた。ランソワは、この通りがまだぼんやりとした大きな明るさでしかなかった数百秒以前の心象を懐かしみ、その何もかもがまだはっきりとした記憶になりえていない深遠な変化の途上にある今この瞬間の心象を感知した。すると熱気は、ピトレスク通りという薄暗く細いトンネルにばら撒かれたそれらの事柄たちを、まるで過ぎ去りつつあるクリスマスの電光飾のような溶暗、いや、正しくは、もはや無くなりかけながらでも完全には無くなっていない、つまり、もはやまだ朦朧然と生き存えているそれらの事柄たちを一瞬にして切断し、新たに、お昼はどこで何を食べようか、という事柄だけをランソワの脳裏に授けた。

＊

表通りのよさそうなレストランやカフェはどこも混んでいた。ランソワはパンに何かを挟んだものが食べたかった。パンは酸味が少なくてあっさりした肌理があり、野菜はすべて新鮮で水っぽくなくしゃんとしていて、その上にはまともなロースハムかボソボソしてない鶏肉がしっかりと存在し、特製ソースは甘すぎず多すぎず、マスタードとバターも同様に、そしてこの一皿を快く味わうための冷えたミネラルウォーター、最後にこれはとても重要なことだが、安定したテーブルとイスが欲しかった。すると数メートル先にガタともいわぬようなテーブルとイスが現れた。店は両隣の白を基調とした派手な雰囲気のレストランに挟まれてこぢんまりと営業していた。夏休暇じゃない証拠に、店からはみ出ている二組のテーブルは、これまでの地道な人生が目に見えるような六十代半ばの年金暮らしの夫婦と、非常に利口そうなジャーマン・シェパードに連れられた四十代の男で埋まっており、三人はそれぞれにいろんなものを噛み砕いている最中だった。どちらのテーブルもどのイスもジャーマン・シェパードの力強く立派な精神と精悍な風貌に次いで安定していた。ランソワのショルダーバッグと同色のテーブルクロスで覆われた両テーブル上に、三種類の手法と速度でもって完成形を崩されている最中の二種類のメニューを確認することができた。ランソワはそのうちの一種のメニューが気に入った。ほぼランソワの希望を叶えているように見えたからである。それでランソワはこの店に入った。腰かけたのはジャーマン・シェパードと目が合いやすい店内側のドア付近で、テーブルもイスもドイツ人のようにどっしりとしてぐらつきひとつなく、ナプキンには『ブッコネーヒ』と店名が印字されていた。ランソワはジャーマン・シェパードの連れに貸し出されているテーブルを目で指しながら「あのサンドイッチと冷えたミネラルウォーター」を注文した。サンドイッチは美味しかった。ハムはパルマだったが、それはそれでとても豊かな味わいがあり、見えている毛が全部巻き毛の七頭身のイタリア人が、いや、ハンサムな若い店主が、細かい計算をしないで作った一皿は、ランソワに、ヴァンテミリアの素朴な風情のようなものをイメージさせた。ランソワは食後のエスプレッソに砂糖を三つ入れた。口に含むとかなり甘かったが、今の気分にぴったりだった。ジャーマン・シェパードの姿はなかった。彼はいつのまにか男を連れて店を立ち去っていた。ランソワは、彼のうしろ姿や今この瞬間の彼の意識を想像した。それは、彼の魂心と肉体がどの瞬間も美しく重なり響きあい、そうあることで永遠に守られ続ける尊い真実を、ありのままに映している見事な命の風物詩だった。ランソワは斯くも崇高なものからなる彼の感情と意志の存在にも触れ、尚しばし心を奪われる。そしてこんな時の自分がとても満ち足りた気分であることを誰かに、おそらく自分自身に告げるため、ゆっくりと溜息をつく。溜息は濃厚なエスプレッソのにおいがした。ランソワにとってこのにおいの源、甘くて苦くて真っ黒い少量のエキスは、バカンスという幸福時間に到着したことを象徴するものであった。というのも、普段はエスプレッソを飲まないランソワだったから。ランソワはこの黒エキスのおかげで毎年バカンスの幸福を感じる。それは、ある程度計画性を持った時間の流れの中にお行儀よく存在する割合冷静な幸福だ。具現性を重んじた表現をすれば、この店を出たらどんな風にして海岸まで行こうか、というつぶやきの気体である。ランソワはおもむろに財布を取り出す。たった今思いついた素敵な新鮮なアイデアが早くも思考を独占したので幾分動作がのろくなったのだ。ランソワは七頭身のイタリア人にご馳走様を言い、手早く会計を済ませた。そして店を出ると、十数秒立ち止まり、どちらに行くか迷った。左は飲食店ばかりだったので右に歩き出した。こちら側は、ブティックや雑貨小物や貴金属やその他にも種々雑多な店が、お昼を終えた観光客を待ち受ける活気に湧きながら、道の両沿いをびっしりとひしめき合うようにどこまでも埋め尽くしている。最後尾は見えないが、おそらく数百メートル先まで隙間なく店が続いている。ランソワはこの通りをただ何の気なしに歩いてみたことは何度もあるが、今日のように明確な目的を持って歩いてみたことは一度もなかった。——さて、と……。幸福なランソワはつぶやく。素敵なアイデアの蓋を開ける。——ルックラックへのお土産はなにがいいんだろう。つぶやきはバルコニーのような動揺を伴わなかった。まったくドキドキしないと言えば嘘になるが、一時間前に愛の周辺を飛びまわっていたひどく恥ずかしい実体のない空気は、もうすぐ、多分一時間後には、確かな実体として小さな手提げ袋の底におさまり、ランソワの歩調に合わせて前後に揺れているはずだからだ。どのような想念も何かの拍子に形あるものとなってしまえば、すんなりとおとなしく適度に萎むことを信じて疑わないランソワである。実際、ランソワは意外と早く、四十分後にはもう、小さな手提げ袋を手にしていた。その底で「八種類の惑星」という名前のキャラメルヌガーが入った赤いリボンの小箱と、透き通った飴包みのようなヴェールを被されて物思いに耽るアメリカバイソンのキーホルダーが付かず離れずいい感度で触れ合っていた。前者は色も形も八種類の惑星そっくりに上手く作られていてそれぞれがなかなか美味しそうだったし、後者は一頭の成獣でその小さくて円らな眼は不意の安堵と孤独と哀愁のようなものをたっぷりと醸し出していた。それらはランソワからルックラックへのお土産という規格的な括りを無視した贈り物だ。ランソワは「惑星とアメリカバイソン」「キーホルダーとキャラメルヌガー」という自分自身が導いたふたつのめぐりあいに、強い生存的能力と陽気な幸運的魅力を感じて満足していた。そして、これらがルックラックの眼前で実力を発揮した時のことを想像すると、まこと密やかな笑みを浮かべた。

ブランカがクロワゼット通りに着いたのは十一時四十五分だった。予定より十五分遅れたが、それはいつものように、途中どこかで空想の塊に捉まり、止まるように歩いたり歩くように止まったりしたからに違いなかった。ブランカはここ数日間の行動拠点である通りの一所に姿を現す。そして左右に見える何軒かのカフェテラスが総じて埋まっていることを確認すると、ほぼ同じ刹那、突然生じた別の理由によって、今日はカフェに行かないことにした。車道を超えた向こう側、遊歩道の脇のやや思う場所に、例の屋台が見えたからだ。ブランカはその場所に直行する。車道を斜めに渡り、剥げかかった芝生の遊地を横切って、不定期に出没する屋台の前に到着する。人がひとり入ればきゅうきゅうの箱の奥から、首切り手品の装置にすっぽり嵌った、いえ、そのように見える店主の女が「あ、どうも」という顔をしてブランカを見た。女は東洋の目鼻をしており、唇は薄くて化粧気がまるっきりなかった。黒く長い髪は上の方で一個のお団子に結い上げている。つまり女は風刺漫画に出てくる東洋人そのものだった。ブランカは、目の前のガラスケースに並んでいるふくぶくしい生成りのパンを見ながら「やっぱりひとつ」と女にそう言った。ふたつ目の後半にさしかかった自分を想像して、やはりひとつにしておくべきだろうと判断したからである。女はちょっとにこやかになって軽く頷き、ガラスケースの扉を開けると、大きな挟み道具を使って、東洋的ないいにおいのする熱々の惣菜パンを、手際よくひとつ取り出した。熱々の惣菜パンは、ほぼ瞬間的にペラペラの紙袋に納められ、もっとも簡略的なやり方でブランカに手渡される。ブランカは、もっとも複雑なやり方で掻き集めた何枚もの小銭を女に支払い、代わりにもっとも理想的な昼食が収まった紙袋を手にする。紙袋の中央にはゴム印で「ニクマン」と押されている。その文字は不思議な感じの濃い桃色である。つまりこの熱々の惣菜パンにはニクマンという名前があるのだ。ブランカがその事実を知ったのは前回買いに来た数日前のことだ。もっとも、誰に確認したわけでもないので事実かどうかは定かでないが……。

＊

ブランカはニクマンの袋を持って適当なベンチを目指す。五分ほど歩き、ようやく海側向きで誰も座ってないベンチに辿り着くと、途中で買ったコカコーラはすでに残り半分もなく、ニクマンはすでに熱々じゃなくなっていた。それでもニクマンはその独特の旨味でブランカの欲求を十分に満たしたといえよう。実際、地中海を眺めながらのニクマンは最高だった。海のさざめきは遠く、その上に広がる青空は何を語るでもなかった。因ってブランカの耳に聞こえるものといえば、ニクマンを噛み砕く鈍い舌鼓のような音と、コカコーラを啜る轟音と、ブランカ自身の薄ぼんやりとした独り言のようなつぶやきだけだ。しかし五分もすると、ニクマンとコカコーラの音はピタリと終了し、ブランカ自身のつぶやきだけがマイクを着けたように存在感を増して、その内なる聴覚に残存した。つぶやきはつぶやく。──ああ、ニクマンて最高に美味しい。けど、ニクマンがどんなに美味しかろうと、あたしの心はどうにもならない。こんなに強く恋い焦がれてる。あたしは……もとい、あの人は、あたしと同じホテルに入って行った。ホテルピトレスクに。つまりあの人は今日ホテルピトレスクに泊まるだろう。間違いない。どの部屋に泊まるのかは考えないことにしよう。どの部屋に泊まろうと、あたしの気持ちは変わらないから。今頃あの人はどこで何をしてるんだろう。もう部屋にはいないはずだ。外に出てどこかでお昼をしてるか、それとも、もう海岸近くに来てるんだろうか。ひとりでバカンスならの話だけど。結婚してるようには見えない。恋人……それは何ともいえない。いたとしても全然不思議じゃない。あたしにだっていたことがあるんだから。だからといって、恋の妨げにはならない。みんな知り合う時の状況なんて色々だ。ひとりだったり恋人がいたり。つまりあたしはあの人に恋をしてる。もし、どこかその辺でばったり会ったらどうする？　どうする？

ブランカ?――告白する。告白? そう、告白する。もし出会ったとしたら、それは天秤座の運勢があたしに与えてくれた人生の機会のうちのこれっきりの一度だから。絶対無駄にしない。でも、なんて言うの? もちろん、あたしはあなたのことを何も知らないうちから好きでした、って。何も知らないうちから? ハハハ! 笑っちゃう! へんなの! でも嘘じゃない。本当にまだなんにも知らないんだから!――あたしってバカみたい。なんだかすごくドキドキする。ああ! もしほんとに偶然出会えたらどうしよう! どうしようもなく緊張して戸惑う! けど、でも、どうしようもなく嬉しくて幸せ! ああ! どうかあの人にその辺で出会えますように! だって……もう二度と会えないなんて悲しすぎる。――それにしても出会う前からこんなに人を好きになれるなんて、あたしってすごく情熱家なんだな。誰に似たんだろう。ママじゃないことは確か。ママ? ママのことなんかどうでもいい。あたしはただあの人と出会いたいだけ。そして気持ちを伝えたいだけ。今ならそれができる。なぜかわからない。今ならあたしの気持をあの人に伝える勇気が胸一杯に漲っているのを感じる。なんだかいつものあたしじゃないみたい。ほんと。いつものあたしじゃない。いつものあたし? そんなもの全然あてにならない。今のあたしがいつものあたしなのかいつものあたしじゃないのか。そんなこと誰にもわからない。誰にもわからない――時々この言葉は何となく寂しい。そして誰にでもわかるって言葉はもっと寂しい。違う。寂しく感じるのはあたしが恋をしているからよ。人は恋をすると寂しがり屋になる。虚ろになる。そう簡単に笑えなくなる。道理であたしはもうあんまり笑う気がしない。――ああーダメダメ! 思いつめては! 何事も思いつめてしまうとうまくいかなくなるものよ。自然にしてなくちゃ、自然に! でもどうやって? どうやって? ブランカ? ブランカ!――しっ! 待って!――そういえばあたし――お昼の後で美術館に行くんだったっけ。そうだ。ママにもそう言った気がする。でもどこに? カンヌに? 美術館が? それほんと? だからほんとかどうかそれを確かめに観光案内所へ行くのよ。つぶやきのつぶやきはここで終わった。

＊

ブランカは観光案内所に向かって歩き出す。好きな人とすれ違ったり姿を見かけたりしたらどうしようという緊張でいささか表情筋をこわばらせながら。観光案内所の隣にあるカンヌ国際映画祭の会場とその周辺は記念写真を撮り合う旅行者たちで賑わっていた。賑わいは紙屑を手でくしゃくしゃに丸め続けるような陽気な雑音の群がりだった。その端っこを通りすぎる間、ブランカの表情筋はピクリとも反応しなかった。それはごく自然なことであるといえよう。なぜなら努めて自然でいることを今さっき自分に誓ったからだ。つまり自信と勇気と願望と不安と期待が濛々とたちこめる複雑な自然体というものにわが身を任せて時を待とうと決めたのである。観光案内所に着くとブランカは、カウンターに直行してカンヌに美術館があるかどうか尋ねた。するとカンヌに美術館はなく、一番近いところではアンティーブにピカソ美術館が、ル・カネにボナール美術館があるという答えだった。このようなことはブランカにとって珍しくもなんともなかった。むしろブランカに属する物事の進行というものは、押しなべてどこか当て外れな材料がつきまとい、あるいは、どこかちぐはぐな印象をもつ始まり方や終わり方をした。ブランカはどっちの美術館にも行かないことにした。結局のところカンヌには美術館が無い、という正確な情報を得たことで、美術館に行ったのと同等の満足感を味わったからである。それで膝を掻きながらこれからどう行動しようかと考えた。砂浜に降りてみるか、裏通りの店をのぞきながらぶらついてみるか、ル・シュケの丘の方に行ってみるか、それともちょっと歩くけどアンティーブ通りのフナックに行って星占いの本や雑誌でも捲ってみるか。即座に答えはでなかった。一日は長く短いことが気がかりで、はっきりと方針を見いだせなかったからである。それでとにかく海岸と反対方向に歩き出した。どうせ一日の締めくくりには海を見に来るんだし、アンティーブ通りのフナックで知らない人たちのお喋りや考えに触れることは、恋の緊張感をほぐしてくれるだろうし、案外この恋のプラスになるようないい情報が得られるかもしれないし。

＊

ブランカはフナックでいろんな本を捲ってみた。ファッション雑誌やお菓子辞典や絵本やそして占星術や夢の本なんかを。どのファッション雑誌にも必ず恋の特集ページが設けられていた。ブランカは気になる記事をくまなくチェックしてみたが、今の自分が参考にできそうなお喋りやアドバイスはこれといって見当たらなかった。占星術と夢のコーナーに陳列されている本はどれも重くて装丁が硬かった。表紙を開くとローマ数字で区切られた各章の下に難しい表現の見出しが並んでいるような本ばかりだ。ブランカがたまたま手にした夢の本だって「夢は穴でありそれらは両者ともムーグという単位を使って計ることが可能である」というような内容の本だ。著者はムーグ・サンブルアンムーグ博士。まるでしりとりみたいな名前だ。ブランカは希薄な溜息をつきながら、何気なく時計に目をやった。すると三時二十分だった。いい時間とも半端な時間ともいえる時間だった。どちらにしてもそろそろ外の空気が吸いたかった。ブランカはフナックを後にする。アンティーブ通りを終えたところのアイスクリーム屋でカプチーノのダブルを買い、少しまわり道をして再びクロワゼット通りに戻った。時間は四時十分になっていた。どこか落ち着ける場所で休憩したかった。たとえばいつもは何気なく通り過ぎているメリーゴーランドの奥にあるひと気の少ない空間。あの辺りなんかで。

＊

ブランカはいつになくメリーゴーランドの前に立ち止まり、きれいに飾り立てられた白い馬たちが優雅に円を描き続ける様子を眺めてみた。メリーゴーランドは小規模で回転が速かった。それらはリズムのあるポエムのように軽やかで終わりがなく、ブランカの目の前を繰り返し繰り返し通過していく白馬たちの堂々巡りの夢を語っているようだった。ブランカは自分自身の脳裏にも夢のような何かの光景が浮かぶのを感じる。それは永遠に光が届かない朝靄の景色のように遠く儚くぼんやりとしており、遥か彼方の世界で完了した時間をその宙に映し出しているように思える。ブランカはしばしこの光景に強く惹きつけられた。そしてふと気づいた瞬間、ひとすじの熱い涙が頬を伝うのを感じた。ブランカはつぶやく。——なんだか言いようのないことばかり……。

49

ルックラックはピトレスク通りでの感動的な場面の余韻に浸っていた。ランソワ・ボーシットは確かに現実の中に存在するランソワ・ボーシットであり、三日前のランソワ・ボーシットと変わった様子はなく、要するにルックラックの想うランソワ・ボーシットその人だった。ルックラックはこの想いが膨張した温かい気体の中でとても穏やかに進行していることに幸せを感じていた。それは夢が一瞬の形を帯びようとしている予感であり、捉えがたい大きさの明るい影であり、胸を駆け巡る狂おしい想いの悲しげな優しい横顔であり、夢と現実と生と死が入り混じるひとつの鮮明な真の感覚であり、二度とよみがえることのない奇跡的な事象であった。ルックラックは瞼を閉じてその時を待っていた。すると魂と本能に抱かれているまたとないひとつの生命のような自分自身を感じ取ることができた。——なるようになるわ。なるようになるわ。ルックラックのつぶやきを乗せた気泡は——静かな間隔をおいて——海底からの幽かなメッセージのように、すーっと上昇していき——見えず形のない永遠色の彼方に吸収されていった。ほかに言葉は生じなかった。ただ大切な色を抜いたように然るべき感触と音楽だけが見当たらなかった。

本能と魂はそれぞれ肥大した沈黙の中で偉大な力を司る預言者のように、風格に満ちた単語を探しながら堂々と寛いでいた。両者は磨けば磨くほど輝きを増す宝石よりも輝くことで、どのような摩擦的な接触にも動じない威厳と品性を保たなければならなかった。というのも、周り一帯に現実を保有している本能と魂の存在を感じるからだった。両者は保有者たちのいささか落ち着きに欠ける意識にうんざりしていた。時折こちらを気にするような素振りがなんとなくどうしても気に食わなかった。そのせいで、風格に満ちた単語はなかなか見つからなかったし、最後まで保たれるべき威厳と品性はちょいと油断すればたちまちにしてだらしなく緩んでいきそうだった。要するに、両者は一刻も早くこの状況から解放されることだけを待ち望んでいた。

*

50

ランソワは、ルックラックへのお土産が入った小さな手提げ袋をぶら下げて、海岸沿いのプロムナードに出た。どこにあるのかはっきりとわからない太陽は溶けたバターのようにだらしなく時間の最中に澱み、広がるだけ広がって行き場を失った大量の光はあたり全体にうず高く堆積し始めていた。砂浜には大勢の人が寝転がっていた。彼らは皆ぐんにゃりとして生きの悪い水欠魚のようだった。砂浜の形や面積が一年前とどう変わったかは毎度のことながら何とも言えなかった。ランソワは砂浜に降りた。そしてゆっくり歩いたり時々しゃがんでみたりしながら、砂浜と海の境界線が無数のS字の連なりであることを確認した。この確認は砂浜の面積や形の変化と関係がなかった。ランソワはなぜ自分自身が毎年この確認をするのかわからなかった。おそらく自分自身が初期の子供時代から懐いているらしい永遠の疑問や課題のようなもの、きっとそれらが未だランソワにこの行為をさせるようだった。ランソワは確認を終えると、旧港からフェリーボートでサントノラ島に渡った。二十分足らずの船旅はランソワの心の情景をのどかに揺らした。カンヌの市街はみるみる凝縮されていきながら、海上をつたって遠ざかるランソワにすがすがしいよそゆき顔を見せた。一方、サントノラ島は別世界の静寂に包まれていた。人間の現代的な喋り声の蔓延に代わって、草を掻き分ける鳥たちの足音や、穏やかな風のそよぎや、蒼く澄んだ瞳をもつ海面の囁きや、また、それらの絶え間ない融和によって生じる美しい消滅音が、ある瞬間から止まったままの時のうえに存える自然みずからの呼吸をざわめいていた。ランソワはサントノラ島のこの静寂をとっくりと心耳で聞いた。修道院は相変わらず中世の瞑想の箱の中に籠り、その輪郭は幾千もの細い線で描かれたスケッチのようだった。真っ暗な螺旋階段を上りつめ、修道院の頂きから地中海を見渡すと、厳かに静止し続けている島の頑なな精神がはっきりと感じられた。これらの知覚を体感するとき、ランソワという自身は、十世紀前この島で信仰生活を送った修道士たちの遺愛に導かれるのだった。時の回廊を潜り抜けるようにランソワの心は当時の自分自身へと辿り着く。それは朽ち果てることのない記憶と経験を有する自身の魂に思えるものだ。時はランソワに、十世紀後も色褪せず引き継がれるであろう修道士たちの存意と残されたものたちの息吹や、あけっぴろげな外来者の欲求をその源に拒みかけるような自然の素朴な力強い生気や、海の上空が運んでくる様々な命種の断片とそのにおいや、あるいは、そういったものの感覚が豊かに入り混じって織りなす筋書のない挿話を、その他にも、自然と人がそれぞれの世界を難なく好きなように超えて関わりあう寓話、サントノラ島の天上で幸福の笑みを浮かべながらひとつ残らず瞬時に消えゆくだろう普遍的な昔話、いわば即興に生じた精霊たちを象るとりとめのないお伽話を、きっとまるでランソワ自身の魂が今の今創作し語っているような夢の口調を用いて、ひとときが許す限りいくつか授けた。ランソワはもの静かな時の語りに耳を傾け意識を澄ました。すると、今この瞬間に存在する自分自身が見えた。ランソワの脳裏に映った。自身は、少年時分自身のうちに見ていたものときれいに重なる今この瞬間の心象風景をそっとなぞりながら、もっとも彼らしいといえよう眼居を湛えて、これらの詩情に感じ入っていた。ランソワはそのまましばらく懐かしいランソワ・ボーシットの面影に触れて過ごした。それは非常に満ち足りた真夏のひとときだった。

ランソワは思い残すことなくすみやかにサントノラ島を引き揚げた。約一時間の滞在だった。カンヌの港に着くと五時十分前だった。――遊歩道をひと歩きして簡単な夕食を買ってホテルに帰ろう。ベッティ・ウィネスの試合も気になるし、ニュースもここ数日全然見てないような気がするし。バルコニーからの日没が楽しみだ。ランソワは夜までの計画を立てている間も手提げ袋の確認を怠らなかった。ぶら下げ始めてからほぼ十分おきに確認していると言ってもいい程だった。ランソワは、ホテルに戻りひとりでいろいろと考えごとをする時間がひどく待ち遠しかった。

51

メリーゴーランドのやや奥まったところにひと気の少ない空間がある。人の出入りが少ないために清潔な空虚な感じがする。ブランカはこの空間が気に入っていた。クロワゼット通りに面した遊地の一角であるにも関わらずここに居ると通りの喧騒は遠く思われ、半日分の出来事を回想したり陽にあたり過ぎた体の熱を冷ますにはもってこいの場所だったからである。つまり今日という日にうってつけの場所かもしれなかった。ブランカが訪れるといつもどおり人はおらず、いつもどおり何の影になっているでもないのに何か大き過ぎて見えない物の影になっているような光薄い一帯の雰囲気が心地よかった。ブランカはベンチに腰掛け、今日という日を振り返ってみる。午前中のことはどうも全然記憶にない。十一時頃からの印象が強すぎてそれ以前の印象は全部どこかにすっ飛んでしまった。かといって十一時頃からの記憶を振り返ることはできなかった。振り返ってみるべきものはまだ何もなかった。実際、まだ何も起こっていないことが、かえってブランカをひどく緊張させ、何とも言いようのない複雑な気持ちにしていた。つまり、今にも何かが起こりそうな予感がひっきりなしにしていた。ブランカは気持を落ち着かせるために目を閉じて胸を擦り深呼吸をする。そして「いつ何が起こっても目的を果たそう……」と幽かに誓い、瞼の裏の自分自身にそう約束する。瞼の裏の自身はいつになく捉えどころがない。水底をさまよう鰻のようにゆらゆらと動きまわっている。鰻は一匹に見えない。二匹いるように見える。二匹の鰻は重なったり離れたりしながら揺らめいている。水底にその影がおぼろげに映っている。と、どこかからともなくほんのりとした円い明るみがやって来て、二匹の鰻は完全に一匹になった。明るみは無為に近づいてくる。生き生きとしていて何か非常に魅力的だ。まるで自分自身が求めている者のように。——夢か。ブランカは一瞬の夢を見ているに違いない自分自身を呼び覚ます。ブランカ！　ブランカ！　ブランカ！　その声は自分自身の声にも他人自身の声にも思える——ブランカ！

＊

慌てて夢を脱ぎ捨てたブランカの目にひとりの男が映っていた。それは確かに現実の光景だった。ブランカは自分の目を疑わなかった。どう見ても男は自分が恋い焦がれている男であり、恋の対象者を間違えるほど寝惚けちゃいなかったからである。ブランカは何も考えなかった。何事もその瞬間になってみなければわからず、たとえそこにどんな思いが介入しようとも、現実の歩みをねじ曲げることはできない、という誰かの言葉を以前どこかで理解しかけた自分自身の記憶が脳裏の片隅に確とこびりついていたからである。そのせいだろうか。ブランカは動揺しなかった。

男は隣のベンチに腰かけたところだった。ブランカは一瞬に満たない瞬間の全てを、穴が開くほど男の横顔を見つめることに使い切った。そして次の一瞬を感慨的な事情から見送ると、更に次の瞬間でベンチから立ち上がった。男に歩み寄り、真正面で立ち止まるブランカ。男はブランカに気づいて顔を上げる。

「あの、さっき、ホテルの前ですれ違った――」ブランカが話しかける。

「え？――あ、ああ、そんな気がしますね」ランソワは隣のベンチに居たような気がする女に突然話しかけられ、少し驚いた顔をして答える。答えながら記憶を辿ると、昼前のピトレスク通りに行き着く。そうだ、間違いない。このべとべとする南国果実のようなにおいとハイビスカスからにょきにょき生えたような手足。そして――ランソワはこの女がピトレスク通りで自分に残していった奇妙な感触のようなものにまで辿り着こうと試みるが、続く女の声に遮られる。

「今日カンヌに？」ブランカが続ける。

「ええ、そうです」ランソワは改めて女を見る。自分より五、六歳年下だろうか。

「わたしは十日目くらいです。あのホテルは昨日から。それまでは姉の家に泊まってたんです」ブランカは会話の鮮度を意識して三つのセンテンスの長さを少しずつ変えた。

「そうですか。この場所は人が少なくていいですね。そこの大通りや海岸はいつも賑やかで好きなんだけど、時々疲れちゃうんだ」ランソワはほんの少し砕けた言い方で返答する。この女が自分に何らかの危害を加えようとして近づいてきたとは到底考えられないし、それに女をにおいや外観で判断しようとしたことに多少の後ろめたさを感じたので。

「わたしも。あ、わたし、お昼はこの辺でニクマンを食べて、それからアンティーブ通りのフナックに行って来たんです。そしたら何だかすごく疲れちゃって……」

「へえ、アンティーブ通りにフナックがあるのかい？　それは知らなかったな。で？」

「で――そう、いろんな本を立ち読みしたの。えーと、ムーグ・サンブルアンムーグっていう博士が書いた――

ちっともわからない夢の本なんかも」

「へえ、そうですか」ランソワはにこやかにしていた。単なる旅行者同士のお喋りだもの。

「どちらかの帰りですか？」

「僕はね、サントノラ島に行って来たんだ。行ったことありますか？」

「いいえ、まだ。いいとこなの？」

「もちろん。一度行ってみるといいですよ。ものすごく静かで落ち着くから」

「これから夜まではどうなさるんですか？」

「今日はもうホテルに戻るよ。部屋でやりたいことがあるからね」

「お仕事するんですか？」

「いや、そうじゃないよ。バカンスだからね。ただ自分の中で考えなくちゃならないことがあるっていうだけなんだ」ランソワは説明的な文章を付け加える。相手はまだ二十歳そこそこの女の子だもの。

「バカンスに来てても何か考えるべきことが**おあり**なんですね？」こう尋ねたブランカはちっとも可笑しくなかった。というのも男がさも可笑しそうな顔をしたからである。

「四日後までさ。僕は四日後にとても大切な約束をしていてね。今はそのことで頭が一杯なんだよ」ランソワはつい言わなくてもいいような余計なことまで言ってしまった気がする。確かに、同じホテルに宿泊しているというだけの女性旅行者に四日後の約束のことを喋ったところで誰に何の影響も及ぼさないだろうという推測がランソワの口を軽くしていた。一方、これを聞いたブランカは、突然息が止まるような激しい思いに突かれて、頭も胸も一杯になった。それでこう答えるのが一杯一杯だった。

「それは――きっと**素敵滅法**な約束なんでしょうね」

「うん。実はそうなんだ。僕は今日ここに着くなり、まあ、お昼の後だけど、約束してる人にお土産を買ったんだよ。——ほら、これさ。中身を教えようか。なんと八種類の惑星と一頭のアメリカバイソンさ。変わった取り合わせだと思うかい？　僕は大満足さ。これをサントノラ島にもぶらさげていったんだからね。無くしちゃいないか、いちいち確認するのが大変だったよ」ランソワの声が、まるで楽しげな音楽から溢れ出した機微のある音符たちのように、ブランカの胸の奥の方へ響き渡った。すると、それはブランカ自身の感情に触れたか触れないかほどの儚さで、更に奥の方へ吸収されていき、ふたつの炎心を燃すひとつの炎、炎でなければ、熱い情感の塊となって、ブランカの胸全体を圧倒し飲み込んだ。炎のような熱い塊は、その炎心と情感のなかに、とらえがたい神秘の昂ぶりをたぎらせていた。せめぎあうように溶けあい、対極するように引きあう、燃焼の未知なる動体を迸らせて、ブランカの知られざる心奥を駆け巡った。ブランカは、覚えたことのない感覚に惑う間もなく、ただ、突として湧き出でたこの胸の有様に茫然としながら、自分自身の感情がわからなくなりそうな危うい混乱をどうにか抑えつつ言葉を継ぐ。

「恋人ですか？」この言葉はブランカ自身の感情を一瞬ではあるが取り戻したかもしれなかった。ブランカは自分から現実の駒を進めることに瑞々しいダメージを味わう。現実というものが確かに存在することの実習をこの身を以て感得する。

「え？　いや、先のことはわからないよ。僕の気持ちだけではどうにもならないことさ。——あら？　なんだかいろいろ喋っちゃったみたいで恥ずかしいな。今の話は忘れてください」ランソワは我に返ったようなハッとした顔をすると、おおいに照れて頭を掻いた。

「いいえ、とてもいいお話でした」ブランカはある事象がひとつの結論に達したことを認識するように微笑んだ。その瞬間、現実的結論とその背景に存在する時間的形態との不条理な関係性が交わった気がしたが、それだけだった。微笑みは弱々しく保たれる。

「では、僕、これで失礼しますね。よいバカンスを」

「ありがとう。さよなら……」

　ランソワは飄々とその場を立ち去った。ブランカは男の後ろ姿を完全に消えてなくなるまで見つめていた。その間にブランカ自身の感情がブランカの納得のいくような言葉で表現されそうな気配は見当たらなかった。ブランカは失恋という言葉を思い浮かべてみたがどこか希薄な感じがしてならなかった。しかし、この言葉が今の自分自身に最も相応しい言葉であることには違いなさそうなので、単語の上下にカギカッコを付けてみる。すると『失恋』という単語は薄桃色をしたハート型の飛来鳥みたいにブランカの気持の中をパタパタと音を立てて羽ばたき回り、そのままどこかへ消えてしまった。その瞬間を体験することはできなかった。辛うじてそれまで胸全体に朦々とたちこめていた熱い温気の余波と残像のようなものがごく微かに感じられただけだった。

＊

　ブランカは自分が座っていたベンチに戻って再び腰をおろし、この数分間の出来事を振り返った。振り返るべき事柄が他にもありそうな気がしたが、それが何だかわからなかったので、思い浮かぶままに辿った情景をなぞってみることにした。それは保存された写真が自動的にスライドしていくように次から次へと滞りなく移動していった。何十枚かあるそれらはほとんどが男のもので、最後の一枚まで行き着くとまた最初の一枚に戻るのだった。決してかっこ良くはないがとりたててどこにも嫌味のないその造作や雰囲気、洒落っ気のない服装、どことなく大人しげな雰囲気を象徴するようなやや細身の体つき、長すぎない太すぎない首と小さすぎない頭、指で梳いた形跡のない煤色の髪、いたって平凡な顔立ち、自由の煌めきに満ちたすばしこい微光を湛えているような温もりのある眼——それらはピトレスク通りでの印象とまったく変わらず、すなわち、どの一枚にも男が持って生まれた趣のような不思議な柔らかい印象、ちょっとした魅力の片鱗たるものが感じられた。ブランカはこのスライドを繰り返し眺めながら、自分自身がまだほんの少しばかり男を好いているという事実に気づいて、ほのかな安堵を覚える。というのも、失恋したばかりだというのに、ブランカの気持に絶望感はなく、もっと正直に言えば、絶望感を懐いた瞬間は確かにあったはずだが、丁度そのあたりで猛烈な感情のうねりのようなものに飲み込まれてしまい、当時の現実に適う一瞬一瞬からもたらされたはずの感情、あの間に生じたはずの自分自身の感情をすっかり見失っていたからである。ブランカはこの他にも気づくべき事柄があるように思えてならない。それはとても言葉にし難い事柄だ。要するに、数分前の猛烈な感情のうねりのようなものは今一切感じられない。いつの間にか、帰巣する一羽の鳥の如く遥か遠い場所へ飛び去って行った感じがする。その名残が胸のあたりにある。自分自身じゃない誰かのぬくもりが、まだそこに十分、いや、ほんの少しばかり残っている。自分自身が今も懐いている男へのわずかな好感、あるかなきかの熱っぽい情感の周りに、ほんのりと薄桃色の色味を残したまま儚く漂っている。それは嬉しそうでもあり悲しそうでもある。ブランカは、とても言葉にし難い事柄に関して、これ以上言葉にできるものはないと思う。だが作業はまだ終わらない気がする。つまり言葉にしやすい事柄がこれからだ。それは未来的な状況の中にある。未来はそんなに遠くない。この夏が終わる頃だ。その頃の自分自身の想念が浮かんでくる。するとそこには今年のバカンスの情景がある。そのなかのひとつにこの失恋の思い出がある。ひどく短い恋ではあったけれど、言いようのない感情の不思議な蠢きのようなもので胸の奥底のあたりが奇妙に満たされた貴重ないい経験だ。さらに言葉は続こうとしていたが、ブランカは急にこの作業を放り出して、いえ、もう何もかもに満足して言葉を打ち切った。というのも、たった今、これらのたどたどしい言葉の群がりを結論づける一番有効的な言葉が閃いたからだ。運命という言葉である。ブランカはこの言葉が脳裏に閃いたその瞬間、事柄を辿る作業をすべて終了させてしまった。この言葉があらゆる事柄の記述を完璧に括ってくれる万能な道具であることを思い出したので。正しくは、著名な占星術師の本にそう書いてあったことを思い出したので。さてしかし、もう何も結論づける必要がないと思うと、どうもなんだか手持ち無沙汰な感じがしなくもないブランカだった。それで、運命という言葉では明確にすることができない部分を明確にしてみることにした。数字の部分である。答えは四捨五入して六時間だった。ブランカは最後にこの恋の時間を数えてしまうと、何もすることがないので立ち上がる。そして歩き出す。先ほどのメリーゴーランドが小規模な円を描いてグルグルと回り、その円上を白い飾り馬たちが夢の魔法にかけられたような表情で走り続けていた。遊歩道は眩しかった。うしろを振り返ると、今までいた空間の最後の切れ端がブランカの目に映った。空間は希薄な光を保ち、がらんとしていた。一組の男女の姿はもうなかった。残された風景の空は依然として最も熱く長い時間の盛りにしぶとく留まり、ブランカのいる道はそぞろ歩く観光客や犬連れの地元住民やサイクリングの愛好者なんかで賑わっていた。

52

マリネット＝ルックラック・ガストン・ド・ソレルは流星のように落ちていく感覚の中に存在していた。存在を証明するものはもはやふたつの対極的な感情でしかなかった。幸福感はランソワの今は亡き自分に対する思いがけない想いを、絶望感はもう二度とランソワに会うことはないという現実を懐き、それらはこの一瞬に美しい結晶となって燃え尽きようとしていた。それでもまだ自分自身の声が聞こえる気がしたルックラックは、遠のいていく意識を振り絞って愛情的衝動に駆られたいくつかの言葉を呟いてみたが、自分自身の声と思われたそれは、切り裂かれた巨大な宙の欠片がもの凄い速さでぶつかり合いながら砕け散る音であるらしかった。言葉を失くしたルックラックは、ただ一度きりの旅の最後の瞬間に、夢の世界を思い描いていた。それは、生が浮き彫りにする死の情景にも、死が浮き彫りにする生の情景のようにも思えた。それらの情景を分かつ一本の蜘蛛の糸のような境界線が、ほの暗いしじまの宙をゆらゆらと水草のように漂っていた。夢の世界がどこにあるのかはわからなかった。ただ豊かな優しい風のシルエットが大掛かりなファルセットを響かせ、まるで空を見上げているとどこからともなく聞こえてくるあの膨大な内緒話のようにルックラックの耳を擽っていた。膨大な内緒話の向こうにきらめきのない乳白色の海原が見えていた。ルックラックはそのひろがりをぼんやりと眺めた。そこには同じ色の静寂がありそうだった。まるで完璧な公共施設のように整った静寂が。時が迫っていた。ルックラックは内緒話の主たちに別れを告げようとして胸に手をやったが、伽藍堂のような明るい穴の感覚があるだけだった。するとルックラックの手が触れた明るみはたちまち拡大し、早朝の目覚めの兆しのように、何種類かの柔らかな光をルックラックの瞼裏に交錯させながら、非常にゆっくりとその瞼を押しあげた。

＊

ルックラックの目にきらめきのない乳白色の静寂が映っていた。完璧な静寂だった。ルックラックは夢から覚めた瞬間、自分がどこにいるのかわからなかった。ここが天国であることを思い出すのに暫くかかった。ルックラックは羊色の寝台に横たわったまま、長い溜息をつき、今見た夢をあてもなく回想し始めた。それらはまだ鮮やかな色彩を保ちながら記憶のあたりをさまよっていた。光景の全体を見渡すために、遠目から眺めやると、夢たちは、ルックラックのために余計な装飾を削ぎ落として見せた。ルックラックにはその行為が、そのことが、幸福な夕べの灯に心を寄せようとしている時の、時というものの優しさ、終わりのない愛情の仕草のように思えた。身軽になった夢たちは、少しの間、夕焼けを待つ田園地帯のように、のびやかな光淡い世界を探し求めていたが、じきに、黄色やオレンジや赤に属する安らかな暖色となって、どんなに広い田園地帯よりも遥かに広い世界のなかへ沈んでいった。ルックラックは、夜がさらに深まり、やがて時が暗闇に迷い込む瞬間を見届ける——そうする自分自身を想像した。その表情には、着飾った夢を残らず手離したことで授かった永遠の温感のようなものが、真の微笑が宿っていた。

非常に厄介な任務を果たし終えた魂と本能は別々の場所でほぼ同時に大欠伸をした。そして目に溜めた欠伸涙を拭う間も惜しんで早々にルックラックのもとを去っていった。その際、両者が偶発的に顔を合わせることはなかった。せっかちな本能の方が先に去っていったからである。銘々はマリネット＝ルックラック・ガストン・ド・ソレルを立ち去る刹那に透明な摩擦音を奏でた。魂のそれは非常に美しい音色だった。

＊

53

ホテルピトレスクに着くと、陰気な顔つきをした牡鹿の剥製の真下で、眼鏡をかけた女支配人が難しい顔をして帳面を捲っていた。ランソワはその邪魔をしないように黙ってロビーを通り過ぎた。部屋に戻ってシャワーを浴びると清々しい気分だった。そろそろ午後七時になろうとしていた。ランソワは途中で買ってきたミネラルウォーターの蓋を一度捻じってから冷蔵庫に入れ、ベッドに横になりながらテレビをつけた。すると丁度ニュースが始まったところだった。ニュースをじっくりと見るのは二日ぶりか三日ぶりのような気がしたランソワは、髪の分け目を少し変えた印象があるニュースキャスターを見てやっぱり三日ぶりか四日ぶりだなと思った。ニュースは、依然と続いている戦争やテロによる襲撃事件のこと、国際社会の意志表明、戦争の犠牲者を保護する施設と人手が圧倒的に不足している状況、密猟の実態と密猟者に対する警告強化取り決めの正式内容、世界各地の異常気象、ある高齢者施設で催された夏のボランティア合唱祭、失言政治家へのショートインタビュー、火星探査機オポチュニティーから届いた新しい画像、各地の映像はパリ・プラージュ、世界の文化巡りではマシコという焼き物が紹介された。続くスポーツのコーナーではロジャースカップで決勝進出を逃したベッティ・ウィネスが項垂れてコートをあとにする映像が流れた。ベッティ・ウィネスが惜しくも敗退したことを知ったランソワは「うまくいかないもんだなぁ」とつぶやき、もうロジャースカップには用がなくなったことを残念がりながら、各国のニュースにチャンネルを回した。すると、画面に我が中央広場の早朝の様子が映っていた。カメラは広場の噴水やモニュメント・オブジェ『球と豊国』を中心にその周辺を万遍なく捉えていた。ランソワは縮小された広場の情景を数秒間食い入るように見つめていたが、それらしき人の姿をニュース映像の切れ端にまで追い求めている自分の愚かさに気づいて、画面から視線を逸らし、首の後ろで手を組んだ。そしてそのままその人のことをぼんやり思い浮かべた。愛おしき人の面影は、時を同じくしてランソワと関わった面影たちを、今この瞬間のランソワの脳裏に呼び寄せた。ジンクスとゾンターク、ステーシー、ナラ、ジル、ローザ、シャブランとシャジョンヌ、ヒストークとメネット、それからカフェ『あなた次第』で会った工具店の男、タクシーの運転手、チケット売り場の女、複数の売り場に既存している店員たち、さっきベンチで喋ったこのホテルに泊まっているという女の子、最後にムーグ博士の面影までが、うっすらと現れ始めた初々しい星々のように、ランソワの脳裏に浮かび上がった。それらは皆ルックラックという輝かしい光彩に照らされて幸福そうに見えた。何を語りかけてくるでもなかった。ただ過ぎ去った時間の流れに沿ってよみがえったように思えるそれら面影たちは、ランソワの意識を夏特有の大らかな夢想的性格のようなもので満たしていた。ランソワはそうやって、少なくとも二十秒は、目を開きながら夢見るように面影たちを眺めていたので、テレビの映像が中央広場から宮殿に移っても全然気づかなかった。気づいたのは映像が宮殿から裁判所に切り替わった瞬間である。それで宮殿の映像に相応しいと思われるその内容もいっさい聞き逃してしまった。聞き逃した内容はおそらく先日亡くなったマリネット王女のことだろう。――マリネット。マリネットか……。ランソワは、夢の中でルックラックがそう名乗ったことに起因する自分自身の意識の芽生え、その夢を機に、急遽マリネット王女たる人物にしごく密封的な形で関心を示した自分自身の心理が可笑しくなった。それまでは胸に三三〇〇〇ムーグの穴が開いたという王家の末女でしかなく、いや、むしろムーグという存在性に従属する現当事者であり、そのような王女においては、敢えて興味を懐く筈もなかったのに、今は一転して、ムーグの存在性こそがマリネット王女の現従属者となり、然るに、なぜか、どことなく複雑な妙理的な思念に駆られつつも、支配者となりえたマリネット王女について、いったいどんな姿かたちでどんな人物であるのか、少なからず知りたがっている自分自身が可笑しくなった。それに、とランソワは続ける。ムーグと聞いただけで多かれ少なかれ拒否反応を示す自分自身はもっと可笑しいな。いくらムーグ博士のやり方が気に食わないからってこんなに嫌うことはあるまい。実際、偶然パリまでの列車で前部座席に座っていた彼は、どう考えたってどちらかといえば常識的な人物に見えた。愛想はないけれど、荷物に手が届かないで困っている隣人を助けて進ぜようという親切心が彼にはあった。それにしてもムーグ・サンブルアンムーグという名前はあの男にぴったりだな……。ランソワは自分自身よりも可笑しい自身がこの世に存在することを知り楽しんだ。それは愉快な印象的な数分間だった。何が可笑しいのかはっきりしないのにやたらと何かを可笑しがる夢よりは、幾分何かがはっきりしていたからである。

＊

ランソワは、これらの話を聞いて楽しそうに頷くルックラックの表情を想像しながらロシア風揚げパンとパン・オ・ショコラを齧った。一度開けられた形跡があるミネラルウォーターはよく冷えていた。音を消したテレビ画面に、ヒマラヤ山脈や、ラピスラズリに彩られた草原や、その両側に分裂した太陽の不思議な影暈や、低くのっぺりとした土色の大地や、口もとに不懐不滅の薄笑みを浮かべたネパールの村人なんかが映っていた。ネパール人の唇は「LにもWにもなる　百通りの道　小鳥の笛　匙の窪みで　蕾が死んだ」と動いていた。当然ながら、ネパール人がネパール語で何と言ったのかはまったくわからなかった。ランソワはこれらの言葉たちに改めて感じ入ってみた。それぞれの言葉と言葉の間のわずかな余白が、言葉よりも先に、ランソワの記憶と想像で捏ねられた刹那的な事柄をいくつか呼び覚まし描き出した。――時間に見捨てられた村の日常、死を待たず木になった男の話、地下鉄で再会した三つの影のお喋り、そのうちのひとつの影が火星詩人になるまでの長い冒険譚、誰の肉体にも住まなくなった魂たちの暮らし、擬人化され過ぎたものたちのための戯曲、付属海の情操とそこに生息する生物たちの豊かな囁き――ここまでだった。描出が途絶えた瞬間、最後の「囁き」という無声音は微細な泡沫になり始め、それ以前の想物は幽かな温もりを伴う真新しい残響となった。ランソワは遠のいていく寓話的な残響に心耳を溶かしてみた。すると残響は、ランソワのくぐもった脳裏にまとまった最良の沈黙を予言しながら一層遠のいていった。――沈黙が訪れた。この長い沈黙、自由という王国に確存するかけがえのない時帯こそ、ランソワがもっとも愛好して久しい快夢のような心の潤沢だった。ランソワは、またとない今時の恵みに授かり、その間、まだ辛うじて温もりを留めている想物たちの輪郭を覚えたが、それらの関連性や脈略や出処に関わる考えを巡らしてみようとは思わなかった。何より殊遇な愛情に恵まれた素晴らしい時運のうちに、そのような思考、つまりしごく偶発的な描像や泡沫を意味もなく想起してみるような馬鹿げた試み、結局のところただのつまらない暇潰しに終わる作業が誤って実行されたことは、この数年来一度もなかった。ついうっかりそうしてしまってひどく興醒めした経験を、少年時代までに厭というほどしたからである。

＊

バルコニーに出てみると風はなかった。日没までにはまだほんの少し時間があった。ランソワは風が欲しいと思いながら、目に映る情緒的な色彩の世界を味わった。バルコニーには夏の夜の爽やかなしっとりとした翳りが漂い始めていた。翳りにはまだ昼間の熱気が十分残留しており、それらがアンバランスに混在しながら融合していく感覚は、暮れゆく夏時の営みをつぶさに物語り、やさしくわかりやすくしていた。空は燃えながら沈もうとしていた。その刻々と変化していく模様を思うままに喩えることはできなかったが、生暖かい過去の余韻をまさぐってみると、鮮やかな青から抜かれていった色たちの瑞々しい気配に触れることができた。

風はなかった。日没の瞬間が迫っていた。今にも空を焼き尽くそうとしている炎の最期は、赤や茜や銀朱や橙や青紫や黄金に染まりながら、濃厚壮大な神秘的な燃焼の世界で地上を包みこみ、強く感じ入る者をささやかな瞑想で魅了するかのように、ランソワの心象を何度も時間的錯覚に陥れた。ランソワはこのとっぷりとした暮色の錯覚のなかに、少年の頃味わった日没の光景をぼんやりとよみがえらせていた。それは太陽が夜に飲み込まれていく生きた時の情景であり、灼熱のプロミネンスがみるみるうちに黒い巨大な大気の襲来によって消滅していく瞬間瞬間の圧倒的な幻想のときめきであった。ランソワは、すでに誕生しかけている星々のあわいを彷徨う暗闇のおこぼれが、自分の部屋に到達する様子を黙って見つめながら、自在に時空を行き来するものたちの深遠なこだまと、ダークブルーの宇宙空間に群がる無数の惑星たちの表情を、当時と同じ趣のうえに思い巡らした。すると――夜が太陽を飲み込むように、どこからともなく忽然と現れた厳かな自然のまなざしが、一瞬にしてランソワ自身の心象とその情景を覆い尽くし、一瞬にしてランソワ自身から言葉と声の狭義な効力と騒めきを取り去り、一瞬にして世界をもっとも豊かな世界のうちに融和させた。この状態のまま、ランソワとランソワ少年の空想の時間は、命数のない永久無辺の影が日の満潮を迎えるまで、その立体がそれぞれの部屋いっぱいになみなみと押し寄せ何もかも総べてしまうまで続いた。そしてある瞬間、何もかもが切れ目のない大暗闇の濃淡になり終え、その天辺で生まれたての星たちが小さく初々しくまばたき始めると、ランソワ・ボーシット・ブリュムーは澱なくそこからを「夜」と呼ぶのだった。

日没の瞬間、ランソワは、遥か彼方に美しい結晶のような星が流れ落ちるのを見た。流れ星は、一瞬にも足らない儚さで夜空の果てに吸い込まれていった。どこに吸い込まれたのかはわからなかった。いずれにしても、ランソワの知らない遠い世界であることには違いなかった。

＊

いつしか、本当の夜が訪れていた。それは、すべての出来事がそうであるように、しごく日常的でありながら奇幻的なことだった。海岸線とクロワゼット通りの漂域を明々と象りながら横たえている宵っ張りな景体は、さまざまな種類の宝石で飾りたてた夜会服のようにきらきらと輝いていた。今夜、ランソワにはそれが、なにか違うものを質料とする世界の外観、なにか未知の息吹によって生かされている新しい壌土、あるいは、星雲を分有する小さな別天地のように思えた。それで、それらの印象を併せもつ煌びやかな夜情の上に、ふっと息を吹きかけてみたが、またとない異郷を映じている今宵の面影は微かも動揺しなかった。ただ、ぼんやりと重複する夜想の肌上で柔らかく散れたランソワ・ボーシット・ブリュムーの吐息に、夢と現実がほどよく入り混じったチョコレートの匂いを、あたかも今過ぎる記憶の温情のようにほんのりと、一瞬、感じただけだった。

著者について——

上島周子（うえしまちかこ）　一九六五年十一月七日生まれ。本書は『ニボアンヌ』（水声社、二〇一六）に続く二冊目の小説。

装幀——滝澤和子

レ・ファンタスティック

二〇一七年一二月一〇日第一版第一刷印刷　二〇一七年一二月二〇日第一版第一刷発行

著者――上島周子

発行者――鈴木宏
発行所――株式会社水声社
東京都文京区小石川二―七―五　郵便番号一一二―〇〇〇二
電話〇三―三八一八―六〇四〇　ＦＡＸ〇三―三八一八―二四三七
［編集部］横浜市港北区新吉田東一―七七―一七　郵便番号二二三―〇〇五八
電話〇四五―七一七―五三五六　ＦＡＸ〇四五―七一七―五三五七
郵便振替〇〇一八〇―四―六五四一〇〇
URL : http://www.suiseisha.net

印刷・製本――モリモト印刷

ISBN978-4-8010-0313-2